La mirada del otro

Colección Autores Españoles
e Hispanoamericanos

Esta novela obtuvo el Premio Planeta 1995, concedido por el siguiente jurado: Alberto Blecua, Ricardo Fernández de la Reguera, Antonio Gala, José Manuel Lara Hernández, Antonio Prieto, Carlos Pujol y Martín de Riquer.

Fernando G. Delgado

La mirada del otro

Premio Planeta
1995

PLANETA

© Fernando G. Delgado, 1995

© Editorial Planeta, S. A., 1995
  Córcega, 273-279, 08008 Barcelona (España)

Diseño sobrecubierta: Departamento de Diseño de Editorial Planeta

Ilustración sobrecubierta: «Les pieds sur la fenêtre», de X. Serra de Rivera, óleo 130×145, 1984 (© VEGAP, Barcelona, 1995)

Primera edición: noviembre de 1995
Segunda edición: noviembre de 1995
Tercera edición: diciembre de 1995

Depósito Legal: B. 43.678-1995

ISBN 84-08-01624-5

Composición: Foto Informática, S. A.

Papel: Offset Editorial Ahuesado, de Clariana, S. A.

Impresión y encuadernación: Printer Industria Gráfica, S. A.

Printed in Spain - Impreso en España

Ediciones anteriores
Especiales para Planeta Crédito:
1.ª y 2.ª ediciones: noviembre de 1995
Especial para Club Planeta:
1.ª edición: noviembre de 1995

*Para Isabel Miranda, que,
antes de marcharse para siempre,
de improviso, me animó a acabar esta novela*

Así uní las palabras para quemar la noche,
hacer un falso día hermoso,
y pude conocer que era la soledad el centro
de este mundo.

Francisco Brines

—¿No ha observado usted —dijo entonces Hildebrando— que los actos más decisivos de nuestra vida, es decir, los que corren más riesgo de decidir nuestro porvenir, son la mayoría de las veces actos imprudentes?

—Así lo veo —respondió Audibert—. Es un tren al cual sube uno sin pensarlo y sin haberse preguntado adónde lleva. E incluso casi nunca se comprende que el tren le conduzca a uno hasta que ya es demasiado tarde para apearse de él.

André Gide,
Los monederos falsos

El extraño te ofrece la posibilidad de ser tú mismo haciéndote extraño.

Edmond Jabés

NO SE OYÓ NI EL RUIDO de la puerta. Daniel, como quien se asoma a ver qué pasa con la certidumbre de lo que pasa, apareció sin más en nuestra alcoba. Mentiría si siguiera sosteniendo que creí que él viajaría a Londres ayer tarde. Además, pude haber conseguido la confirmación del viaje con sólo llamar a su estudio. No lo hice. Daniel sabía lo que iba a pasar y creo que yo también lo intuía. Por eso no me sorprendí. Cuando él entró, yo estaba desnuda sobre la cama, medio sentada entre los almohadones, con las piernas abiertas, y sólo se me ocurrió tomar la pequeña toalla que tenía a mi alcance para cubrirme. Apenas me miró: fijó su vista en Ignacio. Tanto que Ignacio, como si en lugar de una mirada hubiera recibido de Daniel la amenaza contundente de un arma de fuego, agravó su torpeza para vestirse, atolondrado, no bien abrochada aún la camisa, con los calcetines puestos y recogiendo a prisa y con terror sus largos calzoncillos de la alfombra. Se encogió de hombros, disculpándose, como quien dice «son cosas de la vida» o quién sabe si, hablando para sus adentros, con una resonancia de bolero y un resabio de inevitable orgullo machista, «a ti te tocó perder». Me entró la risa. Daniel exageró más la mirada atenta con una agresividad que en él parecía prestada y que al menos yo, no le había conocido antes en ninguna otra situación. Estaba cumpliendo, con la escrupulosa

9

perfección y la maniática minucia a la que era dado, la ceremonia del marido ofendido. Yo conocía bien su forma acostumbrada de actuar y por eso su modo de desenvolverse en esta situación me pareció cercano a la parodia. Le gritó a Ignacio, con el mismo celo con que lo hubiera hecho un padre o un defensor de menores que protegiera el honor de su criatura, que yo podía ser su hija, y lo que respondí con sorna, aunque tuve la sensación de ser una invitada de piedra, fue que sí, que efectivamente lo era. Daniel ni siquiera me oyó porque, no contento con esto, lo llamó, despreciándolo, «viejo asqueroso». Entonces reí de veras. Sin embargo, a Ignacio, lejos de indignarle la simpleza de los insultos de Daniel y los agravios mismos, sólo se le ocurrió insistir en su súplica de perdón mientras acababa de abrocharse los pantalones, su corbata en la mano y sin saber qué hacer con ella. Dijo perdón, perdón, apocado, falto de recursos. Y Daniel, a quien yo seguía contemplando en la representación de un papel que hubiera ensayado ya mil veces, se creció en la ira, altivo por humillado, y le propinó un fuerte golpe en la barbilla que lo hizo caer al suelo, rendido. Suplicaba piedad de una manera casi cómica al tiempo que salía corriendo. Daba lástima contemplar a un hombre pidiendo indulgencia con los zapatos en la mano, con un «por Dios, por Dios» en los labios que de puro cobarde hacía reír a cualquiera. No sentí lástima. Su actitud, exagerando como un débil la dimensión de la trampa, ha borrado para siempre el deseo que me quedara de él, de tan pequeño e indeseable como lo vi, tan indigno. Y ahora me asombro de que ni en los instantes más violentos profiriera yo una exclamación ni me inmutara en mi papel de espectadora más allá de la risa; si acaso borré el instintivo gesto de pudor que había tenido al cubrirme con la toallita y tiré ésta a un lado de la cama.

Cuando nos quedamos a solas, Daniel me dijo que me agradecía mucho que no me hubiera reído. Ni siquiera me había visto u oído reír. Después se sentó en la cama, a mis pies, tocándolos suavemente y mirando hacia la pared, con la apariencia de quien pasa de la ira a la serenidad más absoluta sin transición alguna. Su serenidad era envidiable. Me dio las gracias y se le notó que el agradecimiento era verdadero en su gesto de conformidad y de alivio. No fue necesario preguntarle a él la razón de su gratitud: yo sabía muy bien por qué lo hacía. Cuando me dijo «lo siento» le asomó una vaga timidez en la disculpa. Y añadió después con firmeza: «Ahora soy libre.» Yo sonreí porque Daniel es muy dado a las declaraciones enfáticas. Luego me levanté tras él y lo acompañé desnuda hasta la puerta, como si los dos hubiéramos convenido algún día que las cosas tenían que acabar así, que para despedirse no hacían falta más palabras ni otros gestos. Salió muy resuelto y no miró hacia atrás. No se llevó nada ni dijo si volvería o no por sus cosas o de qué modo se las llevaría. Tampoco habló de ningún sistema de reparto de aquello que nos fuera común. Se fue, dando las gracias simplemente, como un invitado que hubiera pasado unos días en casa. Estoy segura de que me imaginó contemplándolo a través de los visillos, presa de mí misma, volviendo al diario que me explica sin que la explicación cambie los hechos. Un diario es un simple instrumento de la memoria, aunque no todo lo que se recuerda se haya vivido realmente o, por lo menos, no del mismo modo. En cualquier caso, debo confesar que las figuras son todavía engaño-

*sas para mí en el recuerdo de ayer mismo, y por
esta razón, ahora, cuando escribo, me parece mentira que pasara lo que pasó. La culpa no me impide
aceptar la realidad, ni mucho menos, pero me
asombra la capacidad que tiene la vida para sorprendernos, incluso cuando sabemos no sólo a lo
que nos arriesgamos, sino lo que viene después,
cuando el riesgo se cumple: esta sensación desolada de desposesión.*

Primera parte

I. DIARIO DE UN ENCUENTRO

25 de diciembre de 1986

MI MADRE SE SENTÓ anoche a la mesa con nosotros nueve y sus seis nietos y contempló su obra familiar envolviendo la mirada complacida que dirigía al fondo del salón en una sonrisa ensimismada y lela. Su cabeza estaba bien erguida, como si el panorama familiar se extendiera más allá de la pared y sus ojos alcanzaran a contemplar, traspasando los muros, no sólo la mesa donde nos hallábamos sus hijos, sino infinitamente más allá: las mesas de Navidad que presidieron sus abuelos y sus padres. Después se recogió, concentrada, para rezar y de tanto esfuerzo como puso en el fingimiento de la humildad disminuyó su espalda y se quedó hecha un ovillo, acentuando la pequeña chepa que le ha traído la edad.

—El Señor ha sido bueno con nosotros —se pronunció piadosa, después de bendecir la mesa, y se quedó mirándonos, quizá a la espera de un amén.

Repasó a continuación, con la obstinada manía que mi madre tiene de recontar lo evidente, la espléndida salud de que gozamos y se congratuló de la buena posición de sus hijos: todos tenemos ya nuestras carreras terminadas. Aunque no se detuvo a mencionar sus propios méritos, con la precisión que los cataloga para sus adentros, había en su jactancia un implícito reconocimiento para sí misma, no faltaría más. Mi madre hace recuento de lo que somos resaltando siempre con orgullo nuestros indudables valores. Hasta que nos hace reír con cierto estruendo porque sabemos lo que viene detrás. Reímos para evitar el rubor, si no el ridículo. Los pequeños aprovechan las risas para organizar su propio jolgorio, pero les dura poco porque son de inmediato reconvenidos por la abuela. Eso sí, mi madre se reserva una buena parte de su intervención inacabable, y aquí viene lo que esperábamos, para recordarnos no sólo su buen juicio sino el esfuerzo que para ella ha supuesto hacernos crecer de esta manera ejemplar. Nunca hubo dificultad económica en la familia, se explica, ni siquiera en los tiempos más difíciles. Aunque, eso sí, no por la contribución de mi padre, que aportó apellido muy honroso pero escaso dinero, sino por la saneada economía familiar de sus progenitores. Anoche, acaso como novedad, se guardó en principio los reparos dirigidos a los matrimonios: a mi hermana Alicia, separada y vuelta a casar con José Ramón Rubio, a quien los chicos en el colegio llamaban ya, y no sin razón, «boca sucia». Se trata de un diletante para mamá, un golfo, un peligro en ciernes. A mi hermano Rafael, casado con una mujer cuyo mayor defecto para mi madre no consiste sólo en que no sea de nuestra misma extracción social, circunstancia que sobra referir, aunque a veces la pena se la haga mencionar, sino en que se empeñe en recordárnoslo con frecuencia con los modos más impertinentes de su clase. La ausencia de mi padre suele ocuparle en su recuento anual una brevísima referencia y, después de lamentarla, como la fecha requiere invariablemente, comenta siempre que era un hombre de gran carácter. Hace un comentario tan ambiguo que no he conseguido nunca determinar, y anoche tampoco, si ese gran carácter que refiere mi madre constituyó para ella un motivo de admiración o más bien es un reproche, y me inclino más a pensar, sin falta de intuición razonable, en esto último. Tal vez por eso llego a la conclusión de que la ausencia de mi padre no es un motivo de especial consternación para ella. Para mí, tampoco.

El discurso apenas varía en su esencia y dejamos a nuestra madre complacerse en su ventura como una parte más del rito familiar. Esta vez lo completó, por ejemplo, el belén del porche del jardín: no basta que lo sepamos, es necesario recordar cada año que nuestra abuela adquirió en Roma a principios de siglo sus figuras napolitanas de indudable belleza. Mamá describe, otra vez, desde que éramos niños, cómo fue su delicado transporte. Luego habla del árbol de Navidad que ella decidió instalar en el centro de la piscina por primera vez en 1950, antes de esta moda que lo ha vulgarizado tanto. Todos los años rememora las dificultades que nuestro padre opuso a este empeño suyo, del que se siente ella tan orgullosa. Papá tenía a su parecer graves dificultades para complacerse en el lujo y veía como un gasto inútil y de gusto dudoso el hecho de limpiar la piscina en diciembre e iluminarla tan sólo para el capricho del árbol de mamá. Pero ella lo cuenta de otra manera y anoche lo hizo lamentándose de las dificultades que se imponen en este tiempo a sus ambiciosas iniciativas:

—Esto cuesta más cada año, hijos míos, porque el servicio es muy escaso y la gente está por vivir de cualquier manera.

No obstante, le agradecemos que se extienda en estas naderías, porque lo peor viene cuando decide interrogarnos sobre nuestras propias vidas y recomienda a Alicia intentar la anulación matrimonial ante el Tribunal de la Rota o anima a Rafael, que sólo tiene un hijo, a traer la parejita. Es entonces cuando Carmen, su esposa, presenta los argumentos que le parecen propios, con la general anuencia de todos nosotros, y mi madre, con dignidad ofendida, recuerda que aquélla es su casa y cuáles son los modos de su familia.

El guión es inalterable, año tras año, y naturalmente hay un momento en el que todos corean al unísono y no sin sorna:

—Ahora, Begoña, mamá, ahora le toca a ella.

Bajando los lentes hasta la punta de la nariz, como si acentuara su propia caricatura, y con la incapacidad que la caracteriza para percibir la burla, mamá se dirige a mí y se lamenta:

—¿Es posible que yo muera, hija mía, sin verte casada como te mereces? Eres la única que queda, Begoñita, y son treinta y siete años ya; treinta y siete, hija mía.

Carmen suele decir para mi consuelo, y anoche volvió a cumplir con su «original» socorro, que más vale sola que mal acompañada, defensa que se diría que mi madre no escucha si no fuera por el rictus de desprecio con que obsequia a Carmen. Y no deja por eso de seguir hablando:

—Pero ese chico de Roma —vuelve a la carga—, ese tal Mauricio... ¿Ya no os veis, Goñi?

Me guardo de decir que Mauricio es un amigo, sólo un amigo, y oculto que de todos modos a Mauricio le interesan poco las mujeres. Cuando Mauricio viene a Madrid envía flores a mamá por mi cuenta y los dos acudimos a La Moraleja a visitarla.

—Mauricio es un chico muy fino, Goñi, pero los años pasan y la gente... Yo no sé, hija, lo que pensará la gente de ti, no lo sé, la verdad...

Una sombra de preocupación momentánea le ocupa la cara. Mis hermanos se divierten, y mamá, ajena, ida más bien cuando el humor se impone, levanta la copa y hace una especie de oración más que brindis para pedir que el año que viene nuestra Begoña nos traiga un marido.

—¿Te acuerdas de aquel chico de la Universidad, un sobrino de los García de Branda, que quería pedir tu mano? ¡Qué gran chico! Pero, hija mía, eres muy rara...

Y cuando se refiere a mis rarezas saca los ojos por encima de los lentes a ver si consigue concretarlas.

Su insistencia acaba, muy a su pesar, cuando uno de mis hermanos, ayer fue Luis, propone que se me deje en paz ante mi resignado silencio. Un suspiro expresó anoche, tal vez como siempre, mi gratitud, o más bien mi alivio.

Al final, saturados de champán y de turrones, pero sobre todo de mamá, cada uno se retira a su casa o visita otras casas de amigos. En el momento de la despedida espero siempre a que mi madre repita lo del año anterior:

—Y tú, Begoña, sola, una noche como ésta, sola en esa casa, como si no tuvieras familia... Podrías quedarte esta noche conmigo, hija mía,

¿no...? —Lo dio por imposible—: No te entiendo, hija, no te entiendo.

Decliné la invitación como mamá esperaba y arranqué el coche con ímpetu, harta de familia.

Ahora que lo pienso fue una temeridad alcanzar una velocidad de ciento ochenta por la carretera de Burgos y tomar Príncipe de Vergara como una exhalación. Me ayudó a ello el champán, sin duda, pero también la rabia. Puse la radio, sonó un villancico y no me molesté siquiera en cambiar de onda: la apagué, como si intentara apagar cualquier eco de estas malditas fechas. Sola, sí, sola. Me encontraba ya en la Castellana, llena de coches a esas horas, la gente en la calle. «No puedo entender esta nueva costumbre de la gente —diría mamá—; la Navidad fue siempre una fiesta de casa, de familia, en mis tiempos no había un alma en la calle.»

Y acabé en Archy. Como una huida de mí misma. Ahora me explico por qué no me atrevía a regresar a casa. Quizá porque regresar y volver al espejo me devolvía a mi complicada realidad. La noche de Navidad evidencia en sus rutinas, sin duda, la dificultad de ser distinta. También en Archy —más bien solitario el lugar a esas horas, como si los figurines de moda que lo frecuentan tampoco consiguieran eludir los ritos familiares— me vi a mí misma como una alcohólica que reclamaba con ansiedad su whisky y trataba de mirarse en el vaso para eludir su extrañeza.

No recuerdo más con la maldita resaca. Esta mañana el sol me encontró culpable. El sol siempre ha sido para mí un buen acusador después de las noches inútiles. Para colmo, era la mañana de Navidad y mi hermano Rafa, el primogénito, nos esperaba a mamá y a mí a comer en su casa.

—No hay manera de que oigas el teléfono cuando duermes, Goñi —me reprochó mamá, volviéndome a llamar por el estúpido diminutivo familiar.

26 de diciembre de 1986

AYER ME PASÉ EL DÍA intentando recomponer su rostro y no lo conseguí. En cambio, esta mañana, cuando oí su voz en el teléfono, me parecía estar viéndolo con toda nitidez. No comprendí cómo pude haber ligado con un hombre que me fuera menos. La borrachera no es suficiente pretexto cuando la culpa se apodera de ti y sientes una vergüenza inaudita. Quizá avergonzada me entregué a la amnesia y por eso mismo no escribí aquí ni una palabra más de esa noche en Archy.

Fue él quien esta mañana me ayudó a recordarla. Yo había dado unos pasos hacia un rincón del bar y percibí en el lugar más penumbroso, ocultándose de los espejos, el rostro de un hombre con barba que me miraba atentamente. Me escrutaba con descarado acierto y seguro que, tras mi apariencia de señora perfectamente catalogable entre las de buena posición y hasta distinguida, estaba reconociendo a una prostituta que disimulaba su empeño con inquieta timidez. Aquel hombre consiguió exasperarme más de lo que yo misma había conseguido exasperarme. Pagaba ya para marcharme, algo ebria, cuando alguien posó su mano en mi hombro y pronunció mi nombre. Era un rostro conocido, pero no conseguí de pronto identificarlo, bien por mi torpeza habitual, incrementada por la bebida, o bien por las desfiguraciones del tiempo. Él se dispuso a que lo reconociera, sin dar más pistas, con la mirada de espera exigente de quien no entiende que pueda no ser reconocido. Y cuando, por fin, dije «¡Elio!» se abrazó a mí, como quien abraza una emoción antigua, como quien recupera en ese abrazo su propia juventud.

—¿Sola?

—Como siempre.

—¡Qué lástima!

Habló entre el fastidio y la melancolía.

No se lamentaba en realidad de que me hallara sola allí, en ese momento. Su expresión tenía que ver más bien con el recuerdo y se nota cuándo los hombres hablan recordando otro tiempo, aunque no nombren el tiempo que recuerdan.

—No te has casado, claro.

Asentí con el gesto, y también con un gesto, seguramente artificioso por el alcohol, le pregunté si se había casado él. Reconocí un cierto modo apesadumbrado de contestar, suspirando y frunciendo el ceño para expresar, sin decirlo, que ojalá no lo hubiera hecho.

Ha envejecido y ha envejecido mucho, tiene mi edad y bien parece que pase de los cincuenta. Lo favorecen las canas y las arrugas han terminado con la blandura angélica que tenía su rostro en los años de la facultad. Es posible que de haberlo visto por primera vez me hubiera atraído, pero no pude dejar de pensar que se trataba de él.

—¿Y la moto, Elio?

Reímos los dos. Reímos de aquellos años en que me perseguía con su moto por los bares de Argüelles, de sus horribles poemas de amor, de sus delicadas formas inaguantables, de sus flores, de sus inoportunas serenatas con la Tuna. Me pregunté: ¿se acordará Elio del día en que me sorprendió entrando a un bar prostibulario de la calle de la Ballesta? «¿Qué haces tú aquí?», me reprobó desde la decepción. «Nada», respondí. Anoche se acordaba. Se acordaba, sí, porque me preguntó:

—¿Te sigue gustando el olor del vicio?

Fue acertada su expresión: más que el vicio me gusta su olor, su proximidad.

—Todos fuimos jóvenes, Elio —intenté disculparme, sin saber si él había sacado alguna conclusión sobre mis supuestas aproximaciones al vicio por medio del recuerdo de aquel encuentro imprevisto o bien por otras formas de mis comportamientos en aquellos años. Y de pronto, preguntó recordando:

—¿Hubo por fin algo entre Laviña y tú?

Laviña era un viejo profesor de Estructura al que perseguí sin éxito y Elio se empeñó anoche, como otra cara de mi madre, resentido por mi rechazo, en escarbar en el tiempo con la torpe reiteración del alcohol.

—¿Te siguen gustando los viejos, Begoña?

Hacía rato que yo miraba, desentendida, hacia el espejo donde se hallaba apostada la caricatura de un pijo: un hombre rubio que miraba solícito. Seguramente se había dado cuenta de mi aburrimiento con Elio, prisionera yo de un tiempo que no me satisfacía revivir. Sus vivos ojos azules me despertaron un atractivo extraño que nada tenía que ver con el sexo. Su pelo rizado contrastaba, juvenil, con las primeras arrugas de la cuarentena próxima y su papada le otorgaba mayor edad que la que seguramente tenía. Rigurosamente de oscuro, con una corbata adamascada y un pañuelo en el bolsillo alto de la chaqueta (la cursilería se insinuaba en el colorido y en los dibujos), su atildada forma de vestir me resultaba familiar y ajena a un tiempo. Elio dijo:

—Sigues igual, en tu mundo, sin responder a las preguntas que no te interesan; descortés, ajena... —empezaba a ser impertinente, recordé que de joven lo era—. ¿Te siguen gustando los viejos, Begoña?

Sonreí al rubio y él al corresponder con la sonrisa dejó ver una dentadura desordenada y simpática que lo hacía parecer aún más joven, más pícara su expresión, y quizá por todo eso más extraño que pudiera gustarme.

Con la mano lo invité a aproximarse, como si quisiera dar respuesta con aquel gesto a la pregunta de Elio y acabar de paso con su retahíla de rememoraciones.

—¿Estoy molestando? —preguntó Elio con enfado.

Yo, mientras le contestaba, me dirigía al otro:

—No tengo ningún interés en ligar con el pasado, Elio, quiero divertirme simplemente.

—Demasiado joven para ti, ¿no?

Me faltó tiempo para contestarle. Quizá no lo hice porque el otro ya estaba con nosotros:

—Eres la única mujer a la que no he felicitado esta noche —dijo. Después se azoró ligeramente.

—Te lo puedes ahorrar —le advertí—; la Navidad no me gusta.

—Le preguntaba a mi amiga —dijo Elio, informando al recién llegado y descarando más su embriaguez— si le siguen gustando los viejos...

Pero el otro fue rápido en darse cuenta de su necedad:

—Entonces no tendrá dificultad con usted.

—No crea... Muchas dificultades, amigo mío. Esta mujer me ha despechado muchas veces, pero esta noche, por suerte, parecía hacerme caso. Al fin y al cabo hemos envejecido los dos, ¿verdad, Begoña?

—Usted francamente más —se animó el rubio de un modo inesperado, como si quisiera evitarme el trabajo de responder a Elio, un trabajo que yo, desde luego, no me había propuesto.

—Es usted un entrometido —hizo la pausa de la perplejidad, del desconcierto—. Por eso mismo, porque hemos envejecido los dos, ahora aquí, solos, esta noche... —se alargaba, no le salían las palabras, titubeó—. Pues qué le voy a decir, la verdad, amigo mío, parecía que el tiempo nos acercara como unos cómplices, ¿lo entiende?

—No —aclaré yo, despectiva, poniéndolo en su sitio y aumentando a la vez mi esfuerzo por seducir al rubio con la mirada.

—Ni siquiera lo parecía, convénzase —esta vez el otro estuvo tan intruso e impertinente que suscitó mi asombro. Pero me divirtió.

Elio, ligeramente alterado, le preguntó:

—¿Suele hacer esto con frecuencia?

—Esto, ¿qué? —le respondió con achulada actitud, con provocación.

—Sí... —desconcertado—. Interrumpir a una pareja de este modo... —La prepotencia era ahora de Elio—. Tratar de ligar con mi chica.

Pero me apresuré a recordar, resoluta, para deshacer el equívoco:

—Yo. He sido yo. He sido yo la que ha llamado a este señor.

—Eres una zorra, Begoña —se le reavivó el resentimiento—; sigues siendo una zorra.

El otro, con un modo protocolario que probablemente le impuso la ironía, preguntó:

—¿Me da su autorización, señorita, para romperle la cara a este señor? —e hizo que la palabra señor resbalara dudosa en sus labios.

—No se preocupe, yo no necesito pedirle permiso a esta zorra —dijo Elio.

Y sin más, profirió al rubio un puñetazo de poco efecto que el otro no devolvió, quizá por lástima. De todos modos fue lo suficiente para que los responsables de seguridad de Archy decidieran que Elio debía abandonar el local. Aceptó sin hacerse el remiso, ligeramente ruborizado, y yo traté de suavizar los efectos del golpe en el rostro del rubio, apenas con un poco de agua y un pañuelo. Lo hice con improvisada ternura y, como todo este juego me pareció que merecía un beso, se lo di, ya puesta, con simulada pasión. Cuando se hubo recuperado insistió en felicitarme y, ya para entonces, bien entrada la madrugada, no parecía que la noche de Navidad evidenciara en sus rutinas la dificultad de ser distinta.

Esta mañana me lo recordó él con todo detalle y los detalles sí me resultaron muy molestos. No recordaba siquiera su nombre, pero me dijo que le había hecho una ficha completa. Muy propio de quien ha sido una competente jefa de personal.

—Daniel, me llamo Daniel. Mi madre hubiera querido que me llamara Carlos, pero ese nombre lo he guardado para mi primer hijo.

—¿Casado?

—Ya no.

—La convivencia es difícil —comenté por decir algo.

—Bueno... Es útil.

Esta mañana me recordó que a partir de ahí todo había sucedido como en un arrebato. Ninguno de los dos preguntamos qué íbamos a hacer a continuación ni hacia adónde nos dirigíamos; subimos a mi coche y, de pronto, de nuevo en la Castellana, le pedí por lo visto que me indicara el camino y tomamos la calle Bárbara de Braganza hasta llegar a Barquillo, o sea, a su casa. El viejo portal posee unas cristaleras bellísimas con dibujos *art nouveau* y unas escaleras renqueantes, aunque espaciosas, en las que era fácil dar un traspié en el estado de embriaguez en el que yo me hallaba. Por contraste, su piso es moderno, amplio el salón y con escaso mobiliario, apenas unos divanes negros de diseño y unas mesas de metacrilato. Está la central y luego algunas con distintas funciones: el televisor y el vídeo en una; en otra, una escultura negra que pudiera ser de Chillida, aunque los modernos escultores españoles casi todos se parecen, y una tercera que sostiene una lámpara y sobre la que se encuentran distintos portarretratos con fotografías familiares. Hoy me reconoció que tengo una memoria muy detallista y no se guardó de decir que por eso, precisamente por eso, le resultaba menos comprensible mi desmemoria interesada.

—¿Es ella? —pregunté tomando entre las manos una de aquellas fotografías en las que aparecía él junto a una muchacha rubia, escasamente atractiva pero elegante, y con un fondo que bien pudiera ser parisino.

—Es Sylvie —me aclaró—; fue unos meses antes de nuestra boda.

Parecía triste al volver a mirar la foto antes de colocarla de nuevo en la mesa. Me ofreció una copa, como quien no sabe qué decir, esperaba que fuera mía la iniciativa. Me tendí en el sofá mientras él llegaba con el whisky y debí dormirme por unos instantes, porque lo que recuerdo luego fue una luz tenue y Daniel con sus labios en mi cuello, quizá suponiéndome estremecida cuando, si soy sincera, debo admitir que me producía repelús.

—Estoy borracha —dije, tratando de disculparme, quizá queriendo rehuir lo que ya parecía inevitable.

—Te llamó zorra —recordaba, ofendido, las palabras de Elio. Intentaba atraerme con su solidaridad. Tal vez pensaba que Elio era algo más que un viejo compañero casualmente encontrado aquella noche.

—¿Me llamó zorra? —pregunté entre risas—. Ojalá tuviera valor para serlo.

—Has vivido mucho —comentó. Alcanzaba con sus dedos mis pechos, igual que si al tocarlos empezara a descifrársele mi vida.

—Lo justo —dije—, lo justo para conocer la soledad.

—Hay que deshacerse de ella, impide vivir.

—Ah... ¿Sí...?

Hablaba con tal gravedad que yo empecé a reírme. Tuve la sensación de que eran otros los que estaban hablando por nosotros, como si el televisor estuviera encendido y vinieran de él nuestras propias voces engoladas.

Estaba ensimismado y quién sabe si sorprendido con lo que le decía o con el trayecto de mis manos por su cuerpo. Pero yo no tenía intención de avanzar más.

—¿Estás sola?

—Sí, estoy sola.

—Y quieres seguir estando sola, claro.

—No, no está claro, estoy harta de estar sola, pero es estúpido seguir hablando de esto. —Me enfadaba—. Algunas situaciones como la de esta noche sólo sirven para que te sientas aún más sola y quizá más cómodamente —remarqué la palabra— sola.

—Yo quiero ser tu amigo, Begoña.

Lo dijo con una emoción que ahora me parece ridícula al recordarla y que revelaba su complicidad de solitario, no otra cosa.

—Gracias —le respondí.

En la respuesta desganada debió advertir que el problema no se solucionaba con la ampliación del número de amigos. Se echó hacia atrás en la cama porque, aunque quiero prescindir de detalles, ya estábamos en la cama, y dijo, tratando de complacerme:

—¿Dormimos?

Debo reconocer que no tenía fuerzas ni para resistirme. Preferí dormir a salir a aquellas horas hacia mi casa y por eso mismo hice un gesto de resignación. Nos situamos distantes en la cama, pero antes de lograr el sueño noté su mano áspera rondando por mis muslos y finalmente asida a la mía.

Cuando, avanzada la mañana, desperté y reconocí el escenario de lo que podía haberme parecido un sueño, me di prisa en vestirme, aprovechando que Daniel dormía profundamente. No dejar rastro, ese era mi propósito. Pero él, desvelándose, me besó.

—No lo vuelvas a hacer —lo reprendí como a un niño.

Me repugnó el fétido olor de su aliento, tenía la impresión de haber sido infiel a alguien, tal vez a mí misma.

—¿Te despiertas siempre de mal humor?

Me molestó que se interesara por mis estados de ánimo, que tratara de implicarse en mi intimidad.

—Me levanto molesta por las mañanas, sí.

—Perdona, anoche...

Lo interrumpí rotunda:

—No vuelvas a hablar de anoche. Olvídame.

—No —dijo—, no. —Buscó una tarjeta y me la dio.

—Yo no suelo llevar tarjetas cuando salgo de paseo —me disculpé—. Por las noches soy otra y, borracha, qué voy a decirte, todavía más, otra distinta.

—¿Cuántas eres? —preguntó más que con humor con una repugnante inclinación filosófica.

—¿Yo? Muchísimas, hijo mío, muchísimas.

—Dame el teléfono de cualquiera de ellas —sonrió.

Él, siempre preparado, tenía un bolígrafo y un bloc de notas en la mano.

Luego me preguntó, como quien de pronto lo entiende todo:

—¿Te gustan los viejos, Begoña?

—¿Quieres confesarme ahora o sencillamente explicarte a ti mismo por qué no me gustas?

Sonrió con una mueca de dolor y abrió las ventanas.

Esta mañana, por teléfono, antes de despedirnos, Daniel volvió a asombrarse con la precisión de mi memoria y la elogió muy cumplidamente.

—Gracias, querido. Me pasa siempre después de las resacas.

27 de diciembre de 1986

EN LA REUNIÓN DE HOY me ha podido más el cansancio y la preocupación por mi insomnio de anoche que la repugnancia que mister Rhon me procura. El teléfono consiguió inquietarme. Sonó intermitentemente durante toda la noche. En las primeras horas nadie respondía al otro lado de la línea y colgaban rápidamente; después seguían sin responder, pero no colgaban, y se oía una acelerada respiración de fondo. Esperaban a oír mi súplica de que me dejaran dormir, mi insistente pregunta sobre qué perseguían con esta perturbación. Siguió sonando el teléfono durante toda la madrugada y hacia las tres lo descolgué con la pretensión de dormir. No pude conseguirlo. Creo que pasaban ya de las cuatro cuando lo colgué nuevamente y volvió a sonar. Esta vez, una voz desfigurada, bronca, me preguntaba al otro lado de la línea si de verdad estaba sola, si no me hallaba con otro. Decidí que se trataba de un loco y que tal vez conviniera tranquilizarlo diciéndole, por ejemplo, que estaba sola. Lo tomó en cambio como una sugerencia: «Quiero estar contigo», me dijo. Y me atrajo la idea, pero me dio miedo invitarlo. Cuando volvió a llamar pensé que sería mejor cambiar de táctica y le insinué que estaba acompañada. «De un hombre mayor», dijo. No contesté nada y me exigió que respondiera si yacía con un hombre mayor. «Da lo mismo —contesté—, estoy acompañada.» «Zorra, eres una zorra.» La exclamación me recordó el encuentro con Elio. Podría tratarse del propio Elio, borracho. Pero Elio no tiene mi teléfono, recordé. Seguramente era Daniel. Me había llamado otra vez por la mañana y le pedí que no volviera a molestarme. Ayer llamó insistentemente a la oficina y su nombre se repetía en la lista de llamadas. Cuando el teléfono volvió a sonar, casi al amanecer, dije: «Eres Daniel.» «Zorra, eres una zorra, zorra», repitió nervioso. En el temblor deseoso que acompañaba a la palabra reconocí a Daniel. «No es una buena forma de proceder», lo reconvine con desgana, y siguió temblando la palabra zorra en el auricular, como si se encargara de ello una computadora.

A mister Rhon le brillaba esta mañana la calva porque se posaba en ella el insolente sol invernal que traspasa los cristales obsesivos del edificio central de la Compañía. Me vio las ojeras, que no conseguí disimular con el maquillaje apresurado, y dirigió su mirada hacia la otra punta de la mesa de reuniones, donde estaba yo, para bromear:

—Estas fiestas hacen mella en todos nosotros. ¿No es así, señora Martínez?

Mamá no soporta que en la Compañía me llamen señora Martínez y mi secretaria ha debido acostumbrarse a mencionarme según quién me llame. Si es mamá, como la señora Martínez de Niro, no hurtándome la segunda parte de mi apellido, porque esa omisión constituye para mi madre un ultraje ante el que no encuentra perdón. «La señora Martínez... Parece que hablan de una oficinista de cuarta», se molesta mamá. Menos mal que ha entendido ya los motivos por los que en una Compañía de Seguros, y menos si es extranjera, no se tiene en cuenta si una es o no señorita en relación con su estado civil y por esta razón no insiste mi madre en preguntar por la señorita Martínez de Niro. Y hasta se ha acostumbrado a prescindir de su propio apellido cuando me llama. Antes solía decir, con retintín, completando mi identidad: «Y Unzueta.»

Mister Rhon no es especialmente delicado en sus observaciones y sus ironías nacen siempre de los descuidos, los defectos o las coyunturales situaciones negativas de los demás. Así que se fijó en mis ojeras y añadió en su torpe español, algo a lo que ya me tiene acostumbrada:

—De todos modos, la señora Martínez se mantiene soltera por propia voluntad y no vamos a culpar a los desperfectos de la Navidad del inteligente celibato de la señora Martínez.

—Grosero —murmuré.

López Mariño dio con su pierna en la mía por debajo de la mesa, con temor a que Rhon pudiera oírme.

—¿Decía algo, señora Martínez...?

—Nada, mister Rhon —subrayé el desagrado arrastrando las palabras—. Nada que sea mínimamente más interesante que sus comentarios.

Recogió la ironía y trató de entrar en duelo verbal conmigo entre las sonrisitas nerviosas del Consejo:

—Debe ser muy duro para una señora trabajar entre tanto hombre... Seguimos siendo mayoría, señora Martínez.

—Es muy duro, director, luchar entre tanto talento.

—Lo es, sin duda. —Y añadió—: Debe ser más duro acostumbrarse a las formas groseras de los varones. No entramos en tantas sutilezas como ustedes...

—No es necesario que se disculpe, mister Rhon.

—No, si no me disculpo, sabe usted que la disculpa no es uno de mis hábitos. Lo que pasa es que entiendo muy bien que una mujer, a su edad y soltera, soporte mal la prepotencia masculina, esta seguridad que emana de nosotros.

Mister Rhon quiso suavizar su discurso con la carcajada bronquítica y rasposa tras la cual se suena siempre la nariz con ostentación. Quiso impedir, quizá, que yo le siguiera contestando y López Mariño clavó su pie sobre el mío como si se empeñara en defender mis intereses. Me puse las gafas oscuras para protegerme del sol que resplandecía sobre la calva de Rhon, aureolándolo ante sus adulones como un dios orondo, y él, mostrando su cortesía y su generosidad con relamidos modales, pidió al secretario que corriera los gruesos cortinones grises que dan a la Castellana.

—Para que los ojos de la señora Martínez no resulten heridos —dijo.

—Gracias.

Empezó a hurgar a continuación en una montaña de folios con el objeto de reprocharnos las torpezas cometidas en diversas pólizas suscritas entre la Compañía y sus clientes. Hasta que se permitió interpretar mi silencio:

—La veo algo ausente, señora Martínez.

Sí, estaba ausente: primero por la repugnancia que el propio Rhon me produce y después por mi noche en vela.

Cuando lo conocí en Londres, James era apenas un agente, simplemente un agente de seguros. Yo, una recién llegada a la empresa, una universitaria a la que él auguraba un brillante porvenir con la insistencia sospechosa de la envidia. James Rhon era, además, un acomplejado, hijo de familia acomodada, que si bien pasó por Oxford no estuvo allí mucho tiempo ni a juzgar por su ignorancia aprovechó en modo alguno el poco tiempo que estuvo. Rhon tenía entonces quince años más que yo, o sea, cuarenta, y ya estaba casado. «Felizmente casado», fue su explicación innecesaria. Ni esta circunstancia le impidió cortejarme ni fue para mí, sola en Londres como estaba, un inconveniente para dejarme cortejar. Su gusto y el mío por la ópera nos vinculó más de lo que quizá fuera preciso, tal vez porque en él era imposible hallar cualquier otro atisbo de sensibilidad más allá de este gusto por el arte lírico. Para mí, bastaba. Pero él, delgado entonces y con la calva todavía incipiente, con esa palidez británica que carece de brillo y muestra una piel blanca y áspera a la vez, una piel sin vida, unos ojos azules anodinos y adolescentes, a pesar de sus cuarenta años, no tenía para mí el menor atractivo físico. Yo, al atardecer, vagaba solitaria por un penumbroso paseo de Chelsea donde las prostitutas no excesivamente profesionales, obligadas a la discreción, amén de por su propia sosería anglosajona por la hipócrita legislación vigente, paseaban sus cuerpos mal vestidos ante la mirada enardecida de camioneros de Brighton, operadores de Liverpool o escuálidos paquistaníes que movían más a la compasión que al sexo. Vagaba por aquel paseo central, cercano a una residencia de estudiantes filipinos, y con un callado estremecimiento observaba los tratos, el lento acercamiento de los cuerpos, y cómo se retiraban luego a un estrecho callejón oscuro donde se oía un susurro temeroso. Revivo el estremecimiento que me producía la situación y recuerdo que sólo una vez accedí a hablar con un inglés gordito que se llamaba Tony, cocinero de oficio. Reconocía tener sesenta años, pero aparentaba más. Puso las manos en mis pechos. Después tomó mi mano —seguíamos sentados en un banco del paseo sin que pudiera verse a otros transeúntes que los que estaban a lo mismo— y la llevó por donde yo no quería. Pero tampoco supe resistirme. Luego quiso seguir y, de pronto, me sentí vista en la oficina, acusada por la mirada escrutadora de mis compañeros desde sus buenas costumbres, y bastó esa ráfaga interpuesta de mi realidad para salir corriendo.

La culpa me rondó varios días y a punto estuve de rastrear en la poca fe que me quedaba, en los resquicios de mi agobiante religiosidad de adolescente, para acercarme a la iglesia del Carmen, cerca de mi casa, en Kensington, y buscar allí a un fraile que me escuchara. Tal vez debí haberlo hecho así y de ese modo no hubiera incurrido en otra confesión peor, cuyas consecuencias sigo sufriendo de un modo u otro: contar mi debilidad a Rhon y escuchar de sus labios una resentida sentencia: «Tú eres una viciosa con verdadera vocación y ese vicio será el final de tu carrera.» Su presagio, además, justificaba su fracaso: yo no era capaz de enamorarme de él porque, a su juicio, las viciosas son incapaces de enamorarse de nadie. Pero esta conclusión no excluía, naturalmente, que Rhon desistiera de lo que no había conseguido, acostarse conmigo, y por el contrario, ahora sí que no encontraba razón alguna para mi empecinamiento. Es más: ya tenía claro que él no me gustaba, pero, más que nada, buscó justificación, porque me gustaban los hombres de otra edad. Con la escasa calidad de su verbo y la todavía más escasa de sus sentimientos me hizo saber que su discreción tenía un precio y me preguntó por qué habría de hacerme el favor de callar cuando yo era incapaz de hacerle otro favor infinitamente menos costoso a su parecer.

Identifiqué al miedo como jamás lo había hecho. Viví con el miedo desde mis doce años, tal vez antes, pero ahora el miedo tenía una cara de persona concreta: la amenaza del miedo se llamaba James Rhon.

El tiempo ha modificado el miedo y mi repugnancia a ese ser que lo representa. Creo que ahora el miedo es suyo, su inseguridad profesional le hace temerme, pero su miedo tiene un límite: el mío. Él sabe que sigo obsesionada con mi sombra, con la otra. No con la señora Martínez, resoluta y firme, que se sienta en su Consejo.

No obstante todo eso, estos años han cambiado a Rhon lo suficiente como para que haya llegado a gustarme a veces. Cuando vino a Madrid para hacerse cargo de nuestra oficina, lo primero que hizo fue llamarme a su despacho y, jugueteando con un portarretrato que tenía siempre sobre su mesa y que contenía devotamente la foto de la mismísima Reina de Inglaterra, empezó a evocar con memoria minuciosa nuestras experiencias eróticas de Londres en las que, él lo sabía muy bien, participé forzada. Su sinceridad no lo eximía de cinismo:

—Aprendí a apreciar entonces el gusto que la resistencia ofrece al sexo —me dijo.

—Yo, en cambio, he conocido después la libertad de poder elegir —le contesté.

Intentó que yo le agradeciera el silencio cómplice con el que le parecía haberme comprado y yo le dejé que siguiera creyendo que su silencio era importante para mí. Sin embargo, el miedo de mis veinticinco años no tenía sentido ahora, yo conocía mi fuerza real y mi prestigio en la Compañía, y Rhon, que era consciente de eso, se sentía vigilado por mí.

—Tendré que consultarte algunas cosas —se adelantó en su inseguridad y le sonreí segura. Ahora la amenaza era el escudo en el que quería fortalecerse porque no ignoraba que iba a necesitar de mis auxilios profesionales. Me dio lástima y a la vez se despertó en mí una repentina curiosidad sexual. Rhon estaba viejo y gordo y físicamente me gustaba.

—Me he divorciado, ¿sabes?

Me lo anunció porque había advertido en mí un reclamo cariñoso y tuve la fugaz idea de que tal vez con Rhon pudiera unir sexo y amor por una vez. Era zafio pero la edad me había hecho entender que rara vez en un hombre coincide todo lo que de los hombres esperamos o nos gusta. Así que me senté en la mesa de su despacho y se aseguró de que la puerta estaba cerrada por dentro.

Aquel ambiente de oficina, la situación de secretaria conquistada, su propia formalidad, consumía mi impulso erótico y estimulaba la risa.

—¿Llevas ligas? —me preguntó ansioso desde el recuerdo fetichista de los días de Londres. Le respondí que sí riéndome y luego le indiqué que aquél no era mi lugar.

—Sigues como siempre —aunque lo dijo con

ternura se quejaba. Tal vez recordó un atardecer en Hyde Park, juntos, con miedo en la espesura de unos jardines. O bien otro, en la vecindad de Oxford, en el coche.

—En el coche —le dije.

Seguro que reconoció en mí a la muchacha de la libido en la sonrisa, como decía entonces. «Ostentas en los labios la libido sin ningún pudor.»

Yo estaba deseosa. Me habló por primera vez del inaguantable tráfico de Madrid y me preguntó adónde nos dirigíamos, «tu casa está cerca». La iluminación de las fiestas —también era por Navidad, antes o después de Navidad— me hería los ojos como esta mañana el sol sobre su calva. Los coches llenos de regalos avanzaban lentamente por Génova, Sagasta, la larga calle que cambia tantas veces de nombre, Alberto Aguilera, Marqués de Urquijo...

Hasta que pareció darse cuenta de que no estábamos por casualidad en la Casa de Campo, y no sé a ciencia cierta si sabía que estábamos en la Casa de Campo, pero de todos modos se llenó del miedo que el inglés tiene al delito del sexo al aire libre. Había otros coches y en su interior se movían los cuerpos en la sombra. Rhon dijo que imposible, dijo que le podía el miedo. No lo consiguió. Se justificó primero, con una humildad que lo convertía en un desconocido, porque estando con Margaret, su amante más reciente, en un descampado a las afueras de Lincoln, habían sido asaltados por unos salvajes. Todavía estaba bajo los efectos de aquella impresión. Pero, después, de súbito, se llenó de coraje y de desprecio y me llamó depravada.

—No soy yo quien te gusta sino esta situación morbosa.

Esta mañana, después de la reunión, Rhon había acudido a mi departamento. Como siempre que viene, no se sabe cuál es exactamente la misión que lo trae. Cuando me requiere por razones estrictamente profesionales me hace ir a su despacho y a ser posible me entretiene un rato en su antesala antes de que consiga hablar con él. Esta mañana yo podía haber pensado que venía a disculparse por su reiterado mal comportamiento conmigo, pero lo conozco lo suficiente como para no esperar de él, no ya una explícita disculpa, sino ni siquiera un gesto amable de compensación. Suele entrar y sentarse y comentar lo mismo lo desagradable que está el tráfico de Madrid que preguntarme cómo suelo yo solucionar un determinado problema doméstico. Ya hace tiempo que han dejado de tener en su casa problemas con la lavadora y las últimas veces apenas me pregunta, aunque olvidándose de que lo ha hecho en otras ocasiones, sobre las posibles consecuencias del microondas en la salud de los consumidores, porque Rhon se niega a reconocer las enormes ventajas del microondas. Su abanico de conversaciones no es especialmente variado, como no lo es el de sus preocupaciones esenciales, y tal vez estime que nada hay más adecuado en la conversación con una mujer que los asuntos de electrodomésticos. Al fin y al cabo debe considerarme una experta en tecnología del hogar y gracias a esta consideración no se habla de las distintas marcas de leche y de sus precios o de nuestro gusto común por los cogollos de Navarra.

He llegado a pensar que estas visitas de Rhon tienen la intención secreta de impedirme olvidar que entre él y yo existe algo más que una relación de trabajo. Por eso entra y se sienta, pero permanece sentado enfrente de mí por muy pocos instantes; después se levanta y sigue hablando, situándose detrás de mí con sus manos cariñosamente apoyadas en mis hombros. Algunas veces me las pasa por el cuello y, a continuación, abandonando este leve acercamiento afectivo, empieza a revisar todos los papeles que se extienden sobre mi mesa, ya sean personales o de trabajo, como si se sintiera investido de autoridad para hacerlo, con un especial derecho sobre mí que excede el marco laboral. Naturalmente debo pensar que la única autoridad que puede asistirlo para tamaño modo de proceder es su seguridad de la posesión de un secreto. Rhon da a entender siempre que las cosas no han cambiado en esto y reconozco que lo hace con cierta habilidad. Lo hace expresando su preocupación por mi vida, el temor con que cada día se asoma a la crónica de sucesos por si ha saltado el escándalo, el miedo que siente cada mañana antes de verme en la reunión y comprobar que estoy viva. Teme que la noche anterior, en cualquiera de esos lugares donde el vicio se expende, yo haya sido víctima de cualquier agresión. Qué risa.

—Tú estás equivocado, no has entendido nada.

—Ten cuidado, pequeña —dice varias veces expurgando los dossieres.

Esta mañana vio el gran ramo de orquídeas sobre la mesa y, como si nunca hubiera visto flores en mi despacho, dijo:

—Son flores.

—No es una rareza. Siempre compro flores —sonreí—, es muy femenino.

—Claro, claro —la picardía le alumbró los ojos.

Ya sabía yo que le parecería muy femenino.

—Pero éstas son orquídeas —aclaró lo obvio insinuando la sospecha, como un amante que fiscaliza a la amada y al que los celos le hacen hurgar entre las flores para encontrar en seguida una tarjeta que identifique al remitente. La secretaria había dejado esta mañana la tarjeta entre las flores.

—Son de un cliente —comenté al tiempo que él leía en voz alta y lentamente:

—Daniel Salazar Rodríguez-Vicuña, arquitecto.

Y después cambió de gafas ante mi mirada perpleja para leer con las de cerca el texto autógrafo que Daniel había enviado con las flores: «Nunca como ahora he deseado tanto ser un viejo.»

—Qué cliente tan extraño —comentó—. Otra víctima, ¿no? Otra víctima como aquel pobre James Rhon, de cuarenta años, que se enamoró en Londres de una princesa y resultó ser una sórdida buscona.

—Éste es un chico limpio —respondí adecuadamente a su resentimiento.

—¿Limpio?

—Sí, un hombre que se baña con frecuencia y no deja en el paladar de sus chicas el rancio sabor de la mugre que los ingleses cultiváis con tanto agrado.

No se ofendió. Dijo no sé qué de las mujeres, la limpieza y los maricas, y después se despidió recomendándome cuidado.

—Tú no estás libre, Begoña —advirtió.

Confundía a veces los verbos ser y estar, pero

en este caso daba lo mismo: Rhon quería decir que yo ni era ni estaba libre.

Sonó el teléfono antes de que él abandonara el despacho:

—¿El señor Salazar? Pásemelo, por favor. —Y hablé con él—. Tengo mis ocupaciones, sí, también otras personas. No soy una persona libre, no... —hice un guiño a Rhon. Respondía a las llamadas de Daniel después del envío de las flores. Estaba obligada a agradecérselas—. Sí, estoy muy cansada, no he podido dormir en toda la noche. —No quise decirle que por su culpa, pero no debió importarle que lo reconociera como el perturbador obstinado del teléfono: dijo que él tampoco había dormido—. Esta noche no puedo, esta noche quiero dormir, sí, quizá otro día.

Me contó que no ha podido dormir desde la noche de Navidad. Le aconsejé que olvidara esa noche.

—No me porté bien contigo; si nos volvemos a ver puede ser de otra forma —insistió.

—No me interesa que sea de ninguna forma.

—Estoy muy solo, Begoña —quiso inspirar piedad, me molesta la indignidad impúdica de los hombres.

—Lo siento.

—Pensé que esta llamada...

—Pretendía darte las gracias por tus flores. Además —recapacité—, no es que te haya llamado yo, he respondido por fin a tu llamada.

—Te mandaré flores cada día.

—Por favor, no me amenaces con esas delicadezas. Estás loco. Ahora me arrepiento de haberte dado mi número de teléfono, Daniel.

—¿Cuándo podremos vernos?

—Nunca, nunca volveremos a vernos.

Y colgué.

Rhon se había despedido, pero decidió atender a la conversación sin el menor disimulo.

—Se trata de un loco, ¿no?

También parecía tener derecho a oír mis conversaciones.

—No te explicaré nada —le dije.

—Sabes, pequeña, que soy tu protector.

Quiso explicarme que si fallaba su silencio estaba perdida, pero yo no me encontraba hoy para bromas, me hallaba demasiado aturdida como para dejar que el miedo me obligara a seguir aguantándolo, como para que no me parecieran ridículas las resonancias de pretendido mafioso amenazante que había en sus palabras.

—Todos tenemos silencios que vender, querido —repuse retomando mis papeles y poniéndolos crispadamente en orden.

—Yo observo una vida impecable —se defendió cínico.

Él sabía muy bien que mi posible amenaza no tenía nada que ver con su vida privada. Sabía que si era director general se debía a su condición de inglés y que el hecho de ser yo española, a pesar de mis méritos profesionales, hubiera impedido en cualquier caso que ocupara su puesto en esta Compañía británica. Rhon, además, carecía de escrúpulos morales para realizar maniobras y negocios que pueden hacer de un mediocre agente de seguros un torpe director general.

—La estúpida experiencia frustrada de una noche juvenil, querido, no puede marcar la existencia de una mujer. Por eso tu predicción no se ha cumplido después de doce años, ¿comprendes? El vicio no ha acabado con mi carrera, estúpido Rhon.

—Cada día estás más loca, pequeña.

Intentó abrazarme y caí sobre su barriga riéndome.

Esta tarde le he dejado a Rhon una nota en su despacho. Lo citaba para las ocho y treinta en un punto concreto de la Casa de Campo. No sé si se habrá recuperado del susto y ha olvidado ya la paliza que le propinaron los salvajes inglesitos que violaron a su Margaret.

28 de diciembre de 1986

—¿CÓMO ERA SU PADRE? —me preguntó esta mañana el psicoanalista.

Han transcurrido ahora veintidós años desde aquel verano de La Granja. Tan pronto terminábamos nuestros exámenes, mis padres nos dejaban allí con una tata y una semana después emprendían viaje a Mallorca o disfrutaban de un crucero.

—Le estoy preguntando que cómo era su padre, señora Martínez.

—Un ser distante y ajeno —contesté—, asociado a mi madre en el matrimonio sólo funcionalmente; un hombre severo, autoritario, resistente a cualquier emoción.

—¿Nunca hablaba con su padre?

—Mi padre se encerraba en su despacho y se dedicaba a la cartografía cuando estaba en casa. A veces hacía largos viajes sin que se supiera exactamente para qué. Durante las cenas permanecía embebido, sin hablar con nadie, casi sin mirarnos. Sólo intervenía para imponer la disciplina a requerimientos de mi madre.

—Y usted lo admiraba, ¿no? —se interesó el psicoanalista alterando su modo distante de preguntar.

—Creo que sí —respondí.

Yo admiraba a mi padre. Papá me parecía un hombre inteligente, con un lenguaje muy preciso, capaz de hacerse un mundo y bastarse en él. Me intrigaba el mundo silencioso de mi padre. Era un hombre alto, con el pelo levemente cano y el rostro anguloso. El hoyito de su barba le otorgaba al conjunto de la cara una gracia que rompía su tendencia a la expresión hosca y adusta. Me parecía hermoso.

—Un día irrumpí en el baño como una loca, me hacía pis. Papá había dejado la puerta abierta por descuido y lo encontré desnudo, dispuesto para el baño. Sentí miedo de aquel descubrimiento y me quedé parada contemplándolo, sin poder moverme, sin saber qué hacer. A él tampoco se le ocurrió cubrirse con una toalla y me recriminó violentamente la irrupción. Después de aquel encuentro, cada vez que me enfrentaba a mi padre, y durante mucho tiempo, me ponía roja, sentía igual vergüenza que si hubiéramos incurrido en un incesto; veía tras la ropa sus brazos musculosos, el vello cubriéndole el pecho y las ingles, su pequeña barriga...

—¿Recordaba mucho eso?

Me perturbó la pregunta del psicoanalista. Me inquietaba imaginarlo con mamá en la cama, ignoraba cómo podía resistirlo mamá. Les pregunté a mis hermanas si lo de todos los hombres era de las mismas dimensiones de lo de papá. Ellas no sabían nada de eso, pero en lugar de preguntarse por qué lo sabía yo, me llamaron asquerosa con escándalo y se lo contaron a mi madre. Mi madre me puso director espiritual, preocupada por mis pecados de pensamiento —«A esta niña tan rara qué cosas le pasan por la cabeza»—, y el director espiritual me preguntó detalles de aquel descubrimiento a través de la pequeña ventanilla del confesonario por la cual me llegaba un olor ácido que parecía escapar del vientre del confesor. Estaba muy interesado el padre Maqueda por saber dónde y cómo había visto yo eso y, después de contárselo, me pidió precisiones sobre el miembro de mi progenitor. La verdad es que yo sentía ganas de contárselo a alguien, y como si de ese modo me liberara de un secreto que sólo papá y yo compartíamos, le dije que era oscura. «¿Las partes de los hombres son morenas?», le había preguntado a mi hermana Isabel una vez. Isabel me dio una torta y me quedé sin saber la extraña razón de aquella morenez, llegué a pensar que tomaba el sol vestido y con la bragueta abierta. El cura me dijo que eso era lo de menos y me preguntó por qué me había sorprendido tanto, si era muy grande. Ahora que lo pienso daba una impresión de vigor sexual que no parecía acorde con su edad. Mi padre me pareció siempre mucho mayor de lo que era. El cura quería precisiones, pero matizaba siempre mis palabras, unas veces para romper con los eufemismos que yo debía usar por aquel tiempo y otras para imponerme el eufemismo. «¿Cómo era de grande?», me preguntó, y yo, sin encomendarme ni a Dios ni al diablo, dije que cuarenta centímetros. Todavía estoy oyendo su sonora carcajada.

—Lo suyo es de manual —dijo con nula originalidad el doctor Triana.

29 de diciembre de 1986

Daniel estaba sentado en la escalera cuando llegué esta tarde a casa. No dije ni buenas tardes, quizá lo saludara con un gesto en el que se mezclaban las expresiones de sorpresa y de resignación. Abrí la puerta y me siguió sin que yo me hubiera molestado siquiera en invitarlo a pasar. Le ofrecí una copa y aceptó, sin sentarse, a pesar de mi reiterada invitación a que lo hiciera, y me siguió por la casa, con una distraída mirada por los objetos y los muebles, por las fotos, mientras yo abandonaba el abrigo y el bolso en mi habitación y disponía las copas en la cocina.

Era inútil preguntarle a qué había venido, por qué lo había hecho, y él, de un modo que parecía involuntario, inevitable, me preguntó de dónde venía yo.

Yo venía del Retiro. Al salir del psicoanalista me dirigí al parque. El bullicio de la Navidad penetra allí, los niños llevan matasuegras y hacen sonar pitos y hay una algarabía de gente que pasea con paquetes, como si El Retiro perdiera por este tiempo su sosiego. El árbol de Navidad con sus bolas de colores vivísimos agrede la dulzura de aquel paisaje íntimo. No parece que la gente vaya al parque a pasear serenamente, sino que lo cruce camino de alguna parte, como si fuera una calle de paso. Allí estoy segura de no encontrarme con ningún ejecutivo y veo caer la tarde de invierno, enfundada en mi abrigo de piel y agradeciendo el frío en la cara como una caricia de la vida. Un parque es siempre un buen remanso para el solitario y un solitario espera a veces un encuentro y otras lo rehúye y, en cualquier caso, el parque le resulta un hospicio, un lugar desde el que oye las sirenas de las ambulancias o de la policía, las músicas inesperadas o las voces lejanas de la ciudad. Y te refugias allí, en aquella isla, como en una imprecisa defensa. A nadie le extraña que pierdas la mirada en el aire, que te detengas ante el lago y observes la rutinaria circulación de los pájaros, de la miga al nido, o hables con un chucho sin dueño que parece escucharte. O con un chucho con dueño. O con el dueño del chucho...

Venía del Retiro, pero no se lo conté.

—Los hombres siempre pedís cuentas de todo.

No tenía ganas de hablar con Daniel ni con nadie y, sin embargo, creo que le agradecí que estuviera allí, agazapado en la escalera, sin importarle el tiempo que yo pudiera tardar en llegar a mi casa.

—Los hombres sois irreductibles —le dije.

La verdad es que lo son: confunden con frecuencia el amor con el orgullo.

—Rechaza a un hombre —hablé— y sufrirás la persecución del rechazado.

—¿Por qué no te quitas la máscara, Begoña, por qué te empeñas siempre en tu soledad y en aparentar la fuerte?

Me obligó a sonreír, a sujetarme la máscara.

—Si sigues preguntándome corres el riesgo de que termine interesándote adónde iré el treinta y uno, qué festín me preparo. Es, sin duda, el problema de hoy para la mayoría de la gente.

Me quité los zapatos, me saqué las medias y me tendí a lo largo del sofá perezosamente. Daniel se sentó en un borde y empezó a acariciarme los pies tocando con precisión los músculos de un modo muy relajante, incrustando sus dedos robustos en los huesecillos con una delicadeza de orfebre.

—¿Quieres estar a solas, verdad?

Le dije que sí, qué iba a decirle. ¿Le iba a contar acaso que esta tarde ni siquiera podía huir de mí misma?

—¿Por qué te empeñas en entrar en mi intimidad? No tiene interés, Daniel.

Una extraña mueca sustituyó a la respuesta, seguramente porque las declaraciones de amor, a fuerza de contar siempre con las mismas palabras, los mismos argumentos, resultan poco convincentes.

—Estás solo, chaval, estás muy solo, y las carencias afectivas nos tienden algunas trampas. Ten cuidado.

—No tengo miedo, Begoña, yo no tengo miedo.

—Yo, sí.

Y pensé que yo también era esta que ahora se dejaba acariciar con gusto los pies por Daniel y la misma que a veces se levanta por la mañana y canta para reducir el silencio que se ha posado en estas habitaciones afirmando las ausencias. También soy una burguesa que gusta de serlo y que añora la compañía de un hombre, la necesidad de un hijo.

—¿Has tenido novio alguna vez?

—Sí, qué más da, ¿quieres que empecemos a revisar el álbum de los recuerdos, a recontar nuestros fracasos?

Me vino a la memoria la facultad y Manolo Bahón. Manolo llegó a creer que estaba obsesionada con el sexo por mis reiteradísimos deseos de que su ternura y su cuerpo me gustaran lo mismo. La mañana en la que me despedí de Manolo insistió en preguntarme cuál era el motivo que me impedía enamorarme de él si de verdad lo quería. «No te preocupes que no han sido las largas sesiones de Lluís Llach», bromeé. Rió, reímos, pero volvió a preguntarme desesperado, sin comprender por qué razón quería dejarlo. Fui sincera: «Tu cuerpo», le dije, «tu cuerpo.» Su cuerpo era objetivamente hermoso, estilizado, y por ello con mayor apariencia de altura de la que realmente poseía y por las partes erógenas la grotesca blandura del sexo fofo poseía una extraña armonía. Tampoco recuerdo una espalda y un culo de hombre tan rotundos en sus formas y al tiempo, viéndolo andar desde atrás, como si lo moviera el aire. Su sonrisa, tímida y seductora, y sus modos, en las caricias, conciliadores de la ternura y el impulso sexual. No pudo entenderlo, creyó que quería humillarlo. «Te comías el cuerpo como una hambrienta.» Empleó la zafiedad para ofenderme, en él era inusual. Se sentía humillado. No le faltaba razón: yo, sin embargo, me había esforzado por complacerlo y por hallar satisfacción en él sin resultado positivo. «No me has querido nunca, hipócrita», se alteraba. No lo entendía: quererlo sí lo había querido, pero nunca pude gozar de él. «¿El cuerpo, el cuerpo...? —no se lo explicaba—. Gemías de placer con este cuerpo.» Se miró de arriba abajo como si alguna desconfianza se hubiera apoderado de él súbitamente. Me fui, dejando que me insultara y presintiendo su llanto.

Esta inútil sensación de vacío me persigue. Manolo era un estudiante brillante, tibio en política como yo, que ha acabado siendo catedrático de Estructura Económica. Muchas veces pienso que de haberme casado con él, alargando aquella representación, me hubiera evitado estos vacíos, este cansado andar a no se sabe dónde. Pero como si le hubiera contado a Daniel mi silencioso recuerdo de Manolo, le aclaré que también soy la del álbum de fotos, la primorosa niña de primera comunión, la señorita de blanco presentada en sociedad, mona, muy mona. Soy la chica de la orla: «Goñi es una excelente estudiante.» Los libros distrajeron mucho a la otra.

—Tengo miedo a la otra.

—¿La otra?

Lo desconcerté y me reí. Daniel se negó a admitir que no había entendido qué es lo que de verdad le había querido decir, hizo como que lo había entendido, pero sí se dio cuenta de que yo hablaba en serio.

—La otra ha podido más, es más cruel, como la vida. A veces me canso de la otra.

—¿Nunca has pensando en cambiar de vida? —me preguntó.

—¿Cómo?

—Sí, ¿ese mundo convencional y rutinario de la oficina no te aburre?

—¿Has venido a ayudarme a reflexionar sobre mi vida, quieres hacer un balance de fin de año?

Me levanté para renovar la copa y pensé en la gente con la que trabajo. Una especie de seres mecánicos: uniformados hasta en los gestos, embutidos en sus trajes grises y meticulosos en los formalismos que su trabajo requiere. Un jefe de departamento lo lleva escrito en la cara, yo misma con mis distintos trajes de falda y chaqueta, uniformada por el destino; ellos, repetidos en sus gestos, en la propia manera de alzar el cuello, de ajustarse el nudo de la corbata, de acomodarse la chaqueta o de situar el pantalón en la cintura, con ligeros ajustes de la entrepierna, reconocidísimos gestos masculinos... La fiesta los convoca a todos a una forzada solidaridad. Estos seres mecánicos esbozan por Navidad una sonrisa ritual y placentera que los saca obligadamente del corsé de vendedores de seguros, acomodados, felices en su rutina o reprimidos. «Buen año, señora Martínez.» Otro día no se hubieran atrevido a hablarme. Esta tarde me invitaban a Embassy, estaban eufóricos. Decliné la invitación y quise ir andando hasta casa. ¡Pobres hombres! Muchos de éstos tienen todavía sueños eróticos que el placer conyugal no les propicia y orgasmos en el sueño.

Cuando volví al salón me senté en un sillón individual con mayor formalidad que antes, enfrente de Daniel, como si estuviera en casa de mamá, como si con esta nueva forma de estar quisiera establecer una distancia mayor entre Daniel y yo, acabar con esa retórica de la indagación en nuestras vidas que no es, al fin y al cabo, sino la repetición de un aburrido desnudamiento de las conciencias cansadas que luchan contra su destino.

Como si me hubiera oído preguntó:

—¿Estás descontenta con tu destino?

—Oh... Qué trascendencia —repuse.

Pensé que no tenía ninguna necesidad de confesarme y sólo tuve en cuenta que el conocimiento de la otra bastaría para que Daniel se alejara de mi vida. Lo besé y al tiempo que mi lengua avasallaba la suya con un evidente dominio de la mía comprobaba mi contradicción sin poder hacer nada por superarlo. Me preocupaba hacerle daño, eres una egoísta, me decía. Esta tarde me sentía sola. Pero por mucho que me resista soy una convencional burguesita a la que los villancicos le resuenan en su alma domesticada y a la que las tradiciones le revisan los comportamientos. Hoy tenía ganas de calor doméstico y quise ensayar con Daniel la dulzura del lecho conyugal. Volví a echarme sobre el sofá y apoyé una de mis manos sobre un muslo suyo. Él parecía no saber qué hacer, quizá pensara en la dificultad de entenderme. Yo también. Lo invité a marcharse.

30 de diciembre de 1986

VOLVÍ ESTA TARDE AL PSICOANALISTA con la misma desconfianza que acudo siempre. Él preguntó y yo empecé a trabajar en mi memoria con igual desgana. Pero la verdad es que eso pasa al principio, después me voy animando con mi propio relato y ya no me importa el doctor Triana: me interesan mis recuerdos.

En aquel verano de La Granja, hace ahora veintidós años, yo me imaginaba que estaba casada con mi padre. Hablaba a solas conmigo misma y en esas conversaciones interiores hablaba con papá y me respondía él con las respuestas imaginarias que yo suponía que un amante como mi padre podía darme.

Se lo confesé a Maripi, la más íntima de mis amigas de La Granja, y se mostró aterrada. Semejante obsesión le parecía algo más grave que un pecado mortal. Me arrepentí de este ejercicio de sinceridad y me acostumbré al secreto, a la imaginaria relación clandestina con mi padre.

Maripi ignoró siempre que aquellos estados de

postración en los que yo caía por las tardes se debían a la ausencia prolongada de papá, a la falta de cariño. A esas horas en que Maripi trataba de consolarme sin saber bien a qué se debía mi desolación, solía regresar a casa su padre, don Ignacio, y se oían los cariñosos requerimientos a su nena tan pronto entraba él por el jardín. La cursilería de sus arrumacos con Maripi incrementaban mi carencia, pero, sobre todo, suscitaban un rechazo por la blandenguería de las formas del padre de mi amiga que tanto contrastaban con el masculino distanciamiento de mi padre. Al contrario que papá, don Ignacio era más bien orondo y estaba provisto de una buena barriga, comía con una glotonería que contrastaba con sus modos delicados y la calva lo hacía mayor de lo que en realidad era.

«Mi padre es muy sensible», subrayaba Maripi, y me explicaba luego que tan exagerada sensibilidad se debía a su condición de artista. «Los artistas son diferentes al resto de los hombres», argüía ingenua desde la admiración por su padre. «Los artistas la tienen pequeña», se me ocurrió importunar, y Maripi, como si hubiera oído a mis hermanas, me llamó cerda.

«¿Los artistas la tienen pequeña, papá?»

Don Ignacio se mostró extrañado por la pregunta y no pudo disimular su desconcierto. Mi padre le hubiera respondido con una agresión, con una cachetada. Maripi aclaró, como si le ofendiera la idea de que su padre tuviera carencia en sus partes:

«Begoña dice que los artistas la tienen pequeña.»

«Begoña es todavía muy joven para saber de esas cosas», respondió prepotente don Ignacio.

Yo tenía quince años a la sazón, pero necesitaba sentirme mayor en mi vida imaginaria para poder estar casada con mi padre.

«Ya soy mayor», afirmé colocándome los pechos de un modo inconsciente, y don Ignacio sonrió con una insoportable suficiencia.

En esa insoportable suficiencia le descubrí una mirada pícara, como si antes no se le hubieran iluminado los ojos de aquella manera, como si por primera vez hubiera tenido en cuenta mis pechos. Mantuvo la sonrisa mucho rato, quizá por nuestra intemperante conversación sobre medidas, mientras abandonaba el salón muy despacito. Cuando Maripi corrió a darle un beso, tal vez de despedida, aunque en realidad lo besaba casi constantemente, acarició su pelo y ella quedó asida a él por un lado de su cuerpo componiendo de este modo un tierno retrato de familia.

—Y usted envidiaba ese retrato —concluyó el psicoanalista esta tarde.

31 de diciembre de 1986

HOY INICIÉ EL DÍA con la misma rutina de una jornada ordinaria de trabajo, pero advertí en Marisa, mi secretaria, un desinterés traducido en ineficacia que, por la forma de tomárselo, debía parecerle legítimo y que pronto entendí que tal vez lo fuera por imperativo de las fechas. Cada año me olvido. Pasé la última hoja del calendario y entendí el retraso de algunos expedientes que habían de llegarme de otros departamentos y sin los cuales mi trabajo se hacía irrealizable esta mañana.

Rhon acudió a desearme una buena despedida de año porque se marchaba a Inglaterra a celebrarlo y, más que por semejante delicadeza, por saber, a buen seguro, qué iba a hacer yo la noche de fin de año. Las fiestas vuelven a ser para mí un motivo de intranquilidad, me angustia la obligación de divertirme y compartir la diversión.

—Lo pasaré en casa de mi madre —improvisé la explicación y no debí ocultar un rasgo de melancolía, un sesgo de tristeza en la mirada. Rhon, en cambio, estaba alegre y describió con detalles el festejo que preparaban en la casa de campo de Christian, en el condado de Kent.

—Habrá de todo —dijo— y no descarto yo alguna sorpresa de esas que tanto te gustan —le asomó una picardía forzada a la sonrisa.

Pensé que hoy llamaría mamá para preguntar qué haré la noche del 31 y no podría decirle que mi gusto sería confundirme entre el barullo de la gentuza que abre botellas de cava barato junto a la Puerta del Sol y brindar con marineros desconocidos o con camioneros de paso que te tocan el culo en su ebriedad o se te posan en la espalda con el tumulto. ¡Pobre mamá! ¡Qué lejos está ella de estos vicios de la soledad! «¡Podrías despedir un año con tu madre!», se lamenta.

Si le digo que sí (a mí qué me importa oírla otra vez desempolvar su libro de memorias, recordar sus fastos, cumplir generosamente con la familia tanto esa noche como otra), me dirá que «pobre hija, no tienes ni siquiera amigos para estas ocasiones, estas sí que son fiestas de la calle, lo que nos divertíamos nosotros con nuestros amigos. Mira tus hermanas, Goñi...». Si le digo que lo pasaré con algunos amigos en Puerta de Hierro, por ejemplo, se interesará por quiénes son y he de inventarme una larga lista con nombres que hasta tengo olvidados. «Tú siempre sin pareja», me dirá, y me obligará a describirle, por supuesto, mi traje de noche. Negro, sobrio, cerrado hasta el cuello, sin mangas, una faja verde a la cintura... «¿Verde?», preguntará mamá. Sí, verde, un verde muy concreto, vivo... Y una flor. «¿Verde también?» No, la flor debe ser granate. No sé cómo quedará.

Lo cierto es que llamó mamá y la conversación se produjo tal como yo esperaba.

—Hay algo que no me cuentas, Goñi... —me sorprendió con esa novedad. Son tantas las cosas que no le cuento...

—¿Qué, mamá, qué?

—No me das ninguna alegría, hija mía.

—Tengo prisa, mamá.

—Ese chico... García de Branda... Cuántos años sin saber de él...

—No te entiendo, mamá.

—Llamó hace dos días y preguntó por ti, se conoce que le habías dicho que ibas a estar conmigo. Fino, amabilísimo, educado, un sol de chico... Estuve por preguntarle si se había casado. ¿Se ha casado, nena?

—No —mentí.

—Estará en su casa, le dije. Goñi es muy callejera, pero de noche siempre en casa, chico, ya sabes que es muy especial. Me dijo: ¿tiene el teléfono de su casa, por favor, porque no tengo la agenda a mano? Le di el teléfono, llamándolo siempre hijo mío, porque me falla la memoria, Goñi, conozco el apellido, porque conozco muy bien esa casa y la familia, muy buena familia, pero su nombre... ¿Cómo se llama, Goñi?

—Elio, se llama Elio.

La tristeza da a veces lucidez. Estás triste, Begoña, reconozco. Si fuera un hombre no resultarían tan repugnantes mis gustos secretos y tal vez no hubiera lugar ni para la culpa ni para el miedo. Una señorita es otra cosa. Pero Elio me llamó por la tarde, después de que Daniel, unas veces llorando y otras tranquilo, me reclamara sin descanso.

Le dije a Daniel que no podía ser, que era una trampa, y después me pudo la ironía y le expliqué que despedir un año juntos era algo demasiado íntimo para el poco tiempo que hacía que nos conocíamos.

No había argumento que importara y por fin vino a casa, intentó que le abriera y me negué a hacerlo.

—Hoy estoy vulnerable y puedo hacerte daño —le había advertido por teléfono.

Cuando lo vi, a través de la mirilla de la puerta, sentí pena. La pena es para mí incompatible con cualquier atractivo de hombre. El verdadero macho tiene fuertes instintos protectores y Daniel carece de ellos. Sólo mi sentido maternal, despierto en la soledad de la tarde, me hubiera permitido abrirle. No lo hice.

—Haz el favor de no molestarme —me dolió hablarle así y no pude o no quise escuchar lo que me decía, aunque sí percibí que lloraba. Sus lágrimas me conmovían y lo apartaban aún más de mí.

Me llamaba, pronunciaba mi nombre en alto, tal vez estuviera borracho. Se oyó alguna puerta de los vecinos y sentí vergüenza, no era capaz de amenazarlo con llamar a la policía. Mi depresión y mi angustia, mi confusión, alcanzaban ya unos límites insostenibles, estaba por salir a la calle, sin rumbo, como en tantos otros ratos de soledad.

Fue entonces cuando llamó Elio. Seguramente imaginó que estaba sola. Sí, me sentía sola. No pudo suponer, sin embargo, que esta vez una llamada suya o de cualquier otro amigo resultaba ciertamente oportuna. Él llamaba para disculparse por las llamadas de la otra noche.

—Era yo y tú sabías que era yo, lo hice porque estaba muy borracho.

No sospeché de él hasta que mi madre dijo haberle dado mi número de teléfono.

—Eres un cabrón, querido Elio —lo disculpé sonriente.

Me preguntó quién era Daniel y le expliqué:

—El chico de aquella noche.

—Bien has dicho, el chico, ¿no es demasiado joven para ti?

—Es muy buena persona, Elio.

—Peor me lo pones, las buenas personas no han tenido nunca nada que hacer contigo, Begoña.

—Nos hacemos mayores y necesitados —bromeé.

Me invitó a tomar una copa a las ocho.

—Porque después tendrás compromisos —dijo.

—No.

Elio cenaría en casa de los Izúa, allí iba a despedir el año, son amigos comunes, de la facultad. Iría la gente de siempre, no creía que hubiera inconveniente en que yo fuera con él.

—No, no es oportuno.

—No vas a despedir el año sola, si quieres llamo a Santiago para que te invite.

Abrimos una botella de champán en casa y él inspeccionó la alcoba con deseo.

—Somos buenos amigos, Elio —dije mirando a la cama.

—Amigos, no, hermanos. Y yo soy un incestuoso —replicó agrandando los ojos con la sonrisa, subrayando las arrugas, pero recuperando la luz de la adolescencia. Aquella especie de joven-viejo era para mí una figura hermosísima en su smoking. Estaba guapo.

1 de enero de 1987

ES BORROSO, COMO UN SUEÑO, secuencias perdidas, situaciones que no puedo concluir y menos con este dolor de cabeza resistente a cualquier analgésico.

¿Qué hacíamos en el cuarto de plancha de aquella casa? Parece que hubiéramos estado toda una buena parte de la noche en un cuarto de plancha velando el cadáver de no recuerdo quién sobre una soberana tabla de planchar muy antigua. En el rincón había una mujer llorosa condenándome con los ojos y pensé que tal vez fuera la ex mujer de Elio.

Parece que aquellos ojos me hubieran acompañado toda la noche. Y luego un azulejo portugués antiguo, muy hermoso, en una especie de alameda. Y los ojos de la mujer pegados a una lámpara de jardín. Pero no podía haber jardín porque era la casa de Santiago Izúa, los Izúa han vivido siempre en un amplísimo ático de la calle de Orense. Tal vez tengan jardín en el ático. Santiago me sujetaba la frente, «toma el aire, tranquilízate». Levantaba la cabeza y tenía a aquella mujer enfrente, sola, vigilándome, con sus ojos clavados en mí.

Hay otras escenas que recuerdo en color, muy luminosas, en el interior del baño que, sin embargo, era todo negro, de pizarra. Santiago abrió la puerta y me encontró sentada en la taza. Entró, cerró, me deseó feliz año y me besó. Me besó profundamente, como si la memoria y el alcohol le otorgaran un derecho a besarme que yo, por otra parte, no estaba dispuesta a negarle, se lo había dado la historia.

—Tienes un derecho histórico —le dije borracha.

Recuerdo que Mimí me advirtió que llevaba la cremallera del traje abierta por detrás, y ella misma se prestó a cerrármela.

—Cuidado, Goñi —me llamó la atención, y me recordó a Rhon con su ambigua advertencia, como si me acechara algún peligro o yo misma fuera anoche un peligro.

Elio me dijo que estaba muy borracha y es de lo único que ahora estoy segura. Me lo dijo y se fue tambaleándose. No sé en qué momento volvió, después de muchas veces de encontrarme a la que me miraba amenazante y me perseguía. Pero Elio volvió con una bandeja de plata sobre la que había muchas rayas de cocaína y me ofreció un tubito de plata para que esnifara.

—Eres un vicioso —lo acusé. Elio se rompía de risa.

Después vi a Mimí, a Magdalena, a Maribel y a Cuqui reclinar la cabeza sobre la bandeja de Elio y yo me fui corriendo a vomitar. Parecían un cuerpo de baile, todas a la vez dispuestas sobre la bandeja y aspirando y, después, todas a la vez, levantando la cabeza al cielo como si aquellos polvos se les fueran a derramar encima, y después, todas a la vez, gimiendo de placer como si las estuvieran fornicando a las cuatro a la vez.

No sé quién me trajo a casa y no estoy segura de haberme desnudado por mi cuenta. Sé que a la fiesta fui con Elio.

—Feliz año —dijo Daniel al teléfono esta mañana.

—Gracias, que sea bueno para ti.

Y colgué cuando él decía gracias, antes de que siguiera hablando. Volvió a sonar el teléfono varias veces seguidas y no contesté.

A las dos llamó mamá y pude contarle la fiesta a mi manera. Le produjo una gran tranquilidad y casi emoción que hubiera despedido el año con García de Branda.

—¿Cómo se llama, nena?

—Elio, mamá, Elio.

—Empiezas bien el año, Goñi.

Empiezo el año como siempre, querida, sola.

—Comeré en casa, mamá, comeré en casa.

—Dale recuerdos a Elio, es un encanto.

Dio a entender que había comprendido que Elio y yo comiéramos en casa, juntos.

Llamó Elio después para preguntar qué había sido de mí y comprobé así que no me había traído a casa, que no había sido él el que me había desnudado.

—¿Estás seguro?

Ahora el recuerdo de la noche se hacía todavía más inquietante.

—Estabas muy borracha, Begoña.

—Lo que sí recuerdo —dije— es que tú apenas bebiste, como siempre.

Reímos.

—La mujer de Izúa nos echó cuando nos descubrió sobre su propia cama, jugando.

—¿A mí? —pregunté asustada.

—No, a Santiago, a Magdalena, a María del Prado —estaba recordando a cuántos—, a Conchi y a mí.

Pude comprobar con Elio que la mujer que me perseguía con sus enormes ojos era la mujer de Izúa. El tiempo pasado desde que nos conocimos me había impedido identificarla.

—Santiago siempre le ha hablado de ti, yo diría que demasiado.

Algo me hizo recordar la mano de Santiago en mis pechos en la alameda del azulejo portugués, algo me hizo presentir que fue Santiago Izúa el que me trajo a casa y me parecía estúpido no recordar nada más, si acaso advertir algún pequeño ardor, una escozura, alguna huella de mi primera e inconsciente travesura erótica del año.

Recordé a la inocente de mamá: «Empiezas bien el año, Goñi.»

Sí, mamá, muy bien.

2 de enero de 1987

No PARECE QUE LA HORA de la siesta sea la mejor para visitar al doctor Triana. Y menos en estas fiestas. A pesar de que siempre me atiende con una curiosidad que a mi parecer excede a su celo profesional, hoy se adormilaba de vez en cuando. Pero no me molestó su modorra, por el contrario tuve gusto por la sensación de estar hablando a solas. Y empecé a contar:

—Aquel verano nuestros padres vinieron a La Granja algo más de una semana. De cuantas tarjetas postales recibimos recuerdo una brumosa estampa de Dublín que me permitió enmarcar mis paseos imaginarios con papá. Se trataba de un paisaje para mí más exótico que el repetido paisaje de Mallorca. Pero cuando llegaron, sin que yo al menos hubiera tenido noticia de que estuvieran por venir, estuve rezagada en el recibimiento y no como mis hermanos. Ellos expresaban el júbilo sin algaradas y casi se habían situado en una correcta fila. Me situé al fondo del espacioso salón y vi a mis padres a los pies de la escalera ceremoniosamente colocados para el recibimiento, igual que si se tratara de una recepción oficial y no de un encuentro de familia. Esperé a que papá me echara en falta y entonces atravesé el salón corriendo hasta llegar a él y poner mis labios temblorosos en sus mejillas. Dijo inmediatamente algo referido a la comida, dirigiéndose a las muchachas, o preguntó a Luis, no sé si a Rafael, cualquier cosa sobre la caza. Después, indiferente, nos abandonó subiendo la escalera y fue mamá la que se dispuso a interesarse por nuestras vidas en su ausencia.

En aquel momento confirmé que con mi padre jamás podría repetirse la escena de Maripi con don Ignacio y hasta empecé a pensar ingenuamente en la incompatibilidad de la grandeza del miembro viril con la ternura que tanta falta me hacía.

—Una adolescencia sin cariño modifica nuestras vidas —comentó, desvelándose, el psicoanalista. Dio la impresión de hablar sin haber querido hacerlo, como si sólo estuviera pensando en voz alta.

Maripi me contó que su padre había advertido mi tristeza, y en aquel momento los ojos pícaros de don Ignacio, que recordaba yo de aquella tarde en la que quise demostrarle que era mayor, haciendo ostentación expresa de mis pechos, se borraron para mí de su rostro.

«¿Tú nunca has llamado a tu padre por su nombre?», le pregunté a Maripi.

«¿Cómo?»

«Sí... Ignacio. ¿Nunca lo has llamado Ignacio?»

«¿Y tú...? —me preguntó ella—, ¿tú has llamado Rafael al tuyo?»

«No», respondí.

«Qué cosas tan raras preguntas, Goñi... A los padres se les llama siempre papá.»

Ella no sabía que yo llamaba al suyo Ignacio en los sueños y que en todos los sueños lo invocaba colocándome los pechos como aquella vez. No podía saberlo y le hubiera asombrado conocer los ojos del sátiro en su padre, persiguiéndome, queriendo tocar los pechos, y yo huyendo.

«¿Nunca has soñado con tu padre?», le pregunté.

«Claro que sí. ¿Y tú...?»

Ella siempre devolvía las preguntas.

3 de enero de 1987

LA FIESTA DE REYES me trae una sensación de descanso, de retorno a la normalidad, de recuperación de mi autonomía personal en relación con mi familia... Se acaba por fin este ciclo de imposición de las costumbres. Cada año pienso tomarme unas vacaciones por estas fechas en un lugar lejano y caliente, por ejemplo el Caribe, y no lo hago por falta de compañía. No me apetece ir sola y, por otra parte, pienso que sería mejor que me atreviera a hacerlo sola, quizá esperando que en uno de esos viajes se identifique el hombre que no he conseguido encontrar en mi vida y que sólo se perfila en una fijación borrosa e imaginaria de la infancia.

Ayer, como si el tiempo no pasara, me vi haciendo una larguísima lista de regalos. Primero, los niños, mis sobrinos. Llamé a mamá varias veces para que me recordara la edad exacta de cada uno de ellos.

—Parece mentira, Goñi —recibí la reprimenda en todas las llamadas—. Parece mentira que no recuerdes la edad de tus sobrinos.

Después, los mayores: primero mamá. ¿Qué se le puede regalar a mamá para evitar esa cara de desinterés, esa expresión defraudada con que recibe los regalos de todos? Las corbatas de mis hermanos en Loewe y para mis hermanas complementos. Se trata de recordar a cuál de ellas obsequiaste con un pañuelo el año pasado para no repetirte y que no te ocurra como con Isabel hace dos años:

—Eres una despistada, Goñi, éste es el tercer monedero que me regalas.

A las muchachas de casa unas blusitas, y a Enriqueta, toda una vida con nosotras, la misma mañanita de todos los años.

—Pasa el tiempo, hija mía —dice contemplando la mañanita como si fuera la misma del año pasado.

Siempre igual.

Cuando sacaba los paquetes del coche para subirlos a casa, una mano amiga se prestó a ayudarme. Era Daniel.

—Qué oportuno —dije.

No sé si se me escapó la ironía como un indicio de la hartura o si lo tomó él como un cumplido.

Recogió paquetes para subirlos y, en consecuencia, ya no era necesario invitarlo a entrar en casa. Fue tan inútil rechazar que lo hiciera como preguntarle por qué no me dejaba tranquila.

—Esto de los regalos es una lata, malditas fiestas... —hablé por hablar.

—Otra cosa es cuando se tienen hijos.

—Oh, sí... Un encanto. Sólo faltaba.

—¿Nunca has deseado tener un hijo, Begoña?

—Hijo, por Dios... Siempre hablando de cosas importantes. Todos los hombres sois como hijos, querido. Más pequeños cuanto más se os conoce.

—¿Te parece que me estoy comportando como un crío?

—Sí, Daniel, sí, me lo parece. Como un crío muy pesado, que da mucha lata a mamá.

—Y a mamá no le gustan los niños, a mamá le gustan los abuelos.

—A mamá le gustan los hombres hechos y derechos, para niña ella, ¿has entendido?

—La noche de Reyes es una noche muy oportuna para salir a cenar con una niña —dijo él, como un cursi. Y añadió—: Si ella quiere, claro.

—Es posible... —dije. Mejor hubiera dicho «déjame en paz».

—¿Podrías cenar mañana conmigo?

El tono de súplica de Daniel originaba en mí un rechazo inevitable, me sentía obligada a reprimir la violencia.

—¿No tienes compromiso para la noche? —insistió.

—No —fui parca, pero expresiva, no aguantaba más.

—Vendré a buscarte a las nueve.

Lo dio por hecho y, afortunadamente, se marchó.

5 de enero de 1987

EL PSICOANALISTA ME CITÓ hoy a las siete de la tarde, hora muy impropia para una víspera de Reyes, y yo insistí en la conveniencia de que fuera a las cuatro, más que porque tuviera que llevar sobrinos a la cabalgata, por lo grata que había sido para mí su modorra del otro día. Él rechazó la propuesta, quizá por lo desagradable que fue para él dormirse, y tal vez porque, como sostengo, su curiosidad por aquel verano de La Granja no es solamente una preocupación de carácter profesional. Yo me encontraba algo deprimida cuando llegué y, como tantas veces, empecé a normalizarme a medida que hablaba:

—El comedor de nuestra casa de La Granja era un espacio rectangular ocupado, poseído más bien, por una mesa, desproporcionada y armónica a la vez, seguramente menos larga que lo inmensamente larga que la he recordado siempre. Creo que no había más muebles que aquella mesa y sus incómodas sillas correspondientes. La pared de la izquierda, según se entraba, estaba dominada por tres amplios balcones que daban a un jardín de nuestros tíos, o sea, a la otra parte de la casa que también fue de mis abuelos. Quizá por no irrumpir en la intimidad de la otra familia, aquellos balcones nunca se abrían y los cortinones ampulosos, con sus hermosas cenefas repletas de filigranas, permanecían siempre cerrados. Comíamos con la luz tenue de unos candelabros imperio que pendían de la pared, entre cortina y cortina, y de los que a la derecha acompañaban a un enorme bodegón con motivos de caza que papá atribuía con orgullo a un contemporáneo de Rembrandt y que ocupaba casi toda la pared. La desmesurada araña de cristal, que siempre temí que cayera sobre nuestras cabezas, fue hecha, según mamá, en la Real Fábrica de Vidrio de La Granja, pero no se iluminaba sino en singulares ocasiones y nunca estuve en ninguno de esos festejos de adultos. De modo que para verla prendida aprovechábamos mis hermanas y yo los momentos en que las muchachas hacían la gran limpieza semanal. También entonces abrían los balcones y aquella estancia con paredes empapeladas y suelo de oscura tarima se convertía en un lugar luminoso y alegre, entraba en ella el bullicio de los pájaros, y nada tenía que ver con el lugar sombrío que pasa ahora mismo por mi recuerdo para revivir aquel mediodía de verano en que llegué asfixiada, húmeda del sudor, el pelo en desorden, estando ya todos en la mesa, rígidos, bendecida la mesa por mamá.

Jadeaba y mi jadeo era lo único que se escuchaba en aquel ámbito en el que todos esperaban mis disculpas, conocer la razón de mi retraso. La verdad es que no sabía qué hacer: si besar a mis padres y sentarme, disculparme, claro, o sentarme como si nada pasara. Opté por esto último y papá, mientras servían el primer plato, con los lentes de cerca puestos, como si estuviera leyendo sobre la vajilla o meditando alguna decisión, permaneció abstraído unos instantes y después, apartando a un lado los lentes, miró hacia mi puesto y con el dedo índice me pidió que me acercara a él. Papá se situaba a la cabecera, como es lógico, debajo del gran espejo isabelino, a cuyos lados había dos puertas, con grandes remates de escayola nutridos de arabescos, sobre las que se situaban los retratos de nuestros bisabuelos y por una de las cuales salían las criadas para servirnos. Cuando estuve ante mi padre, él imprimió la repugnancia al gesto, sin duda por mi aspecto de desaliño, y con su tortazo se estremeció mi mandíbula y el dolor se apoderó de toda mi cabeza. Rompí a llorar con vergüenza y oí la frase de don Ignacio en mi interior: «¿Sabes que tienes unos ojos muy bonitos? Pareces una señorita de Renoir.» Yo no sabía quién era Renoir y Maripi tampoco, lo supe años más tarde en Preu y después, en un viaje con compañeros de la facultad. «¿Quién es Renoir, Maripi?» «Un amigo de mi padre», contestó resuelta. Sólo la había inquietado, celosa, que su padre elogiara mis ojos. La comida transcurrió en silencio y después mi madre me recordó, por ejemplo, que ya no era una niña y cuáles eran las obligaciones de una señorita de mi clase... «Una señorita de Renoir», maticé. «¿De dónde...?», preguntó mamá. «De nada.» Era la primera vez que se había alterado la norma, era la primera vez que en casa, alguno de nosotros, había llegado tarde a la mesa. «¿Se puede saber dónde te metes?», preguntó mamá con energía. Hasta entonces se había mostrado serena en la recriminación. «Todo el día fuera de casa, como una golfa, Goñi, como una golfa.»

Venía de pintar con don Ignacio.

El psicoanalista puso una mano sobre la otra dando por terminada la consulta y movió la cabeza y abrió mucho los ojos como si me estuviera diciendo que ya lo sabía él, que lo veía venir.

Eran ya las nueve y había quedado a cenar con Daniel. Miré el reloj y cuando volví a mirar al doctor Triana él estaba murmurando que todo quedaba claro.

—O sea —especificó—, lo mismo que ayer tarde.

Nos despedimos. Cuando recordé que Daniel me esperaba sentí una extraña y contradictoria sensación de alivio. Encontrarme anoche con Elio, Rhon o cualquiera de esos que pudieran hacerse cómplices de esta condena mía, de esta obsesión que al fin me procura la infelicidad, no iba a proporcionarme otra cosa que ahondar en la culpa, que hurgar en la llaga y aumentar en ellos el orgullo del secreto.

Daniel, como Manolo Bahón y tal vez como Santiago Izúa, pertenece a la estirpe de los hombres que pueden enamorarse de mi seguridad, de mi fuerza, pero en el fondo de los cuales yo sólo encuentro niños. Es curioso: los tres son un poco barbilampiños. Los tres tienen un pecho liso, sin esos bosques negros que el vello elabora sobre los torsos fuertes de los árabes, de los turcos, especialmente, y en los que no he tenido nunca la posibilidad de enredar mis dedos suavemente para alcanzar los pezones ásperos del macho. Los tres son delicados en los modales, al menos fuera de la cama, y tan cuidadosos y tan estetas que se podría decir de ellos que son un poco amanerados. Los hombres cuando se refinan en exceso, y Elio ha perdido algo de eso con la edad, resultan un poco afeminados.

Daniel es un niño educado y bueno, un poco resignado, una criatura desamparada a la que anoche creí que debía proteger. Quizá lo creí para protegerme a mí misma, como si dedicada al noble oficio de institutriz me olvidara de mis otras tendencias, sin que importara mucho que la institutriz accediera a dejarse cortejar por el niño ni que satisficiera los caprichos del pequeño si al sexo del querubín, bien es verdad que poco, lo aquejaba cualquier repentino sobresalto.

Llegué al Figón de la Villa, que está cerca de casa, siguiendo las indicaciones que Daniel me había dejado en el contestador, aunque ayer hubiera quedado en venir a buscarme.

El agua debió contribuir a que me encontrara radiante, como alguien que supera una pesadilla. Pero al verlo, vestido igual que la noche de Navidad, con una de esas horribles corbatas de Hermés que pueblan mi oficina, llenas de cadenetas o banderitas, le sonreí como hubiera sonreído a uno de mis sobrinos, dulce criatura.

—¡Qué mayor te encuentro! —lo tomó como un piropo.

Se sonrojó, no supo si corresponder con una frase amable, y al volver a sentarse casi tira una copa con el filo de la servilleta. La cordialidad de mi actitud, que era la expresión de mi personal liberación, lo confundía y lo estimulaba. Quizá pensó: es posible que no todo esté perdido. Pero a veces se le escapaba la mirada hacia ninguna parte, como las ilusiones vanas pierden la mirada de los hombres y de las mujeres haciéndoles concebir vidas y proyectos que no se corresponden con las vivencias efímeras de un bienestar que en algunas circunstancias, como me ocurría a mí anoche, es la consecuencia de un humor pasajero. Después volvía a escucharme, a interesarse por mi trabajo, a comentar un libro o una película, temeroso de hablar de nosotros pero queriendo hacerlo. Sentí compasión de Daniel.

Yo estaba eufórica y él desconocía la naturaleza de esta euforia, como desconocía, claro, que era el resultado de una huida. En su desconfiada manera de mirarme era fácil advertir que se estaba preguntando a sí mismo la razón de mi cambio de actitud. Hubiera querido preguntar y no se atrevió a hacerlo.

—Cuando no se habla de uno se termina hablando de política —comentó de una manera desidiosa.

—Sí, es un modo de hablar mal de los demás —contesté.

Me preguntó si me interesaba la política y le dije que no, que tenía ante sí a una completa individualista, una insolidaria que sólo aminora esta conducta ante la verdadera amistad. Quise cambiar de conversación porque las definiciones políticas me molestan incluso por exclusión. Pero él insistió en saber si yo siempre había sido así o era ahora una víctima del desencanto.

—Yo siempre he estado muy desencantada de mí misma.

—¿Y en la universidad?

Me reía: sólo una vez fui con una amiga, con Teresina Rialt, a una manifestación para recibir a Atahualpa Yupanqui. Cuando llegamos allí la consigna había cambiado y era preciso manifestarse en contra de Atahualpa por no sé qué declaración que a los comunistas no les había gustado. El entusiasmo de Teresina para manifestarse en contra no era menor que el que me había expresado durante todo el camino con sus devociones por Atahualpa para manifestarse a favor.

Ahora también se reía Daniel y en medio de sus risas preguntó:

—¿Y Franco?

—Franco era para mí un problema estético; él, su entorno y sus actitudes me parecían demasiado cutres. Lo cierto es que eso al final también es ideología.

—Nunca te pegó un guardia —afirmó como quien dice «a mí, sí».

—No, no... No me hubiera gustado nada.

—Nadie de tu casa fue a la cárcel, naturalmente.

—Sí, sí, éramos cinco y ese papel le tocó a Luis. Se trató de una maldición que ha venido a pagar ahora: es director general. Lo bueno de todo esto es que, al final, mamá se ha convencido de que ser rojo es tan sólo una desgracia coyuntural.

—Eres una frívola, Begoña —le salió del alma y lo suavizó con una sonrisa forzada.

—Lo soy —reconocí.

Decidí aprovechar la referencia a la frivolidad para preguntarle qué le había pedido él a los Reyes Magos. Un niño como Daniel seguro que estaba viviendo una noche de ilusión.

Me respondió que algo a lo que agarrarse, la sensación de estar vivo, e hizo un gesto para saber si yo pedía algo.

—Una corbata —respondí—. No se puede comprometer a los Reyes más allá de lo razonable.

Preguntó para quién, para quién la corbata.

—Yo siempre pedía a los Reyes una corbata para papá —atiplé la voz como una pequeña.

Daniel miró el reloj y pasaban ya de las doce, se fue al guardarropa y vino con un paquetito tan pequeño que ignoro por qué no lo había guardado en uno de los bolsillos de la chaqueta:

—Los Reyes han dejado esto para ti.

No le dije que no me gustaba la plata ni que el diseño de Berao me parecía aparatoso. Tampoco le expresé el rechazo que sentía ante los objetos con los que corriera el riesgo de vincularme a las personas, sentirme atada a los demás por los regalos. No estaba segura de querer seguir viéndolo ni sabía bien si sería capaz de soportar el sentimiento maternal que anoche me poseía para librarme de los otros sentimientos de culpa que tantas veces me angustiaban. Preferí hablar en broma:

—¿Se trata del anillo de pedida?

—No sé si es adecuado para eso —me dijo en serio.

—Espero que los Reyes te hayan dejado en casa una corbata.

Obsequiosa, quise pagarle los servicios de su compañía.

—¿Esta noche?

Al responderle que sí, que esta noche, me di cuenta de que ni su pregunta sobraba ni yo respondía con desgana.

7 de enero de 1987

Esta tarde acudí a la consulta del doctor Triana con un mayor convencimiento que nunca de que si Triana no era un inútil al menos lo resultaba ya para mí. Le pedí la minuta para acabar y no trató de disuadirme, pero como si todavía esperara algo de una última confesión, ya que estaba allí, quiso que hablara. Y hablé.

Maripi me contó un día en La Granja cómo

era el estudio de su padre, cerca de Valsaín: una amplia habitación que olía a pintura, con un olor áspero y excitante a la vez, donde su padre se ponía en contacto con las musas. Para Maripi, un artista, y su padre el que más, era un ser en contacto con las divinidades.

«¿Qué es una musa?», le pregunté.

No titubeó:

«Una musa es una diosa que te trae la inspiración.»

«Entonces tu padre no pinta del natural», pensaba yo en el voluptuoso desnudo de mujer que había visto en el despacho de don Ignacio.

«No, mi padre se inspira», contestó rotunda.

Cuando don Ignacio nos llevó a su estudio por primera vez, comprobé que aquella habitación, un recinto lleno de luz o de penumbra, según su capricho, era algo más que una habitación impregnada de óleo por todas partes y en sus estampas prendidas de la pared y en los extraños objetos que por allí se desparramaban se detectaba lo que ahora puedo definir como misterio, toda la extrañeza de aquel tío detrás de cuyas palabras yo siempre adivinaba algo más de lo que realmente decía, al contrario de su hija que parecía decir siempre algo más de lo que en realidad tenía que decir.

En el estudio había una pequeña consola y sobre ella unas manzanas y unas peras con sorprendente brillo y colocadas con un orden que ahora se me antoja amanerado y cursi. Le pregunté a Maripi, que seguramente había adivinado la intención de mis preguntas, sobre los modelos y la inspiración, si no me había dicho ella que su padre no pintaba del natural.

«Bueno... Los bodegones, claro, los paisajes...»

Aquel día no sabía bien si quería pintar o ser pintada, si quería ser el pintor o su modelo. ¡Si hubiera podido preguntárselo a él...! Don Ignacio me preguntó si me gustaba la pintura y dije que la suya sí. Me advirtió, con una sonrisa que expresaba su vanidad satisfecha, que ha habido y hay otros pintores mejores, y yo, recordando el triste bodegón de amplias dimensiones de mi casa, dije que el peor de todos era Rembrandt. Se mostró asombrado, primero, y después rió a carcajadas. Y yo añadí, tan tranquila: «Rembrandt y todos sus contemporáneos.» La culpa de esta manía pictórica la tenía papá por su admiración por Rembrandt y por los discípulos de Rembrandt, pero don Ignacio, que la desconocía, se regocijaba con aquella excentricidad que, supongo, no habrá compartido nunca.

«¿Te gustaría pintar?», me preguntó.

Me callé. Dudaba si decirle que me gustaría más posar para él. Todavía más: decirle que me gustaría posar desnuda para él. Pero intervino Maripi:

«Podemos aprender las dos a un tiempo.»

«Las dos, no —dije. Y añadí—: Tú pintas y yo poso.»

A Maripi sólo se le ocurrió advertirme que posar desnuda tenía el duro inconveniente del frío, como si hubiera sospechado que mi intención no era posar vestida para su papá.

No sé si decir que la mirada de Ignacio, ya me atrevía a llamarlo Ignacio, era una mirada de asombro o la mirada de un pícaro que tras la ingenuidad de su pequeña advertía mi mirada descarada de deseo.

«No puede ser, Goñi —siguió la recriminación de mi madre—, desapareces muchas horas sin que sepamos dónde estás. Tu padre está muy preocupado.»

Mi padre estaba celoso. Llegué a esa conclusión.

«Siempre estoy en casa de Maripi», respondí.

Siempre estaba en casa de Maripi o en el estudio de su padre, bajo el porche desde el que Ignacio reproducía pedregales, llanuras que parecían mares o atardeceres en los que descubrí que la luz de La Granja tenía el color de la melancolía para sobrevivir un invierno con su recuerdo; el recuerdo de la mano de Ignacio alisando mi cabello como un padre y el recuerdo de mi deseo hecho temblor esperando que su mano se decidiera a seguir hasta mis pechos.

—Usted sabe muy bien dónde está el origen de sus males —concluyó esta mañana el psicoanalista.

—¿De mis males?

—Bueno —sonrió—, usted se conoce bien, señora Martínez.

II. DIARIO DE UNA ENFERMEDAD

14 de enero de 1987

ESTA SEMANA DE TRABAJO en Londres me ha agotado con sus exigencias: continuas visitas y reuniones de negocios en las que necesariamente has de estar brillante, simpática, y mejor con un punto de pedantería. Cenas para culminar el cansancio del día en las que, además de soportar las excesivas maneras sofisticadas de los ingleses, debes aguantar a sus esposas y responder a una serie de curiosidades sutiles a través de las cuales se internan en tu vida íntima hasta hacerte volver a la cama con complejo de solterona.

He regresado esta noche y la parpadeante luz roja del contestador anunciaba el temido registro de llamadas. El viaje me ha servido por lo menos para no incurrir en un nuevo error de acercamiento a Daniel. Marga me ha dicho, y con razón, que estoy actuando de un modo incorrecto, pero las amigas por mucho que te conozcan no consiguen comprender los extraños mecanismos de las relaciones humanas. Ella ha conseguido explicarse que los hombres que pueden gustarme raramente podrán arreglar mi soledad y que a veces uso a los que no me gustan para tratar de arreglarla. Pero hay zonas intermedias que ni siquiera los psicoanalistas ven con claridad: esos momentos de desvalimiento en los que tan a gusto te sientes con un cariño al que no tienes posibilidad alguna de corresponder.

Ya sé que soy una egoísta, pero ser como soy es bastante cansado y juro que me gustaría ser una persona más simple. Querría conseguir borrar los registros de la memoria o purificar mi inconsciente de sus obsesiones y sus modelos. Podría entonces amar a Daniel y presentárselo a mamá: un buen arquitecto, con apellidos que no le desagradarían, muy fino de aspecto y culto. Ya podría ella morirse tranquila, con su Goñi casada. O esperar a que tuviéramos un hijo, o la parejita, como le gusta a mamá. Mister Rhon empezaría a tomarse en serio a la señora Martínez y hasta me disculparía de realizar algún viaje profesional en atención a mis obligaciones familiares. Mis hermanas carecerían de un tema de conversación, mis rarezas, y quizá empezáramos a ir juntas de compras o a comentarnos por teléfono los problemas del servicio. El matrimonio me permitiría recuperar a la familia, encontrarme a gusto en mi propio territorio. Un ginecólogo y un pediatra sugieren siempre motivos de recurrente conversación para las reuniones familiares y yo tendría al fin un hombre para que juntas disculpáramos las debilidades de los hombres. No volvería a oír determinadas frases —«Eso son manías de las que vivís solas, si tuvieras un hombre de quien ocuparte...»— y tendría muchas veces la disculpa de que esto o aquello debería comentárselo a Daniel. A cambio de todo eso no podría llegar como he llegado esta noche y hacer lo que me place: ver la luz del contestador reclamando mi atención y optar por echarme en el diván frente al televisor y soportar una horrible película de Bette Davis para tratar de olvidarme de que llevo diecisiete años haciendo con brillantez un trabajo que no me gusta; que si no hiciera el trabajo que no me gusta no sólo no tendría tanto dinero, que sí me gusta, sino que habría acabado ya en un manicomio, y que entre el trabajo, los miedos y la ocultación apenas he podido vivir y los años van acabando con la posibilidad de que lo consiga.

A lo mejor sería recomendable rendirse y atender, por ejemplo, a la llamada de Daniel. Pero no soporto la idea de su ropa en mi armario ni su voz reclamándome para lo que sea en mi propia casa. Ni sus cosas de afeitar en mi baño. Ni a él en la cama. Dormiré, dormiré sola, y mañana pensaré si respondo a las llamadas que con toda seguridad me ha hecho Daniel.

15 de enero de 1987

ESTA MAÑANA, ANTES DE QUE sonara el despertador, sonó el teléfono. No contestó nadie. Daniel quiso comprobar si yo había regresado o no. Debo agradecerle que no haya efectuado la comprobación durante la madrugada y que con su llamada sólo haya adelantado mi horario de actividad. De este modo he podido prepararme un café con toda paciencia, fumarme un cigarrillo mientras hojeaba los documentos con los que hoy he trabajado y prepararme un baño con sales en lugar de la ducha rápida con que me desvelo.

Cuando desayunaba ha sonado de nuevo el teléfono y tampoco esta vez respondió nadie. Me decidí por fin a atender al contestador y en su registro de mensajes encontré, cómo no, la voz de Daniel:

«Begoña, Begoña, no sé si estás... Cuando vuelvas, llámame, tengo una cosa importante que decirte, mi amor.»

Ya ves, su amor, el suyo, sí. A mamá en cambio le molesta el contestador:

«No hay manera de encontrarte, hija, no sé dónde te metes, a ver si te acuerdas de que tienes una madre. Yo no sé dejar recados en este chisme.»

Elio tenía un ligero tartamudeo de borracho:

«Te llevo a pasear y, después... si te vi no me acuerdo. Estás hecha una zorra, Begoña, ya me contarás.»

Rió. Un agradable mensaje, delicado, para oír a esas horas.

Daniel otra vez, a saber qué día y a qué hora, quizá un poco más tarde:

«No quiero pensar nada malo. Por si acaso te he buscado por todos los rincones de la Casa de Campo, he dado vueltas con el coche hasta cansarme. No puedo vivir sin verte. Espero tu llamada.»

Mi hermana Isabel tiene razón, a esto hay que ponerle fin. Precisamente Isabel era la siguiente en el turno de llamadas:

«Hija, me dejaste muy preocupada el lunes, te encontré verdaderamente depre. Tienes que arreglar eso, Goñi, ya sabes dónde me tienes.» Después risas y risas en la mala grabación del contestador y un último mensaje de Isabel: «Te hace falta un novio, Goñi.»

Claro. Pero que no sea como el que me llamó

a continuación: un italiano de Milán que conocí en un *party* en París y que estaba escribiendo un tratado sobre las luces y las sombras a propósito de la escenografía teatral, un hombre fofo y amanerado que de vez en cuando se empeña en que acepte una invitación suya a una casa que tiene en la montaña. ¿Por qué se empeñará ese Paolo en meterme en la montaña?:

«Sonno Paolo Ricci. Ti voglio tanto bene, Begoña... Me piacerebba tanto sentirti...» Un suspiro de mariquita atribulado y luego: «Ciao, amore, ciao.»

Muy atento, Paolo, el café se me enfría.

Daniel de nuevo:

«Te extraño mucho, mi amor. Pienso que te estás ocultando para no verme. Te he esperado hoy a la puerta de tu casa sin éxito. ¿Estás fuera? Tu secretaria se niega a darme explicaciones. ¿Estarás fuera?»

Mamá otra vez:

«Ha tenido que ser tu secretaria quien me diga que te encuentras en Londres. Muy bonito... Ni una palabra a tu madre. Como si no existiera... Quería que me trajeras unas cosas de Londres, pero se lo tendré que encargar a otros, como si no tuviera hija...»

Me he perdido una oportunidad de volver cargada de sábanas y edredones de *Liberty*.

Curiosa la llamada de Santiago Izúa. Muy prudente:

«Te volveré a llamar, Begoña. Me gustaría que tuvieras un buen recuerdo de la noche de fin de año. Sabes que te estimo.»

Y yo.

Mi secretaria ha accedido a contarle a Daniel dónde me encuentro, la resistencia tiene un límite para cualquier secretaria y no parece que suceda igual con los amantes, tan irrefrenables por lo visto. Daniel se lamentaba de que no le hubiera dicho nada de mi viaje y menos después de haber estado tan cariñosa con él la noche anterior a mi partida.

«Estoy muy solo, Begoña.»
Cuídate.

18 de enero de 1987

ME DESVELO POR LAS NOCHES con la sensación de que pesa sobre mí una losa, me falta la respiración, identifico en el estómago un desagradable vértigo. Paseo por la casa mi agotamiento y me asomo al espejo para resistirme a la autocompasión, quizá exagerando la dimensión de las arrugas, el fondo de la tristeza posándose en los ojos, la indiferencia ante la vida reprochándome la falta de ilusión por todo. Desconecto los teléfonos para librarme de la persecución de Daniel, cierro las puertas del despacho y me niego a hablar con mister Rhon. Salgo, anuncio a mi secretaria que vuelvo en seguida y camino por la Castellana, por la Gran Vía, me pierdo por estrechas callejuelas de Madrid, con miedo a encontrar a alguien conocido; observo a la gente, robotizada como yo, camino de los lugares indicados por el deber. Me agobian sus prisas.

Llego a casa y el estómago se rinde a admitir el alimento. Lloro, menos mal que lloro, no sé por qué lloro. Siempre lloramos por lo mismo, por nosotros. En el comedor hay unas flores de Daniel, otra vez orquídeas, esta vez a la basura las orquídeas. Ignoro lo que dice la tarjeta que acompaña a las flores, me imagino lo que dice, sé lo que dice.

Suena el teléfono y es Daniel:

—Lo siento, no puedo compadecerte —le digo—. Tengo mucho trabajo con compadecerme a mí misma.

Cuelgo.

«Tampoco es eso», dice Marga. Marga confía en el perfecto equilibrio, pero la vida es un desequilibrado suceso, para mí querría yo el equilibrio. «Le das demasiada importancia al sexo.» No le doy demasiada importancia, quisiera vincularlo a mi vida, que forme parte de una totalidad.

Elio me invita a la moto.

—No, gracias, tengo bastante con lo mío.

Parece que no entiende e insiste.

Me despido de él y Marga me sigue hablando: «Tienes que ir a un médico, lo que te pasa es también algo físico, problemas de agotamiento.»

Nervios, sólo nervios.

«Vuelve al psicoanalista.»

No necesito confesores, yo sola me confieso bien, sé lo que me pasa; aunque no le encuentro remedio, sé lo que me pasa. El teléfono.

—Contesta tú —le digo a mi hermana Isabel, que se asombra de verme hablando a solas.

Contesta Isabel:

—Ella no está, ha salido, no puedo decirle más, lo siento.

Ya no supe más de Isabel. Hablé después con Marga.

«Lo mejor es que me gustaran las mujeres.»

«Sólo te faltaba eso —se reía Marga—. Avísame, a lo mejor te gustan.»

Le serví un whisky y me puse yo otro. Esta mañana había dos whiskies sin tocar sobre la mesa del salón.

«No es bueno tomar whisky con ansiolíticos», advirtió, protectora.

«Es estupendo, te duermes. Lo siento, Marga, me voy a la cama.»

Marga me arropó y por un momento tuve la sensación de que quería meterse en la cama conmigo. La sensación me duró poco. Dormí bien anoche y sólo la recordé de nuevo esta mañana mientras me desayunaba y dejaba que mi teléfono sonara como si fuera el del vecino.

25 de enero de 1987

EL SONIDO DEL TELÉFONO es una tortura, me sobresalta siempre y no tengo valor para arrancarlo. Me tiendo y miro al techo y en su superficie blanca imagino la nada, como si de intentar trazar una raya en ese territorio obtuviera los mismos resultados que si quisiera hacerlo en una nube. La náusea sólo me abandona durante algunos instantes y no tengo fuerzas ni para seguir escribiendo.

Llama mamá y he de simular que de tanto divertirme no puedo ocuparme de ella. Doy instrucciones a la secretaria para que no le indique que me hallo enferma. Tampoco quiero ver a Marga, sus razonables consejos me irritan.

Te vas a volver loca, Begoña. Me voy a volver loca. Tocan a la puerta y observo por la mirilla: es Daniel. Me llama, pero no le respondo. El timbre de la puerta es más desasosegante aún que el del teléfono, siento ganas de salir al balcón y gritar que ese hombre me persigue, estoy a punto de llamar a la policía y reclamarle ayuda. El dichoso «qué dirán», la educación, cómo va a hacer eso una señorita como tú, me impide salir de la jaula. No quiero suplicarle que se vaya, no quiero decirle nada. Cualquier cosa que le diga la interpretará a su favor, así son los enamorados. El dolor del estómago me tritura, casi me desvanece, y el timbre de la puerta sigue sonando. Me cuesta abrir, pero abro:

—Te he dicho que me repugnas, Daniel.

Nunca se lo había dicho, nunca. Hizo un mohín y entró.

—Estás muy mal, Begoña, estás muy mal.

—Para semejante descubrimiento no hacía falta que vinieras. Al contrario, es de muy mal gusto que lo hayas hecho.

Intentó acariciarme y le escupí. Consumó la humillación sacando un pañuelo pulcrísimo y limpiándose desganadamente mi saliva. Sentí pena, otra vez la pena. Quise acariciarlo y me resistí. Volví al diván como quien retorna a un trabajo en el que se afana y que ha sido interrumpido momentáneamente.

El televisor estaba encendido y el reloj del telediario sonaba en ese instante con la música machacona de los relojes y de los timbres, una música que me persigue y detesto. He parado el reloj de campana del salón que me regaló mi abuela. De pequeña su tictac me hacía compañía en las madrugadas, cuando me desvelaba, y la abuela, que sabía cuánto lo apreciaba yo, me lo dejó en herencia. Ahora no puedo soportarlo.

Daniel se sentó enfrente de mí, a mirarme, y cuando empezaron las noticias anodinas, nada que de verdad pudiera interesarle, la Bolsa va muy bien, simuló una atención al telediario que no era tal. Luego decidió sentarse en el mismo sofá donde yo languidecía y me tomó los pies, los besó y de un modo muy complaciente para mí comenzó a darme un masaje gratificante. Le cedí los pies con benevolencia y después me dormí.

Me despertó el sonido del teléfono. Eran las seis de la mañana y Daniel se había marchado. En el teléfono no contestó nadie.

28 de enero de 1987

PUDE DORMIR HASTA TARDE y luego tuve que responder a Rhon —se preocupaba esta vez por mi salud— con el argumento de que lo que tengo es una gripe. Fue preciso inventar síntomas e inconvenientes porque él es muy minucioso y reiterativo en las preguntas y, finalmente, asegurarle que no me faltaban atenciones y que, por favor, no se tomara la molestia de venir a verme.

Elio ha debido de creer que hallé en la moto el otro día una sugestiva manera de diversión, y a lo mejor está en lo cierto, pero ahora he de declinar un día tras otro su invitación, no sólo porque mi estado anímico me impide acceder a semejantes experiencias, sino porque ya tengo claro lo que Elio quiere.

Daniel parecía más sereno esta mañana y me aseguraba que podía conformarse con ser un buen amigo mío. Me congratulé de esta nueva actitud suya y le sugerí dejar de vernos por un tiempo con el fin de facilitarle la superación de su angustioso estado de enamoramiento.

—Nadie me conoce como yo mismo —dijo— y sólo en tu compañía podré hacerme a la idea de la nueva situación con el menor sufrimiento.

Sí, con el menor coste para él y no para mí. Di por buena su explicación, aunque Daniel da siempre explicaciones que él mismo no se cree, sobre todo por el estado de debilidad en que me encuentro, casi sin fuerzas para escribir. Él aprovechó para insistir en llevarme a un médico amigo suyo y me faltó energía para oponerme.

29 de enero de 1987

Esta tarde fuimos a ver al doctor Armas, un hombre alto, desgarbado, muy canoso y con barbas, que aparenta unos sesenta años. Tiene un acento muy suave, ligeramente andaluz, cálido, muy cálido.

Invité a Daniel a abandonar la consulta para poder hablar con claridad al doctor y la abandonó con la docilidad con que actúa siempre, con la obediente respuesta que nunca escatima su apagada mirada de amargura. El doctor Armas es un internista y, en consecuencia, poco podía hacer por mi depresión, según dijo: calmarla con unas pastillas euforizantes y unos ansiolíticos.

—La angustia está siempre ahí —me indicó—, pero no hay que dejarla a sus anchas. Yo le recomendaría un psicoanalista, pero tendría que advertirla en seguida de los peligros de la diletancia. Usted sabe muy bien lo que le pasa, Begoña.

Sí, lo sé. Lo que ocurre es que no todo es angustia y este escozor en la entrepierna, los latidos en el bajo vientre, pueden tener otras causas. El doctor Armas, cuyo atractivo físico despertó un rescoldo de mi sepultado impulso sexual, sugirió problemas vaginales.

—Nada preocupante —lo dijo con una indisimulada cara de preocupación.

Mañana debo pedir cita al doctor Cabrera de Aspiroz, un ginecólogo de su confianza.

Daniel me acompañó a casa. Se sintió hoy protector de una enferma y no hacía otra cosa que darle vueltas al problema vaginal. Estoy por pensar que si bien no me desea mal y, por el contrario, aspira a verme feliz, el hecho de que la enfermedad le propicie una cierta cercanía a mí, la que nace de la necesidad, lo congratula de un modo casi entusiasta. No soy nada digna en este aspecto y le agradezco su solícita ayuda, su ternura. No voy a recordarle a cada instante que por la necesidad no llegará al amor. Él, sin embargo, debe pensar lo contrario.

Pobre Daniel. Preparó la cena a nuestro regreso. Cuando le dije que me iba a la cama —no tengo otra referencia de paz más que el sueño— me pidió dormir conmigo.

—Si se trata de dormir, puedes quedarte —concedí desganada.

He podido comprobar que el sexo no parece importarle mucho y, al fin y al cabo, me hace compañía. Cuando nos dimos las buenas noches le pasé mis dedos por sus cabellos rizados con ternura de madre y le di un beso en la frente con verdadero cariño. Pronto dormía como una criaturita, con la serenidad que mi cercanía le otorgaba, quizá oyéndome respirar con emoción.

1 de febrero de 1987

HURGA EL DOLOR COMO UN PINCHAZO y no encuentro alivio. Mi madre recurriría a la culpa para explicarlo y no sé si yo misma me arrepiento y ese dolor físico que me mina por el sexo y se hace un insoportable ardor es la metáfora del castigo. Hay noches en las que vuelven los sueños del colegio y las instantáneas del sueño amarillean como mis fotos con uniforme en Jesús María. Los motetes de mayo suenan con un eco extraño, como si toda la iglesia fuera una bóveda inmensa y la Virgen moviera sus ojos de vidrio. Y de pronto me encuentro sola, con una vara de lirios en la mano, como escapada de una procesión, sola en el patio del colegio. O desnuda en una pesadilla y la misma vara de lirios en la mano. Mamá entonces hablaba de la pureza, envidiaba nuestra pureza, ya no habla de la pureza.

Nunca tuve fe, y ahora, a ratos, pienso que me gustaría tenerla. La fe estimula la represión o nos consuela de ella y si yo tuviera fe no volvería a obsesionarme con la mirada furtiva, con la posesión secreta de un innominado, huyendo de un orden social que, por otra parte, me serena.

«La fe —dice Daniel— no es sino otra forma de distracción de la soledad.»

Dice cosas así, tan razonables. Anoche pretendía hacerme desterrar la culpa con todos sus recursos dialécticos y yo no le había confesado explícitamente este sentimiento. Se acerca a mí con temor y me acaricia, como si temiera siempre mi rechazo. Lo teme.

—Necesitas descanso.

Callo y veo una playa larga, con una arena blanquísima, casi sin nadie, por supuesto sin hombres, y desde luego sin Daniel.

—Podemos irnos a una playa —dijo él.

La verdad es que ahora siento miedo a estar sola, incluso en ese espacio inofensivo de la playa desierta, y recuerdo de pronto un día en el Algarve, sola, en una playa sin gente, cómo entré al mar y casi no consigo salir porque me lo impedía la corriente. Lo recuerdo y hasta el mar me parece agresivo, un enemigo, como todo. Como el propio Daniel, que se esmera en hacerme salir de esta angustia y es una presencia permanente en mi desasosiego y una presencia necesaria.

—¿Me voy? ¿Quieres que me vaya?

—No, quédate.

Se lo digo como quien accede a complacerlo y él recibe mi aceptación igual que un obsequio. Pero tengo miedo de que se vaya y miedo de este miedo a que se vaya.

5 de febrero de 1987

MUEVO LA PLUMA CON LA sensación de que lo hago con un esfuerzo prestado, como si careciera de capacidad para dirigir mis propias energías escasas, y en medio de una modorra de la que fuera imposible salir. Tener consciencia de eso es en opinión del doctor Armas un hecho positivo para mí, pero cada día que pasa parece que tenga una mayor dificultad para el movimiento y que la laxitud que vivo en el lecho sea un modo vegetativo de vivir. Daniel, en su vigilia, semeja a alguien que vela a un muerto con el que de vez en cuando se consigue hablar, si el muerto quiere. Me pasa la mano por la frente y me mira con la superioridad de los sanos o quién sabe si seguro de haber llegado a tenerme. A veces su mano me repugna, sudorosa, pero gracias a él no he tenido que dar cuentas a mamá o a mis hermanas, excepto a Isabel, de lo que ocurre. Ellas piensan que estoy de viaje y ante Rhon he debido simular un viaje de vacaciones.

Marga no aprueba la compañía de Daniel, esta posesión interesada, pero yo no apruebo de Marga su deshumanizada manía de teorizar sobre todo, incluso en los momentos en que el dolor te impide escuchar a los teóricos. Sólo la música me ofrece sugerencias de vida y esta tarde Daniel ha tenido el desacierto de poner unos cantos gregorianos en los que la perfección de los monjes de Solesmes me hacía sentirme en mi propio funeral.

—¿No has dicho siempre que el gregoriano te gusta?

—Lo decía cuando no era una muerta.

9 de febrero de 1987

ME OBSTINO EN ESCRIBIR como quien hace un testamento, con la sensación de que cada vez que lo hago estoy escribiendo la última página, una página inútil. Claro que sólo me reconozco cuando escribo y sólo me doy cuenta de lo que me pasa cuando me siento al escritorio y cumplo con el único acto verdaderamente íntimo y libre de mis días: este diario.

Anoche accedí a salir a cenar con Daniel y me instaba él a mantenerme erguida de tan encorvada como andaba por la calle. Sus admoniciones bien intencionadas me rechinan a veces, pero carezco de fuerzas incluso para el gesto hostil.

En medio de la cena tuve que levantarme porque el dolor inesperado me urgió a hacerlo y no sé decir si la solicitud de Daniel me agradó o estoy harta ya de su solicitud. Te encuentras tan sola en tu dolor, es tan intransferible, que desearías que nadie te hiciera preguntas repetidas, que nadie te aconsejara si debes o no levantarte, que nadie te preguntara lo que quieres, si irte o quedarte.

Se lo dije a Daniel, con la brusca sinceridad con que a veces le digo las cosas, y vi cómo se aguaban sus ojos y cómo con sus ojos aguados, sin decir nada, me estaba llamando ingrata. Al sentirme acusada de ingratitud, sin que él hubiera dicho una sola palabra, di un golpe inesperado en la mesa.

—No quiero tener que agradecerte nada, ¿lo oyes?

Se levantó y se fue, quizá lloraba. Y esta vez me tocó también llorar a mí. Pensé que la única razón para seguir viva consistía en la permanencia de alguien que me vigilaba. Y ahora, no. Ahora era libre para ser fuerte y no debía ceder a la cobardía. No fui capaz de suicidarme anoche. Podría argüir que estaba a punto de hacerlo cuando sonó el teléfono, pero se trataría de un pretexto demasiado trivial para un suicida.

12 de febrero de 1987

Durante estos días no ha cesado de sonar el timbre del teléfono y, cada vez que sonaba una llamada, se apoderaba de mí la idea de que alguien deseaba anunciarme una catástrofe, penetrar en mi sueño o, simplemente, perseguirme. Sonaban en el contestador automático voces que no me dejaban en paz: Marga, con unas risillas forzadas que pretendían levantarme el ánimo: «Seguro que estás ahí, Begoña, y no me quieres contestar, no seas tonta.»

El italiano con una voz meliflua, lleno de cortesía en su retórica, deseoso de sentirme, como un enamorado que no se da por vencido, ignorante de que yo lo oía desde los mismísimos infiernos. Repugnante.

Rhon advirtiéndome de que debía pensar en mi carrera, «te estás hundiendo», sepultándome aún más, su voz como una losa. «Eres aún joven, ya te lo decía yo...» Su pie, poderoso y tosco, en mi nuca.

Mamá, quejándose de que nunca la llamo, de que me encuentre de viaje sin darle debida cuenta: «Te has olvidado de que tienes una madre.» La culpa resonando siempre en los labios de mamá, ahora desde una cajita electrónica que debía romper o desconectar. ¿Por qué no lo he hecho?, me pregunto. Tengo que admitir que porque espero oír de nuevo la voz de Daniel, reconozco que lo echo de menos.

15 de febrero de 1987

MAÑANA DEBO IR AL GINECÓLOGO y tendré que hacerlo sola, llena de miedo, mostrarle el sexo y que analice y vea las verruguitas del ardor, esos pinchazos que me aturden. Me faltará Daniel, su mano amiga.

Mejor, ¿verdad, Marga? La veo asintiendo. «La culpa de lo que te pasa la tiene Daniel, hija. Desde que lo conociste eres otra.» Daniel es un pobre de espíritu. Pero los hombres, aunque les bulla poco mundo dentro, son unos soberbios, soberbia y virilidad van juntas al entender de los machos.

Nunca pensé que lo extrañaría tanto, jamás pude imaginar que en tan poco tiempo llegara a necesitarlo como lo necesito ahora. Tal vez tenga razón Marga y yo sea otra desde que conozco a Daniel, pero no porque su escasa personalidad me haya influido o porque su compañía me haya cambiado, sino porque su llegada ha coincidido con este cansancio de vivir o, mejor dicho, con esta sensación de no haber vivido nunca. También porque su presencia, lo que él significa, la imposibilidad del amor, la previsión de la rutina de un matrimonio confortable, ha suscitado el encuentro con mis propias contradicciones, la incomodidad de mi soledad, la evidencia de mi condición de burguesita luchando con sus propios fantasmas interiores. Y el dolor, este dolor físico, que es también un pinchazo material de la culpa, una sensación de asco permanente que me lleva al lavado continuo del sexo con cualquier clase de antisépticos y preventivos.

Daniel es como un asidero en el mundo ordenado que me gustaría vivir y encarna al mismo tiempo mi rechazo a ese mundo, mi querencia del sexo como una aventura siempre incierta y siempre temible. Él sigue sin llamar y a veces siento ganas de llamarlo yo, marginar la dignidad, corregir mi comportamiento con él, darle a entender que me encuentro a gusto teniéndolo a mi lado. Tendría que decirle de inmediato que eso no es el amor, que no tiente lo imposible. Lo que sucede es que me entendería a su manera, que no habría modo de dar marcha atrás. Anoche lo llamaba entre sollozos desde mi debilidad y cuando amaneció entendí en seguida que lo llamaba desde el miedo, desde un miedo que no me abandona y me hace andar por la casa como mi propio espectro, tal cual una aparición fantasmal de mí misma.

Estoy muerta y allí donde la vida me incendiaba siento ahora la muerte y con ella una incómoda agonía del sexo en este escozor inaguantable, en este castigo.

17 de febrero de 1987

EL GINECÓLOGO HABLABA atropelladamente. Por delante de su rostro redondito movía las manos en una explicación de lo que me pasaba, con una terminología médica tan exhaustiva como hermética. Todavía me pregunto si llegué a explicarle con detalle lo que me sucede y si me escuchó de veras en algún momento de la consulta. De pronto descendía de su cátedra para fijarse en mi reloj y resultaba más exhaustivo, si cabe, en la exhibición de su pericia relojera. Parecía tratarse de un experto de la propia casa Rolex que conociera en detalle el catálogo de todos los modelos. Luego hizo exclamaciones mientras exaltaba determinados relojes recordados, no importa que fueran de mujer o de hombre, con la ambición posesiva de los coleccionistas.

—Usted está muy mal de ánimo.

Parecía haberlo descubierto de repente. Tal vez por mi poco entusiasmo en la conversación sobre los relojes o porque me encogí de hombros cuando se detuvo a acariciar la piel de visón de mi abrigo. Había dejado el abrigo sobre una silla y me hizo alguna estúpida pregunta sobre su precio.

—No se preocupe, lo que tiene no es grave. ¿Está usted casada?

Dijo el nombre médico de la molestia y con un leve tono de moralina vino a afirmar, como si de un descubrimiento insólito se tratara, que el sexo tiene sus peligros. Aclaró por fin que la solución no llevaría mucho tiempo.

Trataba de ser agradable y a veces lo era, lo era especialmente cuando su conversación se circunscribía a lo que me había llevado allí y mucho más cuando proponía soluciones concretas: unas píldoras y unos enjuagues. Si yo osaba referirle algunos de los síntomas, él se adelantaba y me los contaba. No iba a saber yo más que él, cuidado con eso, lo que me pasaba estaba claro. Pero me pasaba algo más a su parecer:

—Usted es una señora con clase, usted es una mujer creyente y, claro, se siente sucia por dentro.

Asentí como pude y no ahorré la risa. Él hizo con la cabeza un gesto de sabérselas todas. Qué le iban a decir a él...

—Las veo entrar y en seguida las reconozco. Ésta es una mujer de categoría, me dije.

—Gracias.

No pronuncié otra palabra, no me dejó.

—Una desgracia la tiene cualquiera, hay que tener cuidado con los hombres —dijo consolándome—. No creo haberme equivocado, no soy infalible —se le agradecía el atisbo de humildad—, pero, por si acaso, desnúdese, desnúdese ahí.

Me señaló una pequeña estancia parecida a un probador. Cuando estuve desnuda se acercó sin mirar y fue directo a mi sexo. Sus deditos manipularon en mi incómoda irritación y alzó la cabeza para mirarme al rostro con la satisfacción de que tampoco esta vez estaba equivocado.

—Las verruguitas, las verruguitas... —dijo.

Celebraba el encuentro del cuerpo del delito.

No estoy segura de que tenga razón un ser tan radicalmente imbécil, pero esta noche me siento más tranquila.

20 de febrero de 1987

SE ATENÚA EL DOLOR y es más fácil el sueño, lo concilio más rápido. La casa, sin embargo, me parece una casa inhabitada, como si un polvo inexistente la fuera poblando y un cerco se fijara en las cornisas de los techos blancos. Los cuadros que al entrar aquí me estimulaban cada noche, desde los estallidos de color de Guerrero o desde las limpias líneas del Zóbel del salón, creo que se apagan, como si el tiempo los fuera borrando. Están viejas todas las fotos y la lozanía de mamá es ya un recuerdo apergaminado; papá exhibe de

101

pronto sus ojos de muerto y siento por él la compasión que nunca tuve por un ser tan egoísta, tan desmesuradamente señorito. Volví su foto para la pared como un castigo de la memoria; quizá no soportaba su mirada anoche. La verdad es que no sabía hacia dónde mirar y la casa me ahogaba. Quise calmar la asfixia y marqué el número de teléfono de Daniel. Su voz, tristona, respondió. Pero esta vez fui yo la que calló al otro lado de la línea sin atreverme a decirle que me estaba muriendo.

Hacia las nueve de la noche llamó James Rhon y su voz era iracunda:

«No puede ser —dijo—, ya no puede ser. Esto se alarga sin solución, tu secretaria no tiene respuestas. Sabes que la oficina no puede esperar, Begoña.»

Su acento raspaba mis entrañas, el asco que he sentido siempre por él me provocó la náusea, volví a tenerle miedo.

«Yo quisiera hablar contigo, podremos llegar a un arreglo, te juegas el futuro...»

El futuro... No sé si tendré futuro, mister Rhon.

Pero Rhon es un experto amenazador:

«Tendré que hablar con tu madre si no es posible hacerlo contigo.»

Soñé con mamá. La tata abría la puerta de nuestra casa y desde el salón se oía la voz de mi madre, enérgica:

«No la deje entrar, Enriqueta, por favor. Ni se acerque a ella, es contagioso.»

Intenté empujar a la tata y entrar, pero no tenía fuerzas, y la tata, que mostraba un rostro de horror, se mantenía enhiesta como una estatua pétrea. Mi debilidad se agrandaba en el sueño.

24 de febrero de 1987

TODOS ESTOS DÍAS HE TENIDO fiebre, pero sobre todo una inmensa debilidad que me impedía alzarme de la cama para responder a cualquiera, incluso para escribir este diario. Los timbres han sonado reiteradamente como en un sueño interminable poblado de un permanente ruido de timbres.

Han sido días de pesadillas en las que un joven barbado me conducía a un descampado y con una navaja en la nuca pretendía sodomizarme. Me despertó mi propio grito de dolor.

Elio me llevaba en su moto por un laberinto desde el que se divisaba Madrid y que bien pudiera estar situado por detrás de la Sacramental de San Isidro. La moto llegó a un precipicio y se alzó para caer a continuación al vacío. La angustia me impidió dormir después. Esta tarde me hallaba mejor, gracias a los euforizantes, y pude atender a la llamada de Rhon:

—Se te están agotando los plazos.

No me preguntó cómo me encontraba y daba por supuesto que lo que yo deseo es negociar un finiquito con la Compañía.

—Te ha molestado siempre mi sombra —le reproché.

—No puedes con tu alma, pero te tienes en muy alta estima. —Y cambiando el tratamiento—: Es usted la soberbia de siempre, señora Martínez.

Colgué y pensé en la posibilidad del finiquito. ¡Son tan inciertos mis días...! Más cerca de la muerte que de la vida, ¿por qué no dar a Rhon la satisfacción de mi marcha?

Sonó el teléfono más tarde y tomé el auricular con miedo a una nueva agresión externa. Nadie respondía al otro lado, pero era la respiración de Daniel la que se oía, una respiración que suplicaba algo, que demandaba una palabra, una respiración entrecortada que era casi un gemido.

2 de marzo de 1987

TODO ERA BLANCO, habitaciones como cubos blancos, camas blancas, gente vestida de blanco, enfermeros con paños blancos cubriéndoles la boca... Todos me miraban como si esperaran algo de mí, cualquier reacción de locura. Yo quería gritar, quería gritar pero no podía. Había una ventana y detrás de ella se podía advertir una ciudad blanca, como un gran decorado, casas sin consistencia, como hechas de papel. Yo estaba desnuda y trataba de taparme. También recuerdo a mamá, en una sala que bien pudiera ser un quirófano, mirándome fijamente sin decir palabra y a Daniel llorándome, como si me hubiera muerto. Y yo, de pronto, en una camilla, con las manos atadas y mamá comprobando que las manos estaban bien atadas. Después vi a mamá con unas sábanas blancas en la mano que parecían sudarios y un gesto de aprobación en la cara, como si pensara que lo mejor que me podía haber pasado era morirme. Luego Daniel, sin dejar de llorar, trajo un niño muerto en sus brazos y quería que yo lo tomara en los míos, pero yo seguía con las manos atadas y mamá comprobando que las tenía bien atadas. No sé cuándo me vi en brazos de unas enfermeras que me vestían de blanco como a la Virgen muerta que un día contemplé en Tafalla, creo que fue en Tafalla.

Cuando tuve sentido de nuevo, comprendí que no estaba en mi casa y vi a mamá a los pies de la cama, con mi hermana Isabel y Rhon. Rhon quiso tomar mi mano para decirme algo, pero mi madre lo apartó para besarme y lamentarse del disgusto. Creí por unos instantes que me habían operado de las verruguitas, pensé que mamá ya estaba al tanto de todo, temí que Rhon hubiera hablado más de la cuenta. Me llevé las manos al sexo buscando las señales de una intervención y no hallé nada, me complació que el ardor hubiera desaparecido y los miré a todos y los vi con ganas de preguntar y sin atreverse a hacerlo. Había ingerido una dosis desmesurada de ansiolíticos y permanecí dormida durante días.

Claro que no estaba en casa, estaba en el Rubert y a los pies de la cama se agolpaban los ramos de rosas y gerveras y margaritas. También había orquídeas y pregunté quiénes habían enviado aquellas flores. Me acercaron las tarjetas y ninguna era de Daniel; estas orquídeas las había enviado Rhon. Las flores, colocadas así, completaban la idea del velatorio y ahora me sentía contenta de estar viva y temiendo a la pregunta que mi hermana Isabel me hacía con los ojos. Hasta que exclamó, comprensiva:

—Hija, es que estar sola... Tan sola...

Y se puso a llorar.

Le pedí que llamara a Daniel.

5 de marzo de 1987

QUERÍA QUE ME DEJARAN SOLA para poder escribir y mamá se resistía a aceptarlo. Le pareció justo abandonarme para que hablara con Daniel y con Rhon, pero que tuviera necesidad de escribir, y más que deseara hacerlo en soledad, no le resultaba comprensible, y por lo que pude intuir le parecía una extravagancia, no sé si peligrosa. El hecho de escribir, no sabía ella qué, constituía un síntoma de rareza, y para mamá de lo que tenía que curarme era precisamente de mis rarezas.

—Si hablaras más con tu madre, hija mía...

—Hoy tengo algo que decirte —la sorprendí.

Me miró con desconfianza y con temor. Nada bueno tenía para ella aquel anuncio. Yo no seguí hablando y esperé a que me preguntara con su indisimulado desasosiego.

—Me voy a casar, mamá.

La escena que sigue es tópica: la madre llorosa se vuelca sobre la hija postrada que al fin le da la noticia que más feliz podría hacerla. Y a la emoción espontánea le sigue la preocupación de con quién y la sospecha de que se trata de Daniel, a quien acaba de conocer, y la reprobación, además, de por qué no le había hablado nunca de Daniel, y la pregunta a continuación de cuánto tiempo hace que os conocéis, y cómo es y de qué familia y cuál es su trabajo...

Rellenó la ficha convenientemente y le dio su provisional aprobación, tal como yo me esperaba. Abandonó luego la habitación y estoy segura de que comunicó a mis hermanas la noticia. Al regresar a la habitación, dijo con expresión de alivio:

—Parece un chico fino.

Semejante observación en labios de mi madre constituía la definitiva bendición a mi matrimonio.

6 de marzo de 1987

El comportamiento de Rhon en estos días ha confirmado mis prejuicios sobre los ingleses. La solicitud y la delicadeza que mi familia ha podido observar en Rhon durante esta convalecencia mía no se corresponde con su tosco proceder en los momentos en que hemos hablado él y yo a solas. No era preciso que yo viviera esta crisis para tener una visión clarísima de su hipocresía.

Ha celebrado verme repuesta, incluso contenta, pero en la intimidad no ha disimulado que tiene decidido mi relevo ni ha ahorrado palabras —de negocios hemos tratado todo el tiempo en inglés— para manifestar que su trabajo es más cómodo sin mí. Algunas frías observaciones sobre las intemperancias de mi carácter y la inseguridad de mi salud mental como pretexto han abonado un discurso en el que no faltaron los alicientes de tipo económico para invitarme a abandonar la Compañía. He conseguido contener la indignación para observar con cuidada atención sus maniobras. Me he negado a aceptar sus propuestas, con el anuncio de una terca disposición a reintegrarme al trabajo, sólo para observar su torpe dialéctica, la zafiedad de sus propósitos —«los excesos de ética no son recomendables en este trabajo», me dijo— con el claro fin de deshacerse de una competidora o de una juez, que nunca estuvo claro si una cosa o la otra.

Lo cierto es que mi resistencia inicial ha obtenido finalmente dos ventajas para mí: la primera comprender hasta qué punto Rhon es un ser absolutamente despreciable, y la segunda, conseguir el mayor número de beneficios a la hora de abandonar este repugnante trabajo.

Quedó muy sorprendido cuando le dije que para seguir viviendo era preciso vivir, aunque es de noche, dije, añadiendo misterio a mi galimatías. Como pareció no entenderme en español, se lo repetí en inglés, y, como en inglés tampoco consiguió entenderme, se lo aclaré en español:

—Me he pasado toda mi vida haciendo lo que no me gusta.

—¿Y qué vas a hacer ahora? —me preguntó, recuperando de pronto esa especie de soberanía sobre mis asuntos que siempre creyó tener.

—Haré de ama de casa.

Tal vez percibiera mi cinismo, pero no se atrevió a reír. Intentó darme un beso de despedida y, al apartarlo de mí, advertí que estaba recuperando mis fuerzas de un modo muy apresurado.

8 de marzo de 1987

CUANDO DANIEL ENTRÓ EN ESTA habitación de la clínica, se detuvo a los pies de la cama contemplándome como si fuera una aparecida. Lloraba como lo había visto llorar en mis sueños de enferma y con la mano lo invité a acercarse con el mismo gesto de la noche de Navidad en Archy, cuando nos conocimos. Mi hermana Isabel, que era la única que en ese momento me acompañaba, se retiró al pasillo y Daniel pudo llorar entonces más desahogadamente. Pude haberle dicho que lo había extrañado, pero no lo creí conveniente.

—Yo comprendo que no me quieras —dijo él.

Y yo, casi excusándome:

—Siempre he estado muy a gusto contigo, me has hecho mucha compañía.

—Déjame que te la siga haciendo.

Había olvidado ya la molestia que me producían las súplicas de Daniel. Creo que lo estimo más desde el momento en que tuvo el valor de abandonarme. Le recordé:

—Tú sabes que no puedo enamorarme de ti.

—Lo sé, y con uno que se enamore basta.

Reímos los dos, pero Daniel estaba hablando en serio.

Quería casarse y no parecía negociable la condición. Al fin y al cabo, una boda es lo que requería mi propio interés. No obstante, la verdad, no supe si reírme de su candor. Pero opté por reírme.

III. DIARIO DE CASADA

5 de mayo de 1988

DANIEL YA NO ESTABA en la cama cuando me desperté. Me holgué, perezosa, remisa a abandonar las sábanas y satisfecha de encontrarme sola. La necesidad de ir al baño me obligó a levantarme y al abrir la puerta me lo encontré, sentado en el retrete, leyendo mi diario. Al parecer no se sorprendió y tampoco yo di muestras de molestia por hallarlo inmiscuyéndose en estos papeles, mi territorio más íntimo. Le recriminé, eso sí, que dejara abierta la puerta del baño. Yo jamás lo hago, sobre todo cuando me empleo en necesidades fisiológicas cuya contemplación no me ha parecido nunca especialmente agradable y menos su olor. Él, en cambio, no duda en hacerlo, si es preciso, delante de una, en su misma cara. La discusión no pasó de ahí, de la conveniencia de dejar abierta o no la puerta del baño. Sin embargo, mi verdadera y callada sorpresa consistió en haberlo sorprendido leyendo el diario, y, lo que es peor, sin azorarse por tamaña indiscreción.

He dudado durante todo el día sobre si lo que debo hacer es acabar el diario en este punto, porque ya ha dejado de pertenecerme en exclusiva, o si he conseguido al fin algo que siempre he buscado en mi inconsciente: contar con un lector. En cualquier caso, he constatado que Daniel busca el sufrimiento, sin que sea exactamente un masoquista aunque lo parezca a veces, y que un diario sirve también para vengarse.

16 de mayo de 1988

LAS NOCHES SON TEMIBLES para mí: un hondo espacio negro, un vértigo. También ocupa él el espacio de la noche y según he descubierto en los insomnios vigila mi sueño. A veces, tan pronto consigo dormirme, me despierta requiriéndome para el sexo, hurgando por mis senos o manipulando entre mis piernas. Siento que alguien me ha invadido el espacio secreto de la cama, el íntimo lugar donde mi imaginación me proporcionaba el placer que la realidad me niega siempre. Pero la imaginación erótica no admite testigos, los rechaza, cuenta con los propios testigos que se inventa.

—En qué estarás pensando, viciosa.

No sé si se lamenta, me llama la atención o me toma por un caso sin remedio; lo que sé es que lo dice, a pesar de todo, con ternura. Me llama viciosa con una sonrisilla comprensiva y, como hizo anoche, empieza a acariciarse él. Acaba y, al final, duerme, duerme como un niño.

No me gustan los niños y Daniel se hunde entre mis piernas como un niño, su cuerpo desnudo y cálido se adhiere al mío como quien busca cobijo, el recinto acogedor de la madre.

—Eres un edipo.

—Como todos —se justifica.

No los que más me han gustado, podría haberle dicho.

Callo. Callo y lo dejo que me eche boca arriba sin dejar de hablar. Asienta su cuerpo en el mío y me siento ajena a sus voluptuosidades, él apenas se mueve.

Yo sí, me muevo con el ímpetu de la memoria, pienso en Ignacio, tendido en el porche de una vieja casa cercana a La Granja.

«Siéntate, siéntate encima», la voz no era firme, jadeaba, ordenaba cariñosamente como un padre a su hija.

—Vuélvete —dijo Daniel, manejando mi cuerpo ahora.

La voz de Daniel me perturbó el recuerdo. Le dije lo mismo que entonces a Ignacio:

—Esas cosas no me gustan.

Y cabalgó lo mismo que Ignacio en un verano tórrido de La Granja.

Con los jadeos del placer menté el nombre de Ignacio.

—¿Quién es Ignacio? —preguntó Daniel.

No quise responder.

—Sigue.

—Estás pensando en otro.

No se trataba de algo que él hubiera descubierto por primera vez.

—Sigue —insistí.

Pero ya no quiso seguir ni tal vez pudo. Continuó preguntando quién era Ignacio y me vio llorar sin conseguir mi respuesta.

17 de mayo de 1988

ESTA MAÑANA SONÓ EL TELÉFONO y al otro lado de la línea una voz quebrada por la edad preguntó por la señora de Salazar. Se trataba de la primera vez que alguien me llamaba por el apellido de casada, alguien que me preguntó si no me resultaba familiar su voz. Podía ser la de tío Jesús, pero no quise aventurarme. Dije, eso sí, que la voz no me era desconocida y fue entonces cuando se presentó, como un espectro recuperado de la memoria, «milagrosamente vivo», dijo, Ignacio Martínez de Iranzo.

—El padre de Maripi —puntualizó.

La puntualización me pareció idiota, advertí de inmediato que me trataba como a una amiga de su hija. Debí transmitir mi desconcierto, mi extrañeza —«Han pasado tantos años, hija mía...»—, y a él se le contagió mi propio titubeo. No sabía de qué hablarme: si de La Granja, si de Maripi, si de su propia pintura... Pregunté por Maripi:

—Hace ya muchos años que no sé nada de ella —dije.

Me explicó que su hija se había casado con el conde de Miranda.

—Un buen mozo, tienen ya tres chavales.

Yo no alcanzaba a entender si el recuerdo de Ignacio en estas páginas había convocado a su propio fantasma.

—Ya no soy el que era, Begoñita —se lamentó.

Le dije algún cumplido, resalté la lozanía incierta de su voz.

Me interrumpió con una pregunta cuyo sentido verdadero no entendí claramente:

—¿Cuándo hemos estado juntos tú y yo, hija mía; nos vemos acaso?

Me molestaba que me llamara hija, como si de súbito fuera otra vez la adolescente enamorada que fui y él me pidiera cuentas desde la edad vencida de no se sabe qué absurda invención sobre nuestras relaciones. Parecía pesarle la culpa.

—No tienes que arrepentirte de nada —le dije.

—Estás casada con un hombre muy celoso.

—No estoy enamorada, Ignacio.

—Da lo mismo —el padre consejero se impuso en su papel de hombre de vuelta, en el insoportable papel de amonestador de adolescentes.

—Ya no soy una niña, lo sabes bien y volvería a demostrarte ahora que no soy una niña —me encontré perdida en el tiempo.

—El matrimonio es un compromiso con el que hay que cumplir, no juegues con el matrimonio.

Me dispuse a la provocación:

—Sigo enamorada de ti —le espeté.

—No digas disparates, hija mía, no hagas sufrir a ese hombre.

—Hablas como un muerto, Ignacio, me da la impresión de estar hablando con un muerto.

—Casi soy un muerto, Begoñita.

Suavicé el tono de mi voz:

—¿Sigues teniendo mi retrato?

Me había hecho posar con la melena lacia sobre los hombros y me pintó como a una virgen,

115

como si fuera una virgen de Renoir, una mucha-
chita domada, con los ojos llenos de melancolía,
una acaramelada criatura angélica.

«¿Te gusta?», me dijo.

«No, no me gusta —le respondí—; yo no soy
esa pavisosa, infantilona, que has pintado. Soy
una hembra, ¿me entiendes?»

«¿Qué dices, hija mía?»

«Que soy una mujer hecha y derecha.»

«¿No quieres el retrato?»

«No, quédatelo tú para que me reces de vez en
cuando.»

Vi el retrato durante algunos veranos en su
despacho y con buen humor me decía:

«De vez en cuando te rezo.»

—¿Me rezas ahora, Ignacio? —le pregunté
esta mañana.

—¿Qué dices, querida?

No recordaba ya la anécdota de mi arrebato.

—Siento no haberte pintado a tu gusto —se
disculpó.

—¿Sigues teniendo el retrato?

—Lo tiene Maripi, siempre quiso tenerlo Maripi.

—Maripi no tiene derecho a poseer ese cuadro.

—Bueno, hija, déjalo estar y sé buena.

—Estás insoportable, un viejo chocho —me
indignó su paternalismo de abuelete. Le hablé
desde la rabia—: En realidad no sé por qué me
gustaste tanto, con esa voz aflautada y esos modos blandos que tenías, esa fofedad de cuerpo,
esa hombría escasa.

—¿Por qué me insultas?

116

—Porque no soporto la debilidad. Ya sé que debo ser compasiva con un viejo arrepentido, camino de la muerte, que vuelve de pronto a tu vida, sin saber a cuento de qué, como un reaparecido.

Me lo explicó todo: él no hubiera reaparecido si Daniel no lo hubiera llamado, urgido por los celos, queriendo saber dónde nos veíamos y por qué no dejaba en paz a su esposa. Ignacio le explicó que hacía muchos años ya que no nos veíamos. Tuvo que hacer esfuerzos para recordar de quién le hablaba aquel señor que lo acusaba de tener tratos eróticos con su mujer.

Me lo imagino haciendo el simulacro con la hipocresía que caracteriza a estos viejos verdes, metiendo la cabeza entre las manos para saber «de quién me habla usted. Ah... Sí... Era amiga de mi hija Maripi, muy amigas, pasaba casi todo el día en casa».

Daniel lo miraría de arriba abajo, quizá sin entender cómo podía gustarme ese guiñapo. Ignacio reconocía incluso que era natural que al «muchacho» le pareciera muy extraño que «un hombre de mi edad» pudiera andar en tratos con una niña y más aún que la niña pudiera enamorarse de un hombre de su edad.

«Usted ha destrozado su vida», le dijo Daniel. A un viejo católico le basta una frase así para sentirse turbado, y Daniel lo sabía, con lo cual me demuestra que sus dotes para la psicología son innegables, sí, pero al mismo tiempo que es imposible seguir viviendo con alguien a quien no le basta con tenerte presa sino que se entromete en todos los entresijos de tu vida.

117

—Si no quieres que sea así, ¿para qué escribes ese diario? —preguntó Ignacio.

Ya empezaba a hablar sin llamarme «hija mía» y la voz me llegaba menos quebrada.

—No eres el dueño de mi memoria —le dije.

—Ni de tu memoria ni de nada tuyo —la culpa persiguiéndolo y él queriendo borrar toda huella, cualquier mención al «delito».

Daniel me había preguntado en estos días por el apellido de Ignacio, como si se tratara de una simple curiosidad, y ahora entiendo para qué le fue útil el conocimiento del apellido: consiguió así su teléfono en la guía. Al principio, en la llamada, sólo se dio a conocer, y después quedaron citados en José Luis, en Serrano, a la hora poco sospechosa del mediodía, cualquiera que los viera habría supuesto que estaban reunidos para un asunto de negocios. Mientras uno hurgaba en mi vida pasada el otro se excluía dándome por loca.

—Estás loca, Begoña, he aconsejado a tu marido que te lleve al psiquiatra.

Pretende que el psiquiatra cambie la realidad, lo exima de culpa, lo deje como un caballero que jamás osó deslizar su mano bajo la falda ligera de verano de la amiga de su hija.

—La amiguita, no, la amiga, las dos éramos mayores.

—Erais una niñas —puso el dulce tono de la evocación tierna del abuelete.

El psiquiatra, pues, ha de hacer desaparecer de mi memoria toda huella de aquel modo de fuego que era para mí su mano delictiva en la soledad del estudio, mientras me aplicaba yo a dibujar el paisaje, emborronando lienzo, y aquella mano hurgaba sin dejar de orientarme con la otra mano para que consiguiera el verde exacto del matorral que ya mis ojos no veían, y que él se empeñaba en que lograra para que Maripi contemplara después, sin disimular su envidia, mi trabajo.

—Qué cosas dices, niña.

Su asombro era tenue y su voz estaba prendida del recuerdo, lubricada por la satisfacción recuperada del tiempo. Me llamaba niña con la misma respiración entrecortada del deseo que ahora quería negar y la propia voz lo traicionaba.

—Te traiciona la voz.

—Sabes que no es cierto.

Desmentía dejando resbalar las sílabas, reviviendo la seducción de aquella voz cercana que al oído me corregía errores de perspectiva cuando adentraba la mano por la nalga e iba corriendo la braga para alcanzar su objetivo.

—¡Begoña, qué dices...!

—Tu propia exclamación te está denunciando. No hablas, no estás hablando sino gimiendo.

Daniel le contó lo que leyó en este diario. Habló de la noche bajo el porche, como quien hace el relato de un crimen. Yo iba al cine de verano al aire libre con Maripi y le dije a Maripi de pronto que quería comprar un helado, «voy contigo», «no; vengo en seguida», y salí corriendo. Salí corriendo hasta una zona oscura, más allá del hotel Roma, y allí estaba el coche de Ignacio esperándome para ir a pintar a su estudio, los dos solos. Allí estaban las manzanas y el caballete y el lienzo dispuesto y la luz, la luz necesaria. Se sentó él, y yo en sus rodillas, y esta vez las manos se repartieron entre el pincel y mis pechos. Después se oyó un trueno de tormenta de verano —«Se habrá suspendido el cine», dije— y se fue la luz y corrimos al porche, abrazados, para que yo sintiera el miedo a la tormenta y él me lo apagara en los labios.

—¿O no es verdad? —lo inquirí.

Suspiró y dijo:

—Se lo he negado todo a tu marido.

Pero ni esa negación ni el psiquiatra podrán más que mi memoria, aunque tenga que andar por la vida como una sonámbula.

—Cálmate —me pidió—. Es necesario que nos veamos tranquilos.

Su propuesta hubiera podido parecer la de un alma caritativa que se empeñaba en ayudar a una loca si no fuera porque la voz tenía la misma serena levedad de aquella que calmaba mis gritos de placer cuando estábamos juntos en La Granja, el mismo miedo de la madurez (podía saberse, podía ser visto) que contrastaba con mi compulsiva expresión del gozo.

Así que hemos quedado y he anotado en la agenda: «20 de mayo, 16.30. Ignacio. Hotel Eurobuilding.»

Buena hora, no podré ir a los toros con Daniel.

18 de mayo de 1988

La casa, con Daniel, se ha poblado de objetos y de ruidos: sus pasos, sus toses, la música sonando en una habitación contigua... En esta casa no queda espacio para nadie, ni siquiera pared para colgar sus cuadros. Esta casa, siempre tan espaciosa, se ha poblado de objetos que me resultan hostiles por extraños: algunas esculturas de Daniel, para él muy queridas, han venido a ocupar mis lugares vacíos, estudiadamente vacíos, que siempre quise así.

Él me vigila con una mirada desconfiada. En su ánimo de posesión total no le basta con tenerme recluida y controlada, sometida a la rutina. Me siento perseguida por Daniel. Me espía, silenciosamente me espía. Sigue mis pasos con una sigilosa cautela por la casa. Estoy leyendo en mi dormitorio o en el salón y alzo de pronto la cabeza y lo encuentro como a un búho, sus ojos como un búho, queriendo penetrar en mi silencio. Daniel se empeña en saber también qué estoy pensando, qué leo. Si llamo por teléfono presta su oído a cuanto digo, me pregunta a quién llamo.

Pero lo peor no radica en los cuadros o en las esculturas. Tampoco en los pocos libros que se apilan en el dormitorio de invitados. Lo malo es abrir los armarios y contemplar su ropa entre la mía, los cajones del vestidor llenos de calzoncillos y calcetines, sus camisas... Lo malo es ir al baño y limpiar pelos ajenos, su cuchilla de afeitar en la encimera, su cepillo de dientes... Sus cosas no encuentran lugar definitivo entre las mías.

«Tú sabes a lo que te exponías», repite Marga, sabihonda.

Cuando decides arriesgarte a algo nunca sabes de verdad hasta qué punto te arriesgas. Sólo en el baño consigo librarme de esta vigilancia estricta.

—Éste no fue el trato —le repito a él.

—No puedo evitarlo —me contesta, entregado a la desidia de espiarme, entregado a la rutina de seguirme.

Marga no puede entenderme:

«A la soledad no hay que tenerle miedo, hija.

Cuando la soledad se sale con la suya viene otra soledad distinta.»

Marga habla con la suficiencia de quien no se sale nunca del camino, ella a lo suyo: «Sepárate y no sufras.»

Yo sé que si me separo seguiré sufriendo, ahora tengo al menos un cómplice de mi soledad.

«Buen precio estás pagando.»

Marga llega a resultar molesta con sus observaciones, no sé por qué me lamento con ella si Marga no es otra cosa que una gran *voyeur* que disfruta contemplando la vida diversa de los otros.

«Es que yo no soy tan complicada», está muy orgullosa de su mediocridad.

Yo sí, quién me mandaría a mí casarme, pienso.

«Ya verás de mayor, qué ventaja», me dice mi madre. Mi madre habla siempre desde su experiencia.

La experiencia de los otros es inútil para una. Mamá no puede entenderlo.

A veces me quejo en voz alta. Hoy me quejé en voz alta y Daniel explicó desde la ducha, gritando entre el murmullo de los grifos, que no hay más remedio. Gritó y cantó. Canta cuando menos te lo esperas, te distrae de la lectura o de la película que estás viendo en televisión, si es una película de las que a él no le interesan. Ésa es otra: cuando llega a casa enciende el televisor y consume con pasión toda imagen, buena o mala, que llegue a sus ojos. Se tiende en el sofá como un ser destruido por el trabajo y habla con el sonido de la televisión de fondo, esa es nuestra propia e invariable música hogareña.

—¿Salimos? —pregunto.

—Estoy cansado, Begoña. ¿Adónde vamos ahora?

—No hay cena en casa —argumento.

Es lo mismo. Él es capaz de preparar de propia mano —siempre hay arroz o espaguetis y alguna lata— una cena que nos permita situarnos ante el televisor para pasar las noches.

19 de mayo de 1988

DANIEL ME PREGUNTÓ HOY por Ignacio sin hacer mención al diario.

—¿Sigues enamorada de él?

Le afloró el desasosiego por un rictus de la boca que permitió la desaparición momentánea de sus labios, como si quedaran barridos de su rostro; un rictus que anunciaba un estado de seria preocupación.

—No deseo compartirlo, Daniel —fui rotunda y suave a la vez.

Siguió desayunando, se dio prisa para acabar el desayuno y salió sin decir adiós. Después de mi respuesta no había vuelto a hablar.

20 de mayo de 1988

NO FUE NECESARIO QUE MINTIERA a Daniel diciéndole, por ejemplo, que el psiquiatra me había dado cita para esta tarde. No acusó sorpresa ayer, cuando le avisé que no podría ir con él a los toros. Admitió mi aviso, sin más, y decidió regalar las entradas. Los viajes de trabajo no los organiza nunca de improviso y, sin embargo, decidió marcharse ayer mismo a Londres y me lo anunció como si lo hubiera dispuesto a raíz de mi imposibilidad de acompañarle a los toros. A veces sorprende la rapidez con que actúa; él, que, por contraste, casi siempre da la impresión de pensárselo todo con minucioso detalle. Su estado de ánimo parece ahora más reposado y a la actitud nerviosa con que se ha venido produciendo en estos días —inexplicables reacciones de irritabilidad— ha sucedido para mi sorpresa una expresión calmada y benévola, aunque expectante. Se acerca y me mira fijamente. Parece temer algo, como si esperara que yo le diera cuenta de su propia entrevista con Ignacio.

La ausencia de Daniel me permite disfrutar de la calma que me trae la soledad, esta vieja compañera de la que tan harta me he sentido a veces y que se hace siempre inseparable y añorada. Basta con que Daniel deje de aparecer por esa puerta, a las ocho y media en punto de la noche, con su carga de rutina, para que se proclame en esta casa día de fiesta particular.

«Hija mía, acaba con eso», diría Marga.

No es tan sencillo ni estoy tan segura de que desee realmente abandonarlo.

Anoche, pues, estaba sola y pude haberme quedado en casa disfrutando de la soledad, oyendo música, sin que la sintonía del telediario anunciara la llegada del esposo. Pero no fue así: me arreglé, tomé el bolso y decidí hacer una incursión nocturna.

La verdad es que dudé antes si llamar a Elio, de quien Daniel jamás puede oír hablar. Fue una de sus condiciones antes de casarnos: «No trataré nunca de controlar con quién hablas o no, pero no quiero oír el nombre de Elio en esta casa. Espero que lo comprendas.» No dije que sí, aunque no me gustó el modo de formularlo, pero tampoco puse reparos a la condición. Le dije a Elio que procurara no llamarme y Elio jamás ha hecho caso de mi ruego. No obstante, anoche podía haberlo llamado yo a él y no lo hice en principio. Me decidí, sin embargo, a telefonear a Santiago Izúa, pero Santiago no podía salir ayer por razones familiares. Se mostró muy contento de que hubiera comunicado con él y hemos quedado para el viernes. Fue entonces cuando me decidí por Elio.

—¿Cenamos esta noche? —propuso nada más identificarme por teléfono.

—No, no puedo.

—¿Una vuelta en la moto?

—¿Ahora?

—Sí, ahora.

La trompa de la DKW enfiló la ciudad como un bronco animal que tuviera alas, como un estallido, su rugido acompasado con el vértigo, compitiendo con un ruido de bocinas, rasgando las luces, los edificios vistos como instantáneas fugaces de Madrid, los transeúntes como muñecos desvalidos, aterrados quizá por el monstruo que circulaba de semáforo en semáforo por los espacios justos, casi rozando los retrovisores de los coches, sólo detenido por el fogonazo rojo que daba la orden de parada, y otra vez a aprovechar el ámbar, el inadvertido tránsito del verde al rojo —por poco nos la damos— antes de que los coches cruzaran la calle en multitud por detrás de nosotros. Yo agarrada a Elio, temerosa, él embebido en el poder de la máquina, el ruido, crecido en un espacio distinto, quizá sin sentir siquiera mi temblor. La plaza de España, sus torres, vistas como en un vídeo cuyas imágenes pasaras velozmente, para adelante y para atrás, un mareo, el estómago, como si no tuvieras certeza de que lo que veías fuera realmente lo que creías estar viendo.

Cuando frenó en el paseo de Camoens y mi cuerpo quedó asido al suyo, totalmente apretada por el pánico, después de suspirar, como quien supera el frenesí de una droga que te conduce inevitablemente a la muerte, y lo estás viendo, la ves venir sin poder evitarla, evoqué la vieja Vespa de nuestra juventud, su comedida marcha, Elio sereno sobre ella, mi pelo al aire, desconocido el vértigo, la ansiedad, esta imagen de ogro poderoso que el casco le otorgaba.

—Eres una exagerada —me reprochó que temblara aún—. Serénate.

—¿Qué hacemos aquí?

Parecía dispuesto a quedarse en las sombras de aquel paseo, había oscurecido ya.

—Imagínatelo.

Conocía aquel lugar. Las putas y los travestis nos miraban como transgresores de un espacio del que se habían adueñado.

—Nunca pensé que fuera capaz de acompañarte al lugar del delito, nunca pensé que los celos pudieran permitírmelo.

Reí. Había cedido la fiereza del motorista avasallador y otra vez la luz de la adolescencia se adivinaba en los ojos de Elio.

Me habló como quien acepta la derrota, que la vida sea como es. Pareció que alcanzara el convencimiento de que luchar contra lo que no nos gusta o huir de implicarnos no conduce a otra cosa que a la renuncia. Y pronto pasó de esa tierna instantánea del fracaso asumido a la arrogancia del poseedor del secreto, como si aquella situación yo no pudiera compartirla con nadie más que con él. Me recordó a Rhon, siempre orgulloso de su secreto. Y me molestó su intento de avasallar mi territorio íntimo igual que con su moto avasallaba el espacio de la ciudad. Se le notaba su satisfacción, convencido de que había hecho una buena obra, igual que mi madre cuando se entregaba orgullosa a la caridad.

—Eres un benefactor, Elio.

—Costumbres de familia —respondió riendo.

De todos modos le estaba agradecida. Sentía que la presencia de Elio me proporcionaba seguridad, sobre todo en un paseo semioscuro como aquél. Él me señaló el lugar en el que la cabeza de piedra de un prócer recibía la caricia de la rama de un árbol como el sitio idóneo para apostarse. Desde allí seguiría mis pasos titubeantes para comprobar al fin que toda posibilidad de lujuria se desvanece siempre en mí.

Pronto noté que la seguridad se convertía en una incómoda observación que no me gustaba. Y en seguida me di cuenta, además, de otra cosa: que el vértigo ofrecido por la clandestinidad, una fuente de placer, tan querido como detestado por mí, desaparecía cuando el otro mundo, el llamado normal, donde estaba inscrito Elio, se cruzaba con el inquietante cosquilleo de mis íntimas sensaciones para hacerlas desaparecer. La tolerancia de Elio me hizo pasear entre las putas, no como me hubiera gustado a mí, o sea, como una más de ellas, sino con la superioridad de una señorita de mi clase que las observa con compasión y que se ha equivocado de paseo.

Sin embargo, me sentí en la estúpida obligación de no defraudarlo y me dispuse sin instinto a representar el papel de la desvalida y viciosa amiga que Elio observaba desde el terraplén, quizá con pena de que la vida sea como es. O quién sabe, pensé, si me contempla con algún tipo de excitación, con algún placer de mirón.

Solté mi pelo, sacándome las horquillas con las que me lo había recogido por la tarde para viajar con mayor comodidad en la moto, abrí mi blusa como nunca lo había hecho, con la misma burda provocación que usan estas putas callejeras, y de una forma tosca aprisioné los pliegues de la falda entre los muslos para conseguir una imagen grosera. De risa.

Tampoco me había recostado nunca ligeramente en un árbol, expuesta, a la venta, señora de alquiler, como lo hice ayer para que me observara Elio. Y tal vez no me hubiera atrevido a hacerlo de no saber que él estaba allí.

Lo cierto es que lo hice y que pronto los focos de un automóvil me encandilaron y a buen seguro le ofrecieron a Elio la posibilidad de contemplarme como una furcia en pleno oficio. El coche se aproximó y por la ventanilla dejó ver su rostro un hombre barbado y joven, y por estas dos circunstancias no de mi gusto, pero no sentía ningún placer por prolongar aquella representación. Así que me acerqué hasta él y sin que aún le hubiera dado las buenas noches me preguntó cuánto cobraba.

Yo desconocía el habitual desarrollo de estos acuerdos, si bien supuse que el cobro tendría que ver con lo que el cliente esperara de mí.

No conseguía hacer cálculos, no sé bien cuánto cuestan esas cosas.

Elio se acercó cuando yo acordaba con mi cliente que cinco mil, y éste, inclinándose hacia la puerta de su coche desde la posición del conductor, la abría.

Un sudor intenso, una especie de escalofrío, de desazón, me impulsaba a huir, a tomar del brazo a Elio y escapar en la moto, carretera de La Coruña hacia adelante, sin saber de rumbo. El vértigo de la moto se me reveló de pronto como una forma eficaz de la inconsciencia, un modo de escapar de la angustia.

Elio se alejó lentamente sin dejar de mirarme y su mirada me preguntaba si iba a ser capaz, si estaba segura. Esa mirada me incitaba a concluir la representación a sus ojos, pero al ver que se alejaba prudente y con lentitud, pero se alejaba, me empezaba a encontrar, todavía de pie, sin entrar en el coche, como una niña abandonada en un parque oscuro. Y después, inmediatamente después, sentada junto al joven barbado, como una niña que otra vez intentaba caer en falta. El chico me miró, dejó caer una mano enorme, gorda, peluda, sobre mi muslo y arrancó el motor del auto.

Supongo que Elio pensó que yo volvería pronto allí, que debía esperarme, supongo que quedó sorprendido de que esta vez me hubiera atrevido. Yo temblaba y mi temblor era indisimulable, mis dientes hacían ruido, parecía poseída por un ataque de nervios.

—¿Eres nueva?

—No, tonta —intentaba reponerme.

—¿Tienes miedo? —me preguntó sin detener el coche, veloz hacia el puente de los Franceses.

Entró por la carretera del Pardo y con su mano izquierda —«Ábrete la blusa», pidió— me apretó el pecho hasta casi hacerme daño.

—¿Adónde vamos? —pregunté.

—A mi casa.

—¿No eres casado?

—Sí, pero no hay nadie en casa.

—Pues no me gustan las casas —me pronuncié como una caprichosa.

Él, arrogante, dijo:

—En ningún sitio como en la cama, tía.

—No me gustan las camas —insistí incongruente. Lloré de miedo.

—¿Ah, no...? ¿Eres una viciosa?

Parecía una acusación. No le respondí.

Paró en el semáforo de Bravo Murillo y allí acercó su boca hasta mi cuello. Abrí rápidamente el coche y salí corriendo. Casi queda en sus manos un jirón de mi falda.

Oí primero una bocina insistente, seguramente la suya, y luego esa bocina se confundió con otras. Corrí por Bravo Murillo hacia Quevedo. Crepitaban en mi frente los ruidos de la ciudad, como si se repitiera en parte la sensación de la moto. Pasaban bustos irreconocibles. Tuve ganas de vomitar y no dejé de correr hasta que llegué a la glorieta de Bilbao. Entré a los servicios del café Comercial para lavarme las manos, más que por escrúpulos por una necesidad incontenible de no sé qué purificación.

21 de mayo de 1988

MAMÁ INSISTIÓ DURANTE TODA la mañana en que no dejara de acudir a la comida familiar en casa de mi hermano Rafael, estaríamos todos. Mi pretexto para no ir era en realidad tonto: Daniel está de viaje.

—Hija —dijo—, como si siempre hubieras andado por el mundo acompañada...

No le faltaba razón. Pero también era un fastidio que en una reunión de familia —la celebración de los quince años de matrimonio de Rafael— no pudiera acudir del brazo de mi «santo esposo», ahora que lo tenía. Me había casado para eso, para no ser una extraña en este mundo de matrimonios de mi familia.

«A ti te gusta mucho una familia», dice Marga.

Y no se equivoca. Me gusta mucho mi familia, me siento confortada entre ellos. Y, por otra parte, me siento oprimida por ellos. ¿Qué pensaría Rafael de mi historia con el joven barbudo? ¿Resistiría mamá el conocimiento de mis experiencias extraconyugales y raras?

«Tú te has casado para combatir la soledad», afirma Marga con su seguridad insolente. Yo también lo pensé en su momento y ahora busco mi soledad con desespero. Sólo en la soledad vuelvo a ser yo misma. Hoy, sin embargo, me hacía falta Daniel para sentirme otra, en otro papel, en la casa de Rafa. Me encontré allí como si nada hubiera ocurrido, como si mamá estuviera a punto de preguntarse de nuevo, machacona, cuándo casaría a su Goñi por fin. Esta vez dijo, suspirando —mamá suspira cada vez que pregunta algo con deseo—:

—¿De niños nada, Goñi?

Respondió Isabel por mí:

—¿Todavía no la conoces, mamá? Goñi no aguanta a un marido y va a aguantar a los hijos...

Mi madre estaba a punto de predicar sobre las excelencias de la reproducción de la especie, siempre basada en sus propias satisfacciones y en las excelencias de sus hijos, pero se sobresaltó con mi respuesta:

—Daniel es impotente, mamá.

Las risas de mis hermanos la apartaron un poco de su sorpresa —mi madre carece de sentido del humor—, aunque no pudo por menos que rechazar el mal gusto de la broma.

—¿No habéis pensado en niños? —me preguntó mi cuñada Carmen casi al oído.

—Los niños son una preocupación si no se tiene la seguridad de contar después con un buen pediatra —le contesté.

Luis, mientras ponía hielo a su décimo whisky en la mesa de hierro de la terraza, gritó con su voz aflautada:

—El cuñado es maricón.

Mamá dijo que se resistía a admitir este modo de hablar, semejantes bromas sin respeto.

—Parece que ignoréis a vuestra madre.

—¿Verdad, Goñi, que es maricón...? —insistió Luis entre las nerviosas risas familiares. Mamá gritó con energía que bastaba, que estaba bien de bromas, y me miró compasiva hasta que me oyó contestar:

—Lo mismo que tú, querido; ya sabes que eso no impide tener niños.

132

Carcajadas. Creí que había llegado el momento de cambiar esta conversación por otra, pero fue una ocasión propicia para que hiciéramos recuento de los casos que conocíamos de homosexuales con hijos, de buenos padres de familia con doble vida. Mi propia madre no se resistió a empezar por la nobleza, mucho más a gusto en este punto de la charla, y hasta repasó la tradición histórica. Parecía empeñada en alejarse del tiempo para que nuestro cotilleo cobrara más altura y en la medida en que los maricones se veían rodeados de más alcurnia o de un ambiente de corte, a mi madre le resultaban más tolerables. Carmen, en cambio, sólo hablaba de los que aparecían en *Diez minutos*, cortejando a sus damas o exhibiéndolas. Mamá la observaba atentamente y sólo con mirarla la recriminaba, sin quererlo, por su ordinariez. Ella —desgarrada en el lenguaje, como siempre— seguía insistiendo en los lances de un marqués consorte.

—¡Pobre Daniel...! —exclamó mamá—. Bromas de éstas a sus espaldas.

Mi hermana Alicia, volviendo a los orígenes de la conversación, quiso tranquilizarla:

—Goñi está vieja para tener hijos, mamá.

—Una buena madre siempre puede ser una buena abuela —sentenció mamá desde su querencia, subrayada con una sonrisa cómplice.

22 de mayo de 1988

ANOCHE SALÍ SOLA Y EL coche se encaminó al paseo de Camoens. Di vueltas hasta marearme por la misma ruta que siguen los caballeros que ligan con travestis y putas: paseo abajo hasta el puente de los Franceses, Ciudad Universitaria, Rosales y otra vez al paseo. Reviví el nerviosismo pasado de estas rondas y la melancolía no me impidió la lucidez para percibir la inutilidad de los rodeos.

A pesar de todo, no renuncié a bajar del coche con el mismo miedo de siempre y a pasear como una solitaria, medio loca, por las partes más oscuras de la arboleda, observando los tratos como una espía. Con mi melena suelta y la vista baja parecía más una señorita de provincias extraviada, que hubiera ido a visitar a un pariente a Argüelles y se hubiera perdido en aquel parque, que una...

En realidad, ¿qué soy yo en esas circunstancias?

Ya le he hecho esta pregunta al psiquiatra y el psiquiatra me ha contestado, con esa facilidad que los psiquiatras tienen para eludir su propio trabajo, que la respuesta tendría que hallarla dentro de mí misma. La verdad es que esa respuesta la relaciono siempre con la clandestinidad que rodeó mi primera relación con Ignacio. Lo que no sé es si basta con esa explicación, ni si se entiende así mi gusto por esta ruta excitante del vicio. El psiquiatra se encoge de hombros cuando se lo explico.

Anoche se lo expliqué a un travesti y me dijo que yo soy muy complicada. Me evité comentarle que esa conclusión resultaba muy común.

—A ti lo que te gusta es el ambiente, chiquilla.

Tal vez sea cierto, pero no. El travesti, igual que Marga, lo simplificaba todo. Y, además, me llegué a preguntar en un rapto de furiosa dignidad, qué hacía yo contándole mi vida a un travestido. Todo había empezado así:

—Oye, tú, ¿adónde vas tan desamparada, tía...?
Sonreí y vino hacia mí. Se presentó:

—Me llamo Yayi.

—Y yo, Maruca.

Nunca he dado mi verdadero nombre en estos casos. Entregar el nombre me parece presentar a la otra, a la que no sé si soy de verdad, tal vez a la señora de Salazar.

Yayi me invitó a «hacerlo» con él / ella y expresó su deseo sin muchos rodeos, aunque sin sorprenderse por mi risa inevitable y más bien estruendosa.

—Yo soy muy macho.

Hizo la afirmación de un modo muy contundente, queriendo desmentir mi risa, y llevándose la mano a la entrepierna de una manera que no cabe imaginarse precisamente delicada. Pero por mucha confianza que una mujer pudiera poner en él resultaba imposible admitir la condición que proclamaba: unos larguísimos zarcillos al viento, una especie de media pamela y, para colmo, sus medias negras con brillantitos que se empeñaban en negarlo a primera vista. Lo piropeé porque estaba nerviosa, no sabía qué decirle:

—Eres muy guapa.

—Usa el masculino, mona —imperaba en su modo de hablar el afeminamiento.

Insistió en que no iba a cobrarme ni una sola peseta y la reiteración resultaba obsesiva. Se levantó por fin la falda para mostrarme el único rincón de aquel cuerpo donde habitaba el varón.

—No, verás, yo sólo quiero mirar —dije. Trataba de convencerlo de que ni con él ni con otros—. Yo estoy casada —expliqué. No me importaba nada, pero insistí en eso. Yayi me llamó estrecha, quizá intuyendo que sí me importaba, y señalando a los que detenían el coche sin parar del todo y se interesaban por él, dijo:

—A ésos les saco yo una pasta.

Un aire castizo le cambió el modo de hablar, quería dejar claro que conmigo lo hacía porque le gustaba. Y señaló a los viriles conductores que rondaban la acera sacando tímidamente sus cabezas para contemplar el «género».

—Con ellos haces otra cosa, claro —bromeé.

—Lo mismo que contigo, pero...

Un prodigio de síntesis.

Su voz había ido cambiando progresivamente y el arrastre de las palabras y la aparición de una arrogancia, ciertamente masculina, lo trasladaban de un sexo a otro, a pesar del terciopelo malva de su blusa. Cerré los ojos porque en esos sitios la vergüenza me lleva a veces a cerrarlos. Pero haberlos cerrado y permanecer con ellos cerrados durante un rato, más que huir de mí misma, como me pasa tantas veces, me permitió descubrir en Yayi el tono de la seducción, el persistente intento viril de la conquista.

Casi había olvidado la sensación de encierro que me procura el peligro, el rechazo a la marginación que brota con furia dentro de mí cuando me hallo en circunstancias como esta que después me reprocho. Así que tuve la decidida intención de marcharme y me arranqué de sus brazos con un tipo de bravura que siempre me resulta impuesta. Fue entonces cuando sentí su mano masculina agarrándome y adquirió su voz el tono amenazante de los que ignoran el riesgo, detectan tu miedo, igual que los perros, y se crecen entonces y te ladran. No pude reprimir mi conciencia de clase, y un aroma de sudor viejo, sólo mermado por enjuagues, se interpuso entre el otro y yo. No hacía falta esgrimirle estas razones recónditas de clasista que se apoderan de mí porque él las percibía en el desdén de la mirada. Ellos lo han aprendido desde pequeños.

Tuve miedo y el miedo me llevó a pensar en Daniel, pero el mismo miedo me impedía echar a correr, acabar con aquella situación. Yayi se había arrancado la peluca y, a pesar de la pintura o por eso mismo, su cara era una pura caricatura en la que se habían agravado todos los rasgos. De pronto, la barba, cuidadosamente rasurada, aparecía en el rostro de Yayi con su áspera textura. La apariencia, sin embargo, era lo de menos, si no fuera porque el cambio de la apariencia y la expresión súbita de la agresividad se habían producido al unísono.

No admitía que hubiera jugado con él y en un rato había pasado de la ternura al desengaño; todo, al parecer, por mi culpa. El orgullo se había ocupado de la conclusión: con él no se jugaba, yo era una señorita de mierda, curiosona, y está bien, lo admitía, pero todo eso tenía un precio. Le pregunté qué precio con una altanería que no me perdonó. Dijo que la gente como yo quería arreglarlo todo con dinero y de su manera de hablar se hubiera podido colegir fácilmente un desprecio por el dinero que lo ennoblecía en su agresividad. Pero, como si de pronto advirtiera que a la gente como yo el dinero era lo único capaz de dolerle, me exigió que le entregara el bolso.

—Para tirarlo todo al río —dijo—, para joderte.

Gritó acercando su cara a la mía.

—Las tarjetas de crédito en el río fastidian poco, son papel mojado para todos —reflexioné con una serenidad de la que ahora me asombro.

El orgullo es capaz de convertirnos en imbéciles con demasiada facilidad y Yayi quizá hubiera preferido que me evitara la lógica; mi entereza le demostraba una vez más qué tipo de persona era yo. Él habla con el corazón, me explicó, pero la gente como yo no lo merece. Me resistí a entregarle el bolso y, sin dejar de retenerme con una de sus manos, abrió con la boca su propio monedero dorado, que le colgaba del hombro, y tomó con la otra mano una navaja. Lo que hasta entonces era una mezcla de miedo y placer se convirtió en miedo exclusivamente y no pude estar segura desde aquel instante de que cuanto me sucedía no fuera una pesadilla de la que tenía que despertar de un momento a otro.

—¿Cómo te llamas? —temblaba mi voz.

—Sabes que me llamo Yayi.

—Ése es tu nombre de mujer.

—Yo no soy como tú —me dijo—, yo sólo tengo un nombre.

Estuve por decirle que yo tampoco, que me llamaba de verdad Maruca, pero él ya tenía en sus manos mis documentos y los iba tirando al jardín después de leerlos con una provisional serenidad que formaba parte de su ceremonia del desprecio. Cuando terminó con los papeles me pidió el reloj y lo tiró igualmente y me requirió después la cadena y la medalla e hizo con ellas lo mismo, sin atender a mis explicaciones de que se trataba de un recuerdo familiar de un inapreciable valor sentimental. Se rió forzadamente y, quejándose por los suyos, dijo que los pobres como él no habían tenido nunca ese tipo de recuerdos.

—Quédate con el dinero —le supliqué, quizá indicándole que con el dinero bastaba. Como si, torpemente, renunciara a enterarme de lo que de verdad quería él de mí, sin advertir que el dinero era justamente lo que no quería. Me devolvió las llaves y los billetes en el final de su trabajo de despojo. Y rompió a llorar. Lloró con la feminidad que yo ya estaba olvidando en aquel agresivo asaltante y en su llanto de remordimiento vislumbré la esperanza de que pudiera arrepentirse de aquella gratuita atrocidad.

—Debes pensar que estoy loco.

No respondí. Intenté consolarlo sin prevenir las consecuencias de su súbita alteración. Él rechazaba toda compasión y aquello no podía quedar así.

—Tú lo harás conmigo —amenazó.

—Sabes que no es posible.

Sin hablar más, renunciando a toda discusión, finalmente resuelto, me condujo hasta el coche con la navaja y no la apartó de mi cintura mientras me indicaba, escuetamente, por dónde debíamos dirigirnos a no sabía yo qué lugar. Recuerdo que pasamos por la M-30. Vimos el puente de Toledo a la izquierda. Como en un sueño recuerdo ahora la calle Antonio López, y después un patio oscuro con trastos y unas escaleras oliendo a orín y una habitación estrecha con cazadoras y camisas por los suelos. También un espejo sobre una repisita con pinturas y una foto grande de Marilyn Monroe. La cama estaba deshecha, Yayi me invitó a tenderme allí y me desnudó rasgando mi ropa con rabia. Después consiguió hacerme llorar desesperadamente. Me apretó la cabeza contra el colchón, con riesgo de asfixiarme, para que no se oyera el grito de dolor, el espantoso dolor que me rasgaba por dentro y que aún siento en este instante.

23 de mayo de 1988

¿ESTOY YO LOCA? Me he hecho la pregunta muchas veces y ninguna respuesta es concluyente o no es, por lo menos, definitiva. Supongo que le ocurrirá a la mayor parte de los mortales. Mientras me hacía esta reflexión tan común permanecía en silencio y seguramente con la mirada algo traspuesta. El psiquiatra me miraba atentamente con sus manos reposadas sobre la mesa y una serena disposición a escucharme. Rompió su silencio por fin:

—¿Cómo fue su cita con don Ignacio?

—Nada de particular —dije.

Y él se dio cuenta de que yo no quería describirla, no deseaba insistir ni por asomo en una relación que él tenía por fundamental en mis condicionamientos sexuales y en mis rarezas. No le confesé si había mentido al escribir la hora, el lugar y el nombre de Ignacio en el diario o si todo fue una trampa para desconcertar a Daniel.

Daniel tampoco ha viajado a Londres y su propósito era hacérmelo creer para conseguir sorprendernos en el hotel, juntos, a Ignacio y a mí. No supe si comentarle que Marga colaboró como espía para observar a Daniel en su incursión por el Eurobuilding y saber así de su interrogatorio al recepcionista. Tampoco le comenté, ya lo habrá hecho él, que Daniel pudo comprobar que había una habitación reservada a nombre de Ignacio, aunque no se enteró de que la reserva la había hecho yo misma por teléfono. Marga fue minuciosa en la observación del nerviosismo de

Daniel y me hace gracia recordar sus detalles, la capacidad de Marga para describirlo como un actor dispuesto a entrar en escena y al que lo comen los nervios.

«¿Para qué haces esto, qué sentido tiene..?», me preguntó Marga.

El psiquiatra me hubiera preguntado lo mismo y tengo que reconocer mi incapacidad para responderle. Quizá Daniel ignoraba en lo que se metía cuando se metió en mi diario o cuando decidió meterse en mi vida.

—¿Cuándo vuelve su marido de viaje?

—¿Qué importancia tiene?

—Evitará otros riesgos —respondió el psiquiatra recordando lo ocurrido con Yayi.

—Evitaré la vida —dije, con un puntito de innecesaria intensidad.

—No tiene ninguna necesidad de continuar casada —replicó él.

Pero no está muy claro que el psiquiatra tenga razón. Quizá por eso y antes de que dijera yo nada más pasó a interesarse por mis insomnios y mis angustias de estas noches. Me preguntó por la llamada incesante del teléfono.

—El jadeo al otro lado del auricular era seguramente el de Yayi —admití.

El día de mi aventura con él, la madrugada de Madrid por las calles inhóspitas de la periferia fue para mí un territorio de incertidumbre. Anduve, dolida y derrotada, sin encontrar un taxi, tratando de hallar el camino que me aproximara a un lugar céntrico donde sentirme más segura. Un día y dos noches de dolor y miedo, un poco sin saber dónde estaba, secuestrada por mí misma y ansiosa, con un nuevo temor a la soledad y aliviada por la ausencia de Daniel. Esa noche Yayi me había echado de su casa a puntapiés y me advirtió, con un rostro áspero y asqueante en el que un refriegue de pinturas subrayaba la maldad de la máscara, que aquella noche no sería la última.

—Se ha metido usted en una buena complicación.

La llamada incesante podía haber sido también una trampa de Daniel tratando de controlar por medio del teléfono si me hallaba o no en casa. Pero de ser Daniel le hubiera bastado con llamar y colgar o con saludarme, como lo hizo esta mañana, según él desde Londres. Recordé que era esto, exactamente esto, lo que hacía cuando se enamoró de mí. No obstante, dije:

—Estoy segura de que era el travesti. No dejé de vomitar en toda la noche, tan profundo era el asco que me inspiraba su recuerdo.

—Un brutal sentimiento de culpa, ¿no?

—No —fui tajante en la respuesta.

—¿Y si lo viera otra vez?

Paradójica y absurda respondí:

—Volvería a hacerlo.

—¿Sintió placer?

—Sí, placer y dolor.

El psiquiatra apretó los labios, movió la cabeza reiteradamente y no dejó de mirarme. Parecía que con mis palabras le hubiera dado la clave de todo. Dije «placer y dolor» y yo misma me confirmé en la síntesis. Se levantó y me invitó a salir y no me dijo esta vez que no tenía remedio. Sin embargo, yo estoy segura de que quiso decirme eso.

24 de mayo de 1988

DANIEL REGRESÓ ANOCHE, tal vez de Londres, y salimos a cenar. Ignoro de dónde podía venirle la alegría, pero aparecía repugnantemente jovial y empeñado en otorgar al reencuentro un ambiente de romance. Me encontró hundida, asqueada de mis propias aventuras insatisfactorias, y no me preguntó, sin embargo, a qué se debía tal estado de postración. He llegado a la conclusión de que Daniel me prefiere deprimida, convaleciente, necesitada, frustrada. Me trajo unos preciosos pendientes de esmalte. Los miré con desgana y forcé una expresión de gratitud que debió resultarle suficiente. Luego, en la cena, tras reiteradas manifestaciones de amor por su parte, me convocó a la conformidad.

Yo, según él, jamás llegaré a enamorarme porque nadie me gusta verdaderamente. Permanecí inmutable por desidia y porque no me preocupaba si de verdad tenía o no razón. Después habló del matrimonio y sus rutinas y trató de explicarme cómo los matrimonios no suelen ser muy distintos en sus hábitos; soy yo, a su parecer, la que pide a la vida más de lo que la vida puede darte.

Disimulaba mi aburrimiento manoseando las flores de la mesa hasta estropearlas y, mientras Daniel comentaba con el camarero la clase de vino que debía servirnos y discutía sobre marcas con el estúpido empeño de la exhibición, me preguntaba yo qué habría hecho él durante todos estos días.

—¿Qué tal por Londres? —me atreví a preguntarle sin evitar la sorna.

—Tal vez me ha ido mejor que a ti con don Ignacio.

No se sustrajo a la ironía y, en consecuencia, a la complicidad, pero deduje de sus palabras la burla y temí que se apoderara de mí un estúpido deseo de venganza.

—No te envidio —contesté.

La respuesta arisca no le impidió tomar mi mano con ternura y en ese momento sentí que, a pesar de todo, necesitaba a Daniel todavía. Cuando llegamos a casa procuré dormir pronto para evitar mostrarle mi desgana o de ese modo, quizá, pudo advertirla él más fácilmente.

25 de mayo de 1988

ANOCHE, EN LA CAMA, Daniel empleó las armas de la seducción y comparé la suavidad de sus caricias con el hambre de sexo que Santiago Izúa había exhibido en sus urgencias de hace dos noches. Todavía estaban sus flores sobre la consola y para Daniel, por lo visto, habían pasado inadvertidas. También con Santiago salí a cenar y, al contrario que mi marido, contó sus desventuras e insatisfacciones de casado para insistir en la ineficacia del matrimonio. Igual que Daniel, Santiago tomó mi mano durante la cena, pero jugó con sus piernas buscando las mías y sus labios rondaron el cabello o se acercaron al lóbulo de la oreja con su vieja habilidad. ¿Por qué Daniel no consigue jamás el temblor erótico que Santiago me transmite? Ahora, en la cama, sucedía lo mismo y Daniel sabía que estaba más bien ajena, sin sospechar que esta vez era Santiago —su piel, su olor, su roce deseado tantos años— lo que se imponía sobre la torpe manera de hacerlo de Daniel.

Sonó el teléfono en la madrugada y él intentó contestar, pero conseguí adelantarme y obtuve por respuesta un jadeo. Daniel lo tomó después y dijo no oír nada. Tal vez era Yayi, sonreí al decírmelo a mí misma. Una sombra de inquietud se apoderó de su rostro alegre de anoche, me miró con incertidumbre y quizá no me hizo una pregunta por no saber cómo hacerla; después se empeñó en poseerme como si de ese modo consiguiera ahuyentar las dudas y halló esta vez mi cuerpo tenso, resistente, y eso mismo lo volvió violento como en aquella primera noche inolvidable. Arañé sus espaldas en una dura lucha en la que mis muslos se apretaban displicentes y él se abría paso con fuerza hasta conseguir mis alaridos de dolor.

No se había repuesto aún del placer del orgasmo cuando infligí la humillación:

—Apestas, debes volver al dentista. La boca te huele a muertos.

Lo dije y recordé el sabor gratificante de los besos recientes de Santiago. Santiago me conoce bien y me había dicho: «A ti no te gusta la cama, viciosa, sino los prados.» Ya entonces no tenía disimulo posible para el deseo y, urgido, tomó la carretera de Valencia adelante. No tengo memoria precisa del lugar, quizá por culpa de la noche, y menos porque mientras conducía desabroché... La curiosona de Marga me pidió todos los detalles por la mañana y se gozaba con mi relato en miniatura.

«Eres una fantasiosa», me dijo.

Cualquier cosa es una fantasía para ella.

Después llegamos a una especie de barranquillo por el que discurría el agua y él me apretó contra un árbol para la feliz culminación en una oscuridad inquietante, sobresaltados por las luces próximas de los coches en la que tal vez era la carretera de Arganda. «¡Qué morbo tiene esto!», exclamó Santiago cuando aún yo gemía.

«No te gusta sino el peligro», Marga se hacía la nueva.

Daniel musitaba algo esta noche cuando le solté lo del dentista y él se sentó en la cama y, cabizbajo, me preguntó por qué me empeñaba en ser desagradable con él. Cuando se me hace este tipo de preguntas siempre pienso en la respuesta que yo le daría al psiquiatra: «Es preciso que no olvide que jamás me he enamorado de él.»

«¿Te enamorarías de Santiago Izúa?», me preguntó Marga. «No estoy segura de tener interés en enamorarme, querida.»

«Siempre sería más higiénico que lo que haces por ahí.»

No supe si ofenderme. Mi propia amiga me tomaba por una especie de prostituta. En lugar de sentirme agraviada, me eché a llorar. Una puta es siempre una cosa más simple.

Daniel amaneció hoy con la misma sonrisa del día de su regreso y estuvo tan solícito conmigo como esa noche. Le duró hasta que salió del baño. Cuando nos sentamos a la mesa a desayunar, su ánimo había cambiado ya. Yo estaba segura de que en el largo aseo se había entregado a la lectura de mi diario y por encima del enfado brillaba su preocupación.

—¿Llamaron anoche por teléfono o lo soñé?
—Llamaron.

26 de mayo de 1988

Daniel no regresó anoche a casa y el teléfono tampoco dejó de sonar esta vez hasta que casi había amanecido. Cuando oí los jadeos habituales pronuncié el nombre de Yayi por si se trataba de verdad de Yayi y accedía a hablar por fin, pero sólo una vez una voz áspera y evidentemente disimulada me llamó degenerada. Me perturbaron tanto las llamadas que no tuve tiempo para pensar si lo que debía hacer era telefonear a centros de urgencia en los que me pudieran tranquilizar en el sentido de que a Daniel no le había ocurrido nada. En realidad, estaba segura de que nada le había pasado y que fue la rabieta que la lectura del diario le originó lo que le hizo tomar este tipo de represalia. No obstante, a las diez, llamé a su estudio sin identificarme y Tere, la secretaria, se ahorró preguntarme quién era porque le resulté de sobra conocida. Sin extrañeza alguna de que fuera su propia mujer quien preguntara, dijo que el señor Salazar estaba enfermo. Como si fuera normal que lo estuviera sin encontrarse en casa. O quizá pensara que la que se hallaba fuera de casa era yo. En cualquier caso, nada de particular debía ocurrirle y esperé a que diera señales de vida, más que con preocupación por él, por mí misma. Volví a advertir que lo necesitaba y debo reconocer que su desaparición me resultaba inquietante. Para Marga todo podría consistir en una simple borrachera para la que no le faltaban motivos y estaría en cualquier hotel durmiéndola al objeto de crearme la inquietud que tengo.

Mi hermano Luis me llamó a mediodía para recriminarme la indiscreción de haber contado a mi marido las bromas que se gastaron sobre él en la comida familiar. Negué habérselo contado y de inmediato recordé que lo había escrito en el diario. Reí, pues, como quien admite la debilidad de haberse ido de la lengua. Luis le negó haberlo llamado maricón y, por supuesto, que yo hubiera dicho que se trataba de un impotente, pero tuvo que oír de sus labios que yo era una puta y que andaba ahora ligada con un asqueroso travestido.

—¿Tu marido está loco, Goñi?

—Algo de eso —respondí—. Perdona.

Y me resistí a hablar más.

Marga, siempre tan realista, me dijo que dar por loco a Daniel fue un acto de cinismo imperdonable. Y me advirtió: «Ése buscará a Yayi, Begoña, y vas a tener un lío.»

28 de mayo de 1988

Detesto la vigilancia de Daniel, su obsesivo seguimiento de mi vida, y necesito al tiempo un espectador de lo que hago, de modo tal que sin espectador —dice el psiquiatra— cuanto hago carece de sentido. La prolongada ausencia de Daniel me ha hecho recaer en la enfermedad y me recorre el cuerpo un raro escozor que el médico atribuye a un problema psíquico, sin que pueda él hacer otra cosa que darme alivio con píldoras. Tan desesperada ha sido mi vida en estos días que he tenido que suplicarle su retorno, engañarlo diciendo que lo amo. He preferido requerirlo yo misma a que tuviera que intervenir Marga como mediadora.

«Ese diario es tu ruina, abandona ese juego», me aconseja ella.

Pero Daniel confiesa que me agradece la sinceridad del diario:

—Parece una ventana de tu alma.

Cursi. Sí, una ventana por donde entra el hielo, pero la cálida mano de Daniel me llegó al rostro, necesaria, y sentí otra vez el miedo al tedio. Sonó la sintonía del telediario en esta casa como si fuera la misma sintonía del aburrimiento.

—Estuve por no volver —dijo.

—Estás a tiempo de marcharte —respondí al dictado del orgullo.

3 de junio de 1988

ENTRO EN EL SUEÑO DE la siesta de hoy, soñando que sueño, y me veo en una hamaca junto a la piscina de mi hermano Rafael, con la mirada puesta en el cielo diáfano de Madrid. Un bullicio de niños que de cuando en cuando alteran mi modorra, llamándome: «Mira, tía, esto...», «Súbenos, tía...», «Ven a bañarte con nosotros, tía».

La insoportable exigencia permanente de los niños. Y ajeno a ellos mi mundo de deseos, mi ansiedad permanente... Las exigencias de tu familia: primero, cuándo te casas; después, los niños. Los niños, ahora.

El psiquiatra no ha dejado de interesarse por el asunto. Si él hubiera sido mujer no hubiera renunciado nunca al privilegio de ser madre. A

Marga no le interesa tanto casarse como tener un hijo. Me pregunto si de verdad quiero tener un hijo y temo que tenerlo sea otro modo de huir de la soledad, un acto egoísta más que generoso. ¿Quiero tener un hijo con Daniel, tal como lo desea él, urgiéndome a tenerlo, o no quiero tener más ataduras a Daniel? Tener un hijo es contar con otro juez, otra dependencia. Al psiquiatra se le ocurrió el otro día una frase obvia y en la cara se le notaba la satisfacción por la ocurrencia:

—Hay ataduras que nos hacen más libres, Begoña.

—Ya tengo las mías —le respondí.

—Pues no me queda nada más que hacer por usted, tendrá que volver a psicoanalizarse.

La voz de mamá me despierta de la siesta:

—No hay nada como tener un hijo, Goñi.

—No hay nada como morirse, mamá.

Los ojos le brillaron de lágrimas. Quizá sintiera miedo. Se encogió de hombros y, con mal genio, empezó a reprender a los niños por sus gritos incesantes en torno a la piscina.

Daniel estaba poseído por la ternura y, al oír una canción infantil en la tele y sin saber si aún estaba yo despierta, dijo:

—Es la hora del niño, Goñi.

Sentí un sobresalto.

5 de junio de 1988

EL FELIZ ESPOSO COMPLACIENTE me aburre sin remedio; su ternura surte los efectos del pastel que empalaga hasta conseguir minarme la salud. Una fuerte jaqueca me dominaba esta mañana al desayuno.

—¿Ya no escribes en el diario?

—¿Para qué?

No se atrevió a responderme. Constaté una vez más que me prefiere mustia, acobardada, enferma. Estuvo solícito y satisfecho como siempre que decaigo.

—Debes tener cuidado con tus experiencias, Begoña.

—Me recuerdas a Rhon, querido. Una especie de padre protector muy exclusivista.

—Un marido siempre lo es —lo dijo con la autoridad que le afloraba en mis ratos de desvalimiento—. ¿No sigues escribiendo el diario?

—Quizá no. Doy demasiadas pistas, ¿no crees?

—Eso quiere decir que seguirás haciendo de las tuyas en silencio.

Por la sonrisa advertí que no creía del todo en lo que le decía.

—No quiero describir mi muerte, Daniel.

Merecí sus risas por tonta.

29 de junio de 1988

HE VUELTO AL DIARIO después de muchos días, acariciando sus tapas como si de una criatura a la que hubiera abandonado se tratara. La rutina y la depresión que ésta me trae no sólo me dejaron sin ganas para la vida sino con la sensación de que intentar vivirla en estas páginas ha sido un fracaso. Tan sólo a Daniel le son útiles para espiarme, para escrutarme el alma, para meterse casi en mis sentidos. Por eso se preocupa, sin animarme pero con curiosidad, por si reanudo o no el diario, como si también a él le faltara el estímulo. Desde que no escribo aquí lo que me pasa y transcurren mis horas amodorrada en un sofá, con una continua jaqueca, Daniel parece más hosco, menos interesado por el sexo. Podría pensarse que por consideración a su mujer enferma, y yo, sin embargo, estoy segura de que se trata de la falta del estímulo que estas páginas le suponen. La verdad es que si no he escrito durante estos días pasados es porque no he vivido y me gusta poco hacer del diario una retahíla de lamentos sobre las inercias. Sólo me conforman los buenos recuerdos y tampoco voy a hacer de este diario un recuento de insatisfacciones.

Me pregunto otra vez si tiene sentido escribir un diario que no cuente con lector, como si el desinterés de Daniel por comprobar personalmente si continúo o no con la escritura le permitiera a él vivir en un limbo que lo gratifica y me desinteresara a mí de pronto por seguir registrando aquí mi vida o encontrarme con ella en estas páginas. Por eso anoche hice ostensible mi necesidad de retirarme y le rogué a Daniel que no me molestara.

—¿Vuelves a escribir? —me preguntó.

Cerré la puerta de mi cuarto y ahora la acaba de abrir él para comprobar qué hago. Ha podido comprobarlo, ha cerrado la puerta y me siento al fin reconciliada con mi escritura.

Es raro que se haya molestado en observarme porque últimamente lo encuentro sin ningún interés por perseguirme. Es más: parece que la seguridad con que de pronto actúa, hecho el fuerte de súbito en la relación de pareja, estuviera relacionada con un crecido desinterés por mí. Si yo fuera una esposa convencional estaría ahora mismo dando la bienvenida a los celos. Es lógico pensar que si me requiere menos, diría que casi nada en estos días, es porque se emplea en otros requerimientos. Sería absurdo que a estas alturas se apoderaran de mí inquietudes que me son tan irracionales y desconocidas como los celos, pero no sé si en el fondo he de reconocer que en la medida en que los celos me acerquen a la normalidad he de sentirme más liberada de la carga de mis extrañezas.

Se muestra alegre y confiado, la desvalida criatura que imploraba amor pasa, poco a poco, a imponerse en esta casa. Por lo que me temo, o ignora que sigo escribiendo este diario después de la interrupción de casi un mes o el diario ha dejado de importar en su vida. El reclamo de esta noche, la evidencia de que he vuelto a escribir, lo devolverá a estas páginas. Y podrá leer aquí no sólo las experiencias anteriores sino esta confesión: me satisface la idea de que otra mujer me sustituya en las obsesiones de Daniel.

Me pregunto cómo será esa mujer y la supongo una dama frágil y obsequiosa, sensual y recatada como él quisiera que fuera la madre de su hijo. No podrá ser una mujer inculta, Daniel no soportaría nunca el aburrimiento, para aburrido está él. Y será, sin duda, una mujer equilibrada. Con una loca como yo no se podía vivir. Lo imagino contándole mis rarezas, pero le dirá también, inseguro, que por ahora no puede dejarme porque estoy delicada y lo necesito. No soporto la compasión de un ser débil como Daniel. Así que espero su confesión para aconsejarle, recobrando la superioridad que tuve antes sobre él, que abandone esta casa y arregle su vida con el sosiego y la serenidad que se merece.

Daniel ya sabe que yo no renunciaré nunca a ser la que soy, aunque él y el psiquiatra hayan puesto su empeño en lograrlo.

9 de julio de 1988

EL DIARIO PERMANECE en el mismo lugar en el que lo dejo cuando acabo de escribir hasta que lo retomo para contarme. No hay indicios de que haya sido tocado por nadie por más disimuladas marcas que le pongo.

Ayer pasé el día más derrotada que de costumbre por culpa de una resaca, mientras oía silbar a Daniel, imponiendo la apariencia de la tranquilidad. Aproveché que leía muy próximo al teléfono para llamar a Ignacio. Se trataba de un intento de que mi marido reaccionara de algún modo, convencida de que alguna provocación lo haría hablar. Me contestaron que el señor estaba en La Granja y llamé a continuación a mamá para saber cuándo iniciaba ella su veraneo. Antes de cualquier respuesta concreta, mi madre suelta una retahíla de dificultades que le impiden hacer las cosas como ella quisiera, de modo que no había podido marcharse antes a La Granja por una enfermedad de la tata que impedía poner la casa de verano como siempre lo había hecho: los muebles enfundados, recogidas las alfombras, cubiertas las lámparas, ya sabes... De todo hizo recuento prolijo y al fin respondió: iniciará su veraneo la semana próxima. Le anuncié mi propósito de acompañarla y tras manifestar su contento, porque siempre está sola, porque tantos hijos para esto, porque de los viejos no se acuerda nadie, porque ya ves tú lo que os gustaba La Granja y ahora todo aquel caserón para mí sola, me preguntó qué haría Daniel, tú te debes a tu marido.

—Estoy cansada y no muy bien de salud, mamá. Daniel se quedará en Madrid.

—¿Os pasa algo, hija?

—Lo peor es que no pasa nada, mamá.

Daniel lo había oído todo y, en consecuencia, no me pareció necesario darle cuenta de mi decisión de abandonar este Madrid inaguantable por caluroso, de separarme del tedio que la vida con él me produce.

—Yo iré algunas noches a quedarme —me anunció Daniel al verme disponiendo la ropa.

17 de julio de 1988

—Toma, te lo dejas —Daniel me entregó el diario cuando daba los últimos toques a las maletas.

Yo había decidido dejarlo, como un modo de abandonar el compromiso inútil con estos papeles. Pero lo tomé y lo introduje en la maleta pequeña, rectificando así el propósito inicial por el mismo hecho de que hubiera sido Daniel quien me intentara salvar de lo que no era olvido. Que me lo trajera él podía indicar que había vuelto a su lectura o que por lo menos lo había hojeado. Tal vez la conversación de ayer, pensé, lo ha devuelto a la lectura. Su semblante, sin embargo, no parecía acusar esos efectos.

—Últimamente es aburrido, ¿no? —le pregunté recuperando otra vez el diario de la maleta.

—Todo menos eso, Begoña —habló cumplidamente, sin atisbo de ironía—. Es tu vida.

—Una vida repugnantemente tediosa.

—No se desprende eso del diario, querida.

—¿No?

—No.

—Lo que quizá ocurra —hice una larga pausa como si estuviera pensando mucho lo que iba a decir— es que la vida es siempre muy repetitiva y a fuerza de reiterarse no nos escandaliza.

—Tal vez —fue escueto.

Llegué a la conclusión de que no se trataba de que el diario ya no tuviera lector, sino de que Daniel es ahora un lector menos asiduo y, desde luego, menos apasionado. El contenido del diario le resulta aceptable y lo que en principio era escandaloso para él ha conseguido ahora su conformidad.

Por eso, antes de meterlo de nuevo en la maleta quise registrar lo que queda dicho y algo que a Daniel tal vez le inquiete más que todo cuanto he confesado: voy a tener un hijo.

18 de julio de 1988

LA GRANJA ES LA REFERENCIA de mi paraíso perdido, un lugar donde las miradas ocultas, los juegos ambiguos, los olores a humedad o a hierba, forman parte de mis secretos, revividos todos en la noche íntima. Las campanas del reloj del palacio se entrometen en mis silencios, en mis jadeos y en las ansias de vivir que tan cautamente he ido rebajando.

Mi madre penetra en los espacios sin sorpresa y sólo hace objeciones domésticas, comentarios de intendente, como si estuviera en la obligación de vigilar las cosas y dedicarse a su cuidado por mandato expreso de sus ancestros; acaso se lamenta de la vejez y asoma a veces, frío, el recuerdo de mi padre.

Nada más llegamos a La Granja se dispuso a organizarme la estancia incluyéndome en sus partidas de bridge y en sus aperitivos y condenó una vez más mi rareza cuando le aclaré mi deseo de pasear a solas por los jardines reales o emprender excursiones a la sierra. Sola, siempre sola.

—No querrás dar pie a habladurías, Goñi. Una mujer casada, su marido en Madrid, y ella por ahí sola, sin más ni más y a cuento de qué...

—Sola. Sola, he dicho.

Refunfuñó sin entenderlo y no tardé en llamar a Ignacio.

—Ya sabes que estoy viudo —me dijo— y Maripi no viene hasta agosto. De modo que en el tiempo que me deja libre la pintura podré atenderte como te mereces.

—O pintarme —le sugerí.

—O pintarte, hija mía.

Hoy amaneció el día caluroso y la tierra sudaba en los jardines después de las aguas de anoche en la tormenta, una tormenta que he seguido tras los cristales, los truenos vibrándome en el cuerpo igual que en la lejana adolescencia, hoy construida en la memoria por tantos y tantos objetos de esta casa, tantos rincones en cuyo abrigo viví las horas que determinaron el gusto de mis ojos, los dictados de mi pasión, esta manera enfurruñada de vivir.

20 de julio de 1988

IGNACIO Y YO HABÍAMOS quedado en vernos en Segovia: los bares de La Granja están llenos de gente conocida a la hora del aperitivo. Nos encontramos, pues, en la plaza mayor, en La Concepción, y lo divisé en seguida, tras los cristales del bar, sentado en uno de sus pocos veladores. Había adelgazado y la piel de su rostro estaba más desordenada por la edad, más agrietada e inexpresiva, sus labios eran ásperos y por su sonrisa había pasado una sombra haciendo estragos, reduciéndola. Me abrí paso entre la gente que llenaba La Concepción pidiendo a gritos consumiciones y, como si los labios me hubieran sido arrebatados por el pasado, los posé en él más que con pasión con el temblor inaugural de los días de mi adolescencia. Acostumbrada a mis encuentros clandestinos con Ignacio, dije:

—Creo que no es el sitio.

Él estaba tan atildado y pulcro como siempre, con corbata de lazo, a pesar del calor, y unos lentes redondos que impedían la visión de sus ojos celestes. Se ha dejado una barbita blanca que resalta, como seguramente quiere, su condición de artista.

—No sé si después de muerto me harán caso —se lamentó con falsa modestia—. Yo de todos modos no me he propuesto nunca una meta —parecía hacer una declaración de principios—, y sólo estoy en camino. Para que el que me queda...

Ignacio no acepta que lo suyo en la pintura es sólo buen oficio, que le falta la chispa, que al

158

fin y al cabo es únicamente un burgués que pinta caballos y bodegones, retratos para salones y alguna que otra atrevida recreación de la naturaleza.

—Estoy deseando que lleguemos al estudio —propuse al hilo de la conversación sobre su obra.

Afloró su leve sonrisa de pícaro, breve, tan sólo para que mi memoria disfrutase con ella, y de nuevo siguió hablando de las mafias de la pintura, de los negocios del arte, de la crítica vendida, del poder de los rojos en el mundo de la plástica. Hablábamos ya paseando por la ciudad, subiendo lentamente las escaleras de la plaza donde se halla el monumento a Juan Bravo —«Un hermosísimo espacio italiano», dijo—, y lo invité a que tomáramos el coche para irnos a su estudio de Valsaín.

—No tengo nada allí que merezca la pena ver ahora —se lamentó; impuso la disculpa con una reiteración que la hizo insuperable.

Los estragos que el tiempo hace en la memoria de la gente podían haberle hecho olvidar que en aquel estudio me entregué a él por primera vez, porque se manifestaba renuente a que nos fuéramos allí, pero era por estricto pudor profesional, no por la implicación aparente de otros temores que tuvo en tiempos.

—Hasta que no nos encontremos a solas... como en el pasado —le dije—, que siempre nos veíamos a solas, no voy a tener la certeza de que de nuevo estoy contigo.

Elevó la vista hacia la torre de San Martín, como si buscara su propia memoria pretendidamente perdida o como si, por el contrario, quisiera aventarla como grano de trigo. Después de un instante de silencio dijo que no hay edad más insensata que la llamada edad madura.

—No lo dirás por el románico —bromeé, fijándome en la pared lateral de San Martín. Y barrunté que era el arrepentimiento lo que lo llevaba a esas conclusiones sobre la insensatez.

No quise darme por vencida a sabiendas de que el deseo puede enmarañarse con la edad en cualquier pared polvorienta de los sentidos, pero con la seguridad de que dentro de él, entre sus sosiegos y sus pesares, la libido habría de hacerse paso.

—Ya tiene uno dormido el deseo —exclamó cuando por la carretera de Soria nos dirigíamos a Pedraza a sugerencia suya. Declaró dormido el deseo y me puso la mano en el muslo de una manera mecánica, nada sugerente.

—Es verdad que el deseo se hace perezoso con la edad —dije—, pero si no estás muerto...

—¿Quién sabe, hija, si lo estoy?

Protesté porque me llamara hija, no porque se sintiera muerto.

—Yo lo que quiero es ser tu amante.

—Un poco impetuosa para eso —me reprendió como un abuelo y me dio una palmadita en el muslo.

—Al deseo dormido le vienen bien las amantes impetuosas —aproveché para devolverle la palmadita.

—La primera vez que lo hice, casi un niño, apenas vestía pantalones largos y el vello era tan sólo unas pelusillas en las piernas, lo hice con una puta. —Recordaba y subía y bajaba la cabeza en el itinerario del recuerdo y arqueaba las cejas como viéndolo todo muy lejos—. Iba lleno de miedo por si no cumplía como era debido. Un poco más tarde, un verano aquí, en La Granja, conocí a una chica del pueblo y un día nos fuimos por ahí, al atardecer, a un chamizo, y yo temblaba. Creí que no iba a conseguir hacerlo —se rió—. Pues ya ves, ahora de viejo, como entonces, tampoco sé si sabré hacerlo en regla.

La voz cobró el tono de asepsia de la narración en off de algunos documentales televisivos, rastreaba al tiempo por el recuerdo y por las inseguridades presentes. Así que paré el coche en Torrecaballeros por si aún se hallaba a tiempo de considerar mi propuesta de irnos a Valsaín y lo hacíamos por la carretera que desde un cruce de este pueblo conduce a La Granja. Pero me miró de un modo adusto e inexpresivo a la vez y tomó luego sus llaves entre las manos, como desgranando las cuentas de un rosario y mirándoselas fijamente, sin pronunciar palabra, hasta que yo, por propia cuenta, emprendí el camino de La Granja. Entonces habló para negarse y se negó con rotundidad.

—Está bien —dije—, supongo que la edad no habrá acabado también con tu apetito.

Rió contagiado de mi risa y aprobó así la iniciativa del almuerzo, pero para entonces yo había desistido de que siguiéramos hasta Pedraza y me empeñé en que comiéramos allí mismo, en una vieja casona restaurada donde un tal maestro Javier acudió a recibirle ensalzando un retrato que Ignacio había hecho de la señora marquesa de Lozoya. El mesonero parecía ilustrado y se regodeaba en el comentario de los detalles del cuadro para complacencia de mi viejo amigo. En correspondencia al halago, Ignacio lo felicitaba por la ocurrencia de las leyendas que en castellano de resonancias antiguas se había inventado y que estaban allí, pintadas con letras muy floridas bajo las fotos sepias rescatadas de olvidados baúles.

—El tiempo todo lo cura, Begoña —rompió el silencio en el que habíamos entrado de vuelta a La Granja, contemplando por la ventanilla cómo iba enrojeciendo el horizonte a su derecha, porque empezaba a atardecer, y cómo la hierba agostada del paisaje se hacía dorada con aquella mítica luz de mi infancia y de mi adolescencia.

—El tiempo todo lo cura o todo lo enferma —repliqué.

—¿Qué quieres decir, hija mía?

Me volví hacia él para recriminarle otra vez que me llamara hija y bastó para eso con mirarlo con cara de repudio.

—Perdona, pero no te he entendido bien... —habló con un cansancio de viejo.

—Que si quieres decir que lo que el tiempo cura es el deseo, lo que pienso yo, querido, es que un hombre o una mujer que no desee es un enfermo y no un sano, ¿está claro?

Di un golpe sobre el volante del coche como el modo más radical que tuve a mano para otorgarme la razón sin que se admitiera más disidencia.

—Estás siempre pensando en lo mismo, Begoña... —pareció un cura.

—¿Te has hecho del Opus?

—No, hija —se le había escapado, sonrió—; verás, yo soy creyente, si fuera del Opus ya sería un pintor conocido, ¿no crees...?

—Habrías pintado un retrato de Escrivá de Balaguer como esos que parecen carteles de cine —exageré la risa.

—Sabes que no, no seas mala —puso de nuevo la mano sobre mi pierna y le asomó la picardía a los labios como si fuera cambiando la intención, que había cambiado, porque ahora, al tocar, el tacto era más determinado y eso lo percibió en seguida todo mi cuerpo.

—¿Te preocupa el pecado? —le pregunté.

—Sabes que sí... ¿Y a ti?

—No podría vivir sin esa referencia. Soy la que soy porque siempre me siento culpable y te mentiría si no dijera que disfruto con eso. La verdad es que juego a pecar más que peco; dice un amigo mío que me gusta más el olor del vicio que el vicio mismo. —Solté una carcajada al recordar a Elio—. Dime si no es eso una verdadera estima por el pecado. No lo frecuento del todo tan sólo porque temo que si me acostumbro —reí— dejaría de interesarme.

—Siempre has sido un demonio —su voz cobró vigor e inclinándose hacia el cristal delantero del coche avanzó también sus manos y dio unas palmas inocentes con las que parecía aplaudir mi condición de pecaminosa—. Eres una tentación, Begoña, pero para un viejo como yo...

—Soy ya mayor —lo interrumpí.

—Bueno —se sorprendió—, es verdad que siempre me han gustado las jovencitas —volvió el recuerdo a cambiarle el semblante, meditativo ahora— y todavía hoy me gustan, y en ese sentido, sí, Begoña, la verdad... La verdad —titubeó— es que eres un poco mayor... —puso su brazo sobre mis hombros acercándose, reconciliándose con rapidez; se rió queriendo reparar la indelicadeza.

—Para ser claros, Ignacio, un viejo verde, ¿no es así?

—No, no es así... Bueno, procuro que no sea así... La dignidad, ya sabes...

—La dignidad, la dignidad... La vida, Ignacio... —grité. Se asustó con mi maniobra repentina para acercar el coche a un recodo de la carretera. Paré y tomé su cara entre mis manos—. La vida, Ignacio, eso es lo que hay que salvar, la dignidad no es más que un ingrediente de la ceremonia.

Rompí su susto y su sorpresa o la agrandé con un beso. Parecía estar enseñándole en el recorrido de la lengua, en la gratificación de los labios, en la intimidad reconocida de su boca, que la vida era aquello. Bajó la cabeza con rubor después del beso, puse el coche en marcha y en silencio llegamos a La Granja.

—Déjame aquí —pidió bajarse antes de que traspasara yo las cancelas de San Ildefonso. Temió como entonces que fuéramos vistos.

—No pienso dejar de perseguirte —lo amenacé en un susurro.

—La verdad es que estás muy joven —me dijo metiendo la cabeza por la ventana del auto y dándome un beso en la mejilla.

Cuando con la mano me decía adiós, camino de la Casa de Canónigos, reconocí en su cara la mirada aviesa del padre de Maripi. El tiempo no nos había curado ni a él ni a mí.

23 de julio de 1988

TRATÉ AYER DE CONVENCER a mamá para que invitara a Ignacio a cenar aprovechando que invitaba a unas amigas suyas, también viudas. Le pareció inoportuno hacerlo porque se trataba de una cena de señoras y, al fin y al cabo, hija, me dijo, esa familia siempre fue otra cosa, unos advenedizos, nunca fue de la gente de aquí de toda la vida, vamos —movió las manos hacia un lado y hacia otro para subrayar lo comprensible—, que se notaba otra clase, y que si no fuera por tu amistad con la niña, ni hablarnos, porque aquí, si hay que saludar se saluda, no faltaba más, pero ir a las casas, lo que se dice que te inviten a una cena, fuimos siempre contados, los que venimos de viejo, los que ya estábamos aquí, Goñi, cuando venían los Reyes. Entonces La Granja era otra cosa... ¡Cómo lo disfrutó tu abuela, hija! Tu padre no, a tu padre todo le parecía un gasto, pero a mi suegra, la buena sociedad le daba la vida. Ya sé que ahora las cosas son distintas, y que conste que buen pintor sí me parece ese hombre, pero a la .marquesa del Pinar la pintó, y eso, la pintó, después cada uno en su sitio.

—¿Tú me quieres decir qué pinta aquí ese hombre?

—Es mi amigo, mamá.

—No te pega nada, Goñi, es muy mayor para ser amigo tuyo, puede ser tu padre... Además, hija, no está aquí tu esposo, invítalo cuando esté él.

La sola invocación de mi esposo parece que bastó para que llamara Daniel por teléfono. No sé a qué juega, pero con una suficiencia, que bien podría estar alimentada ayer por el alcohol, hablaba de Yayi, el travesti, como si se tratara de un amigo suyo. Tenía noticias del asunto.

—¿La encontraron? —pregunté burlona y sorprendida, inquieta.

—No, para fortuna tuya —advertí su ironía en el atisbo de ese tipo de broma que dice lo que dicho en serio sería una impertinencia.

—Pues no lo entiendo, hijo... Nada tiene que

ver que aparezca o no ese individuo con mi suerte.

—Sí, si se tiene en cuenta que la proteges o lo proteges, ¿lo proteges o la proteges, Begoña?

Habían encontrado el reloj y la medalla que Yayi me había robado y le mostré mi extrañeza. Ese reloj y esa medalla estaban guardados en un cajoncillo de un bargueño del salón al que seguramente había accedido ahora Daniel en los registros de mi ausencia.

—¿Quién te dijo a ti que me habían sido sustraídos?

—El diario no miente, Begoña.

—Pero el diario silencia —repliqué sin entender lo que de verdad ocurría—. Escribí en el diario que Yayi me había arrebatado el reloj y la medalla y no entré en más detalles sobre eso. No dije nada, por ejemplo, de que me los hubiera devuelto después... ¿Está claro, querido? —pregunté—. ¿Qué pasa ahora?

—Pues pasa que han encontrado el reloj y la medalla, Begoña, ¿te parece poco?

—No entiendo nada.

—Ah... ¿no? ¿No entiendes nada, cariño?

—Estás loco, Daniel.

—¿Yo o tú, Begoña? —contenía una risa de borracho.

—Déjame en paz, querido.

Colgué el teléfono y empecé a recapitular cada una de sus palabras, detrás de ellas entreví todas sus intenciones y en su sarcasmo percibí una voluntad de crueldad que justificaba que no quisiera seguir oyéndolo. Mi lector del diario es ahora, además de un cómplice, un tramposo.

24 de julio de 1988

A PESAR DE QUE ANOCHE apenas pude conciliar el sueño, tratando de desentrañar cada una de las palabras de Daniel y hasta sus silencios, esta mañana me levanté temprano porque un hilo de luz pasaba por el filo de un ventanal que el tiempo ha ido combando y me daba en la misma cara. Al moverme a un lado y a otro de la cama no conseguí evitar la luz. Estaba muy cansada, vencida, una cierta dificultad de vivir se está apoderando de mí: Ignacio sigue resistiéndose a que nos veamos en Valsaín y lo mismo juega a recordar todo lo nuestro, con una memoria enfermiza, que se apodera de él, envejeciéndolo, una amnesia calculada y desconcertante para mí. Daniel, en la desocupación del verano, vuelve a vigilarme por medio de todos los rastros que haya podido dejar en mi ausencia y vive perseguido por el recuerdo del diario tratando de comprobar lo que ya parecía que había dejado de interesarle. Mi madre controla cada uno de los pasos que pueda dar yo en La Granja y es posible sospechar en ella la desconfianza ante mis rarezas, amonestándome siempre, acechándome, como si en mi silencio y en mi soledad detectara peligros para mi matrimonio o cualquier retorcida estrategia mía para la infidelidad.

—Ya no es como antes, hija, ahora por cualquier cosa cogéis la maleta y en paz. El matrimonio, Goñi, es un ejercicio de paciencia, que te lo dice tu madre... —y elevó la voz de un modo desmedido, remarcando la frase—. Mucha paciencia tuve yo con tu padre, hija mía, que de todo hacéis un mundo...

—Sí...

—¿Cómo que sí...? Pues claro...

—Claro.

—No me tomes el pelo, Goñi, que me parece que me tomas por una loca, hija, y por mucho que estés pasando tú mucho más he pasado yo y aquí me tienes.

Parecía haber acabado y dispuesta a marcharse, como si hubiera querido hablar de sí misma más que de mí, pero cuando iba a abrir la puerta del salón volvió primero el rostro y después anduvo sobre sus pasos y me preguntó en voz baja, como si alguien estuviera escuchándonos:

—¿Hay otra, Goñi?

—Yo qué sé, mamá.

Se sentó en la butaca que estaba frente a mí.

—Eso siempre se sabe, hija, es como un olor, se les nota hasta en la respiración, hasta en la manera de mirarte...

—¿Papá te lo hizo alguna vez? —de súbito volvió a mí la imagen de mi padre desnudo.

—No quisiera yo deshonrar la memoria de tu padre, Begoña, pero ya se me está acabando la vida y qué más da... Claro que me lo hizo, hija, y no una vez ni dos, tu padre siempre estaba a verlas venir... Pero, eso sí, era cuando más amable se ponía, la culpa lo convertía en un dechado de amabilidades y después lo sorprendía, como si no viera, como si no me diera cuenta de nada, en extrañas llamadas telefónicas con arrumacos prometedores... ¡Pobre Rafael!

—Haberte separado —le dije.

—Ah, sí, muy bonito, como si no supieras lo

que son los hombres, como si ellos no tuvieran otras necesidades... Una señora no puede dejar de ser nunca una señora, ¿me entiendes? Nos toca mantener el honor de la casa, la unidad de la familia, la cabeza muy alta. Como si no vieras, ni olieras ni sospecharas... Ellos siempre vuelven, y tu padre siempre me encontró en mi sitio, nadie podrá decir lo contrario, el sitio de una señora que disimula el dolor, porque dolerme me dolió mucho, y sobre eso no tuve nunca una palabra con nadie. —Su discurso iba acompañado de gestos de señorío, un modo de erguirse, de colocarse los pechos, de atusarse el cabello con gran seguridad—. «¿Le pasa algo, señora?», me preguntaban a veces las muchachas. Poco, la verdad, porque se daban cuenta de lo indiscreta que era la pregunta y me preguntaban poco, si sabrían ellas, y yo nada les contestaba, con una mirada agria bastaba para responderles. —Se quedó en silencio, puso la palma de la mano sobre sus labios prominentes y miró al balcón con la apariencia de pensar en algo, después se levantó y se acercó a mí para preguntarme—. ¿Sabes quién es ella?

—Posiblemente no exista, mamá.

—A lo mejor es que hay otro en tu vida, Goñi —se le escapó. La suposición parecía dictada por alguien, como si no se le hubiera ocurrido a ella o bien como si brotara del escondrijo más remoto de sus sospechas inconfesables. Lo dijo y seguramente se arrepintió de inmediato de haberlo pensado siquiera.

—Tal vez —le contesté y sonreí. Y quizá bastara la sonrisa para hacerle entender que se trataba de una broma.

—Perdóname, qué cosas se me ocurren, Goñi.

—Y me hizo arrumacos que yo había olvidado ya y que nunca me han resultado agradables.

Llamé a Daniel. Para conseguir hablar con él hube de intentarlo varias veces y lo conseguí en la madrugada. Tuve la impresión de que no estaba solo al percibir ruidos de vasos y, acaso, toses. No le pregunté nada ni traté de puntualizar ningún aspecto de su conversación de ayer. Sólo le pedí que me dijera cuándo tenía pensado venir a La Granja y me anunció que mañana partiría para Londres. Le deseé buen viaje y no le dije que dentro de unos días volveré yo a Madrid. Me inquietaban sus pesquisas y estaba harta de mi madre. Cuando salí de la sala de estar donde se halla el teléfono vi la cocina encendida y fui hasta allí: mamá, en bata, trataba de explicarse a quién podría llamar yo a esas horas.

25 de julio de 1988

Volvió la luz que entra por la ranura impertinente a despertarme pronto y abrí las ventanas para solazarme con el aire fresco de las mañanas de La Granja. Como pasaba en mi adolescencia, el aire sublimaba mi cuerpo y lo traspasaba todo de una juvenil sensualidad. Cualquiera diría que la memoria, el inusitado trajín de los pájaros —mirlos, tórtolas, las preciosas abubillas de La Granja— y la luz del lugar, amarillenta y dulce, me devolvían a mí misma, sola, deseosa, como si no fuera camino de los cuarenta, igual que un ser con apenas biografía. Dándole vueltas y más vueltas a las palabras de Daniel y a sus posibles maquinaciones llegué a cansarme de todo eso hasta el hastío y tenía la sensación de haberme liberado de una pesadilla en el retorno al pasado que era una dulcísima sensación de presente. Pronto un bullicio de niños me hizo niña y el tenue y agudo sonido del afilador o la voz del vendedor de barquillos me hizo esperar a mi padre y me agité por dentro lo mismo que entonces, y pensé en mi hijo y se me ocurrió engendrado por mi padre, porque sus hombros echados hacia atrás parecí percibirlos cerca de mí. Estoy loca, sin duda.

Desayuné con mamá y soporté una sarta de vacuidades de su parte en relación con aspectos triviales de los cambios de vida que se le hacen insoportables, queriendo recordarme uno por uno el nombre de las criadas que teníamos entonces y sonriendo, pícara, cuando recordaba las travesuras eróticas de mis hermanos con ellas, comprensiva siempre con las necesidades sexuales de los varones, para pasar después a las quejas del servicio de ahora, «no saben, Goñi, ni servir una mesa». Esta mañana, el desorden de los cubiertos era para mi madre la verdadera aflicción del día. Me propuso ir de compras para retenerme junto a ella y controlarme y notó pronto en mi cara que no estaba dispuesta a darle esa satisfacción.

Tomé el coche y fui hasta Valsaín. Ignacio no había cumplido con su promesa de llamar y era preciso sorprenderlo en el territorio del delito para que no le pusiera más excusas a la memoria. Dejé el coche a la entrada del pueblo, que parecía deshabitado por la soledad de sus calles a aquellas horas, y lo crucé hasta alcanzar el promontorio donde recordaba la casa: vi pronto su porche, el de la parte delantera del estudio, con sus tejados de pizarra y las ventanas lustrosas de aquel verano, comida ahora la pintura por el tiempo; una a cada lado de la hermosa puerta, amplia la puerta para que entraran y salieran los retratos de grandes dimensiones. En la parte trasera de la casa estaba el otro porche, el porche de mi iniciación y mi locura, de la locura de Ignacio estrenándome como mujer. Toqué a la puerta prescindiendo de la aldaba y del timbre y asomó su torso sin camisa por la ventana y con un ahogo que le venía de la sorpresa y de la prisa por abrir. Preguntó quién era viéndome, como si no se atreviera a reconocerme, y más ahogado en la pregunta por un aprieto que no supe si se justificaba en su molestia por verme allí, por mi terquedad, o por cualquier clase de necesario ocultamiento. Dijo que lo sentía pero que le era imposible recibirme, que ya me llamaría, ya me diría cuándo podría ir a ver su obra.

—Sabes bien que tu obra es lo de menos.

—Gracias por tu sinceridad —dijo—. Eres una obsesa, Begoña.

—¿No piensas abrirme la puerta, tanto es tu miedo?

Se excusó con torpeza, se contradijo sin pericia para mentir. Estaba posando una señora, se explicó, la marquesa viuda de no sé qué. Se había olvidado de que tenía el torso desnudo y que aquella impropia manera de retratar a una marquesa viuda lo delataba. Así que cuando dije no creerlo, se empeñó en que lo creyera y no me quedó más remedio que recomendarle, con una rara certidumbre de que estaba desnudo del todo, que se vistiera más adecuadamente para retratar a la nobleza. Me reconoció entonces que posaba desnuda para él una joven veraneante y, recordándome en ella, le pregunté si sospechaba que un desnudo de mujer pudiera escandalizarme.

172

—Ni de hombre —dijo—. Pero no se te oculta que no debe serle grato a la modelo que se sepa.

—Prometo discreción —respondí sonriendo y levantando la mano como quien jura.

—Te ruego, Begoña, que te marches.

Aquel ambiente en el que el arte era un pretexto para el desahogo de la carne acrecentó mi gusto por Ignacio. Y mi inquietud. Quizá unos extraños celos y una excitación fogosa se revelaban irónicos en mis ojos. Me desabroché la blusa con un gesto instintivo y burdo con el que pretendía mostrarle la conservación de mis pechos.

—Aún estoy en condiciones de posar —le dije palpándome los senos—. ¿O de verdad me ves muy mayor?

—Lo del otro día fue una broma, Begoña, pero márchate, te juro que te llamaré —su nerviosismo era mayor.

—Saldrás por lo menos a despedirme —le exigí más que le rogué.

Salió con un traje de baño. Estoy segura de que se lo puso expresamente para salir. Me aferré a él y lo besé.

—Ten cuidado, Begoña, ten cuidado.

Su miedo de siempre a que nos vieran.

26 de julio de 1988

NO HABÍA ACABADO DE DESAYUNAR aún y ya mi santo esposo me daba, diligente, los buenos días. Los amplios interrogatorios a los que me ha sometido siempre (qué has hecho, dónde has estado, con quién has ido o has venido) no parece necesitarlos ya. Es más: su jovial actitud, despreocupada, sonriente, irónica, trata ahora de dar a entender que nada le importa que seamos tan independientes y que, puesto que yo decido marchar a La Granja cuando me viene en gana, nada de particular tiene que él decida viajar a Londres. No explica si se trata de un viaje de trabajo o no, y cuando se lo pregunto expresamente trata de eludir la respuesta con ambigüedades que parecen destinadas a reclamar una cierta preocupación de mi parte o los celos que no consigue. Qué más quisiera.

Esta mañana hablaba como en broma todo el tiempo, como si en realidad estuviera burlándose de mí no sé de qué manera.

—La ausencia del diario parece que te pone de buen humor —le dije—. A ti nunca te ha venido bien leer.

—Al contrario, querida, leyendo he encontrado un filón.

—¿Un filón de qué?

—De risa.

Consiguió irritarme, pero lo despedí con la cortesía que correspondía hacerlo. Al fin y al cabo había tenido el detalle de llamar para despedirse. Cuando me anunció que se iba a Londres estuve segura de que lo hacía para castigarme y, además de no descartar que lo hiciera por eso, esta mañana tuve la impresión de que ahora ya tenía otra arma para fastidiarme: esa especie de desprecio que bulle en su conversación conmigo, un desinterés por mis detalles, como si todo cuanto le cuento le aburriera y llenara él de bostezos y sonrisas descreídas la conversación. Tuve la tentación de ofrecerme para viajar con él a Londres, pero semejante cambio de rumbo en mi conducta me iba a dar por derrotada. No obs-

tante, ésa era la sensación que tenía, la de la derrota: nada importo al parecer para Ignacio y
ahora estoy perdiendo mi autoridad sobre Daniel,
una posesión que se me escapa, como si la admiración que me ha tenido siempre se hubiera di-
luido y pasara ahora a tratarme como a una loca,
con el descreimiento y la suficiencia que los cuer-
dos emplean en el trato con los locos.

«Lo que te pasa a ti es que estás loca», me dijo
Marga, desabrida. Y decidí despedirla para siempre:
    —Eres repugnante, una verdadera miserable,
no quiero saber nada más de ti, imbécil, mirona,
intrusa.
    No me di cuenta de que me desgañitaba al in-
sultarla.
    —¿Con quién estás hablando? —me preguntó
mi madre, siempre al acecho.
    —A ti qué te importa, déjame en paz.
    —Te has vuelto loca, hija mía, me tienes asus-
tada, estás hablando sola.
    Parecía de acuerdo con Marga, las dos esta-
ban conchabadas.
    Toda mi vida he hablado con Marga, desde
pequeñita. Ha sido como mi fantasía impertinente. Jugaba con ella y me llevaba la contraria,
salía con ella de paseo y nos reíamos de todo.
«¿De qué te ríes, sola, como una tonta?», me preguntaba Isabel. «Mamá: Begoña está riéndose de
mí.» Llevaba a Marga al cine y me contaba luego
las películas y discutíamos las dos. «Mamá, ya
está Begoña hablando sola», me acusaba Alicia, y
tenía que despedir a Marga. Mamá venía y me re-
prochaba que hablara a solas, me decía que eso

eran cosas del diablo, que como siguiera así tendría que llevarme al médico. «También habla a solas en el cine, mamá.» Hablaba con Marga en el cine, pero ellas eran unas envidiosas, unas tontas incapaces de sostener las conversaciones que yo sostenía con Marga. Así hasta hoy que ya no puedo más con Marga, se acabó. Mamá estaba llorando.

—Me voy, me voy para Madrid.

—Te vas porque quieres, yo no te he hecho nada, hija.

No le dije que había quedado con Ignacio en Madrid, que tenía que dejarlo todo claro, que ése no me tomaba más el pelo, que se iba a saber todo lo que quería ocultar y que además estoy embarazada y que el niño es suyo.

—¿Mío, de cuándo? —me preguntó el muy imbécil.

—De cuando estuvimos juntos en Madrid.

Se había asustado él, cuánto no se asustaría mamá si lo supiera. Y también para Ignacio estaba loca. Pero quería hablar. Quería hablar porque al parecer la que estaba confundida era yo. Lo que no quedaba claro era aquello en lo que yo pudiera estar confundida: si en que había entendido que él me quería y en realidad no me quería o en que creía que había otra y no la había o si de tan beato y culpable quería morirse de aburrimiento y salvar su alma.

—Tú estás confundida, Begoña —me dijo. Y entendí bien lo que me estaba diciendo, pero lo decía con la respiración entrecortada del deseo y eso cambiaba las cosas. ¿O no? Sí, pero no. Él tenía que hablar conmigo.

—Pues ven y hablamos —le dije.

Pero no, no podía venir por el qué dirán, en La Granja todo el mundo nos conoce y por lo visto nos iban a conocer en Segovia y en toda Castilla. A Valsaín, no, y no se sabía si porque tenía a alguna guardada allí o porque me temía.

—En Valsaín no hablaríamos, querrías otra cosa.

Una fatuidad estúpida lo poseía, como un viejo engreído que se creyera objeto de mi deseo.

—Nos tendremos que ir a la China para hablar sin peligros.

Yo estaba muy alterada y así no se podía, mejor que lo dejáramos, decía, como queriendo quitarse compromisos de encima. Luego, algo había cuando había algo que dejar, porque bien pareciera que entre los dos no hubiera nada, que todo me lo hubiera inventado yo, incluso el embarazo.

—Cálmate y pondremos las cosas en su sitio —envejecía en su prudencia, con miedo, hasta límites insoportables.

—Si pongo las cosas en su sitio se va a enterar todo el mundo —saqué la amenaza no sé de qué desván de mi inconsciencia.

Quedamos al fin en Madrid, pero no podría ser en mi casa, según él. Primero, le asomó, pacato, el respeto al lecho conyugal. Abandonó ese respeto en seguida, tan pronto conoció el estímulo de burlar el mismísimo lecho de mi matrimonio. Supo por mí que Daniel se encontraría en Londres. Pedazo de cobarde.

27 de julio de 1988

No se oyó ni el ruido de la puerta. Daniel, como quien se asoma a ver qué pasa con la certidumbre de lo que pasa, apareció sin más en nuestra alcoba. Mentiría si siguiera sosteniendo que creí que él viajaría a Londres ayer tarde. Además, pude haber conseguido la confirmación del viaje con sólo llamar a su estudio. No lo hice. Daniel sabía lo que iba a pasar y creo que yo también lo intuía. Por eso no me sorprendí. Cuando él entró, yo estaba desnuda sobre la cama, medio sentada entre los almohadones, con las piernas abiertas, y sólo se me ocurrió tomar la pequeña toalla que tenía a mi alcance para cubrirme. Apenas me miró: fijó su vista en Ignacio. Tanto que Ignacio, como si en lugar de una mirada hubiera recibido de Daniel la amenaza contundente de un arma de fuego, agravó su torpeza para vestirse, atolondrado, no bien abrochada aún la camisa, con los calcetines puestos y recogiendo aprisa y con terror sus largos calzoncillos de la alfombra. Se encogió de hombros, disculpándose, como quien dice «son cosas de la vida» o quién sabe si, hablando para sus adentros, con una resonancia de bolero y un resabio de inevitable orgullo machista, «a ti te tocó perder». Me entró la risa. Daniel exageró más la mirada atenta con una agresividad que en él parecía prestada y que, al menos yo, no le había conocido antes en ninguna otra situación. Estaba cumpliendo, con la escrupulosa perfección y la maniática minucia a la que era dado, la ceremonia del marido ofendido. Yo conocía bien su forma acostumbrada de actuar y por eso su modo de desenvolverse en esta situación me pareció cercano a la parodia. Le gritó a Ignacio, con el mismo celo con que lo hubiera hecho un padre o un defensor de menores que protegiera el honor de su criatura, que yo podía ser su hija, y lo que respondí con sorna, aunque tuve la sensación de ser una invitada de piedra, fue que sí, que efectivamente lo era. Daniel ni siquiera me oyó porque, no contento con esto, lo llamó, despreciándolo, «viejo asqueroso». Entonces reí de veras. Sin embargo, a Ignacio, lejos de indignarle la simpleza de los insultos de Daniel y los agravios mismos, sólo se le ocurrió insistir en su súplica de perdón mientras acababa de abrocharse los pantalones, su corbata en la mano y sin saber qué hacer con ella. Dijo perdón, perdón, apocado, falto de recursos. Y Daniel, a quien yo seguía contemplando en la representación de un papel que hubiera ensayado ya mil veces, se creció en la ira, altivo por humillado, y le propinó un fuerte golpe en la barbilla que lo hizo caer al suelo, rendido. Suplicaba piedad de una manera casi cómica al tiempo que salía corriendo. Daba lástima contemplar a un hombre pidiendo indulgencia con los zapatos en la mano, con un «por Dios, por Dios» en los labios que de puro cobarde hacía reír a cualquiera. No sentí lástima. Su actitud, exagerando como un débil la dimensión de la trampa, ha borrado para siempre el deseo que me quedara de él, de tan pequeño e indeseable como lo vi, tan indigno. Y ahora me asombro de que ni en los instantes más violentos profiriera yo una exclamación ni me inmutara en mi papel de espectadora más allá de la risa; si acaso borré el instintivo gesto de pudor que había tenido al cubrirme con la toallita y tiré ésta a un lado de la cama.

Cuando nos quedamos a solas, Daniel me dijo que me agradecía mucho que no me hubiera reído. Ni siquiera me había visto u oído reír. Después se sentó en la cama, a mis pies, tocándolos suavemente y mirando hacia la pared, con la apariencia de quien pasa de la ira a la serenidad más absoluta sin transición alguna. Su serenidad era envidiable. Me dio las gracias y se le notó que el agradecimiento era verdadero en su gesto de conformidad y de alivio. No fue necesario preguntarle a él la razón de su gratitud: yo sabía muy bien por qué lo hacía. Cuando me dijo «lo siento» le asomó una vaga timidez en la disculpa. Y añadió después con firmeza: «Ahora soy libre.» Yo sonreí porque Daniel es muy dado a las declaraciones enfáticas. Luego me levanté tras él y lo acompañé desnuda hasta la puerta, como si los dos hubiéramos convenido algún día que las cosas tenían que acabar así, que para despedirse no hacían falta más palabras ni otros gestos. Salió muy resuelto y no miró hacia atrás. No se llevó nada ni dijo si volvería o no por sus cosas o de qué modo se las llevaría. Tampoco habló de ningún sistema de reparto de aquello que nos fuera común. Se fue, dando las gracias simplemente, como un invitado que hubiera pasado unos días en casa. Estoy segura de que me imaginó contemplándolo a través de los visillos, presa de mí misma, volviendo al diario que me explica sin que la explicación cambie los hechos. Un diario es un simple instrumento de la memoria, aunque no todo lo que se recuerda se haya vivido realmente o, por lo menos, no del mismo modo. En cualquier caso, debo confesar que las figuras son todavía engañosas para mí en el recuerdo de ayer mismo, y por esta razón, ahora, cuando escribo, me parece mentira que pasara lo que pasó. La culpa no me impide aceptar la realidad, ni mucho menos, pero me asombra la capacidad que tiene la vida para sorprendernos, incluso cuando sabemos no sólo a lo que nos arriesgamos, sino lo que viene después, cuando el riesgo se cumple: esta sensación desolada de desposesión.

Segunda parte

IV. DIARIO DE UN REENCUENTRO

19 de mayo de 1989

DANIEL SABÍA MUY BIEN, por supuesto, que la escena del encuentro con Ignacio que yo había descrito no era cierta. Sólo faltaba que encima llegara a creerse situaciones que no había vivido y en las que aparecía de pronto involucrado como uno de los protagonistas. Yo, con la intuición de que estaba siendo descubierta, fui la que empujé a mi propia fantasía hasta implicarlo en una escena imaginada como aquélla. Ni el psiquiatra ni Daniel intentaron amonestarme. Se apoderó de ellos la sonrisa mordaz que les ha fabricado la jactancia. Después, como un par de espías que hubieran examinado todas las pruebas meticulosamente en un superior laboratorio de análisis de la realidad, y tras estudiarlas en su conjunto, decidieron hacerme saber el resultado de sus investigaciones. La satisfacción descarada pretendió eludir el reproche, pero no consiguió disimular la compasión, y menos, aunque de un modo poco consciente, la burla. Me había pasado, lo reconozco —mi fantasía se impuso libremente sobre otros cuidados, prejuicios y utilidades—, y sólo le faltaba a él comprobar semejante ingenuidad

185

para certificar mi locura y que yo me rindiera al fin ante la evidencia. Lo consiguió. Porque tal vez era el único modo de poner punto final, si es que lo que pasaba requería ese desenlace, a una historia íntima que, en cualquier caso, viví a mi modo. La utilidad del engaño, y más cuando lo cultivamos con nosotros mismos, aparece como la gran metáfora de la vida. Y siempre recordándonos que las cosas no son como son. Aunque Daniel y el psiquiatra se empeñen en que no hay vuelta de hoja. La realidad es autoritaria, terca y hasta mezquina. Es, a veces, cruel y, quizá por eso, mi otra realidad me abocó a ser descubierta sin escapatoria.

Me sentí acorralada ante aquellos dos hombres, Daniel y el psiquiatra, de cuya complicidad tenía una constancia no querida. Me miraban, erigidos en alto tribunal, no sólo con la complacencia que otorga la razón a los que se sienten sus seguros poseedores, sino a quienes, por sentirse precisamente eso, excluyen cualquier otro camino para la razón. Era una loca declarada y debía admitirlo. Y así lo hice.

Me faltaban fuerzas para defenderme y las pocas que pudieran quedarme estaban aplacadas por la ironía con que se iluminaban los ojos del doctor, más sutil que Daniel, o se rasgaba profundamente la sonrisa de mi marido en una zafia mueca de triunfo sobre lo que no sabía bien qué. Pero esa sensación de derrota ante quienes me delataban resultó muy efímera y en seguida se impuso algo peor: una sensación total de apagamiento y de muerte. Como si mi vida en el diario, por muy incierta que la vieran ellos, fuera toda mi vida y hubiera alcanzado ya su final. Me resistí a vivir y no comprendo ahora cómo después de tanta resistencia —sin comer, sin dormir apenas, con la boca estrechamente cerrada para que ninguna trampa hiciera posible el definitivo engaño de la verdadera realidad— estoy aquí ahora, más dócil, inventada por la vida y con la prohibición de poder inventármela yo.

Lo cierto es que Daniel fue otra vez una sombra atenta y despreciable en los sueños de clínicas, atravesando el blanco insistente de mis fronteras con la muerte, de tubos sanitarios como sogas que me arrastraban, violentos, y no me dejaban dormir para siempre como yo quería. Y aquí estoy, sin más, con la euforia impuesta de los que deciden aceptar el espejismo, junto a Daniel de nuevo, con la pretensión de actuar de esposa como parece adecuado, consciente de mi clase y con el orgullo que mamá intenta restablecer en mí. Todo lo hacen por mi bien, atentos para que no cometa otra locura, rodeándome de un amor anodino que no se permite excentricidades. Como si el sexo fuera el gran peligro que me acecha por los caminos inescrutables del cerebro. Yo soy una viciosa redimida a la que hay que arropar con todo el afecto que, según el psiquiatra, no tuve de niña y por lo cual mamá ha resuelto encontrar al verdadero culpable de mis males: papá.

Pero aunque ni lo quieran ni lo sepan, inicio otra vez mi diario, después de más de diez meses de una gran modorra, un letargo con fiebre de vencimiento o de vergüenza, en un callejón sin salida. Fue una postración que más parecía la gran vejez, viendo a la muerte cerca y deseada y a la vez como un alivio. Porque ahora sé que un diario puede existir sin lector, naturalmente, aunque lo acabe teniendo con el paso de los días, y de todas las razones por las que dejé escrito que un diario podía ser posible la que me induce a volver ahora a él es asegurarme yo de que he vivido yo y hablar conmigo misma y confirmarme.

De todos modos, como si en esta ocasión quisiera rendirme a esa evidencia, vuelvo a escribir sin ningún sentimiento de culpa. Para empezar, he abandonado ya la primera sensación ridícula de niña descubierta en falta por mentirosa y sobre la que caen todos los reproches de los falsos días.

25 de mayo de 1989

NUNCA HABÍAMOS DISFRUTADO TANTO como después de que Daniel hubiera descubierto que la evocación de cuanto yo he narrado en aquel relato de los falsos días lo excita violentamente. Le gusta recordar lo que a veces ha llamado impropiamente mis delirios. Empieza haciéndolo con ironías y después a medida que avanza por mi cuerpo, tocándolo con una nueva suavidad, como si al tocar encontrara las palabras, va recordando las historias y viviéndolas y cuanto más las vive más lo aturden los celos y son los celos los que lo excitan ahora y repite obscenidades en voz alta y se pierde la suavidad de sus manos y me aprieta y me muerde con violencia, castigándome, y con la palabra obscena llenándole la boca.

—Yo te lo haré vivir —me promete—. No advertirás la falta del diario, Begoña. Vamos a inventar juntos, ¿verdad?

Me pide que cuente y cuento y él fornica entonces metido en la otra historia, en los días de La Granja, sin importarle ahora que yo lo llame

Ignacio en lugar de Daniel, y él mismo se revive en el papel de Ignacio, y cuando le relato la manera paciente de ir metiendo las manos entre la falda de colegial, pierde la bravura y simula paciencia en la mano y me llama niña y busca mi sexo de un modo imprevisto, para que yo sienta la mano como nueva, como la primera vez que Ignacio buscó mi sexo excitado, dando pie a que Ignacio-Daniel lo haga sin reparos, no con la suavidad con que Ignacio lo hizo aquel día.

—Así, no —le corrijo—; no era así.

Pero ya no puede volver atrás ni yo quiero que vuelva.

—Más, Ignacio, te quiero, Ignacio.

3 de junio de 1989

—SIEMPRE FUISTE UNA CHICA muy rara, Goñi —dice mamá sin explicarse mis delirios. Siempre espera que le conteste algo, mamá no acierta a comprender a qué concretos motivos se debe mi rareza.

—La verdad es que sí, mamá.

—¿Verdad, hija?

No hace falta estudiar psiquiatría ni ser una madre especialmente lúcida, como cree ser la mía, para llegar a entender que la falta de trabajo si no crea las obsesiones las alimenta. Pero no siempre los maridos lo entienden del mismo modo, y eso es lo que le había pasado a Daniel porque los celos le hacían preferirme en casa. No sólo por las inseguridades que le creaban, sino porque mi dependencia económica y la falta de autonomía de esta vida holgazana en el hogar le permitían a él crecerse frente a mí, imponerse.

Ahora las cosas han cambiado. El triunfo de sus pesquisas y el descubrimiento de que yo era una fantasiosa —a partir de unas verdades, sí, pero una fantasiosa— ya le otorga la seguridad de que estoy a su lado. Aunque me desplace, aunque de nuevo vuelva a ser la mujer de negocios que fui. Su carácter se ha vuelto menos dubitativo, más seguro; más viril, diría yo. Y hasta más adulto.

Percibo que no tiene gran confianza en que el éxito acompañe a mi trabajo y duda en el fondo de mis condiciones para ser una marchante de pintura. Acaso porque su buen gusto para el arte moderno no se haya visto siempre reconocido por mi parte o en pocas ocasiones haya coincidido con el mío. Mis reticencias, mis desconfianzas frente a los especuladores del arte —los diletantes y los propios fabricados artistas de la conveniencia— harán más dificultoso mi trabajo, sin duda, y eso es lo que piensa Daniel, pero ¿quién niega que una cierta radicalidad crítica sobre los falsos valores me consiga a la postre un prestigio como vendedora? Él, con un amago de escepticismo, me asegura que podrá introducirme entre sus clientes y a buen seguro que la condición de mujer de arquitecto es lo que ha contado más para los intereses de Brian, el director de la galería Smirna. Empezaré trabajando allí hasta que pueda establecerme por mi cuenta.

Por lo pronto, ya tengo un pretexto para intentar un contacto con Ignacio, aunque su obra esté muy lejos del tipo de pintura que a mí y a

Brian nos interesa. De todos modos, a los vanidosos, por mediocres que sean, o tanto más cuando lo son, se les seduce tentándolos con la promesa de la fama. Son habilidades que los varones han usado en sus trabajos, frecuentemente, con las mujeres y, a juzgar por el discurrir de la historia, no parece haberles ido mal.

9 de junio de 1989

DANIEL Y YO HABLAMOS de Ignacio ahora como si estuviera siempre entre nosotros, pero lo que él no admitiría, dice, es que de verdad nos viéramos a solas. Yo, sin embargo, quiero verlo. Daniel repite que se ha casado para compartirlo todo, supongo que incluso a Ignacio. Yo soy la que no está dispuesta a que Ignacio sea sólo un fantasma, a que mi vida se reduzca a un juego que entre el psiquiatra y Daniel, o tal vez no sólo ellos, se empeñaron en acabarme o hemos transformado en un juego de excitación conyugal. Por eso he llamado hoy a Maripi, como la mejor introductora ante su padre para que hablemos de negocios: podría haber una galería en Sevilla interesada por la obra de Ignacio. La extrañeza, después de tantos años de silencio, entrecortaba la voz, que siempre fue poco resuelta, de mi antigua amiga. Quizá también la desconfianza, pero es posible que la desconfianza fuera una sospecha mía sin fundamento. En cualquier caso, en la misma medida en que me afanaba yo por expresarme cariñosa y cercana, parecía crecer su recelo y aumentaba en ella la expresión distante y desganada, como si no procediera ya apelar a la amistad ni pareciera que yo tuviera cabida alguna en sus más mínimas confidencias y, por supuesto, en su nuevo mundo de esposa y madre. No se interesó por mi vida en absoluto, como si ya lo supiera todo de mí o no le interesara, y a mi curiosidad sobre ella y los suyos respondió siempre parca y como queriendo acabar. Lamenté mi silencio de años, disculpé mi olvido, pero no parece que ella lo hubiera lamentado nunca ni que entendiera la necesidad de que las cosas podrían haber sido de otra manera. Más bien quiso insistir en que aquella amistad fue amistad de niñas y de verano y se acabó con la adolescencia y con La Granja. La Granja había terminado para ella.

—Qué aburrimiento —dijo—, yo veraneo en Sotogrande, me gusta el mar.

Le pregunté abiertamente si me guardaba resquemor por algo y soltó la risita estúpida y de vaga superioridad que tuvo de pequeña para decir que qué resquemor y por qué y que a cuento de qué venía esto, diría que casi molesta por la llamada. No tiene tiempo para nada, ya se sabe, los niños, el Club, el gimnasio y últimamente una asociación humanitaria, hacer algo por los demás, dijo, como la única aclaración sobre su posición vital. Así que concluí pidiéndole el número de su padre y, al volverlo a mencionar, noté por una expresión balbuceante que sus relaciones no eran buenas. Le pregunté abiertamente y me dijo que las cosas de familia se quedan en familia, cerrándose así a cualquier explicación. Me despedí con un beso y contestó:

—Encantada.

7 de junio de 1989

EN LA MODORRA DE ANOCHE, abrazados, me confesó Daniel que le faltaba la tensión del diario, que lo extrañaba. Pero también admitió que ya no podía ser, aunque el diario fuera una forma de masturbarse, y comentó abiertamente que si la masturbación es un ejercicio imaginario del sexo, no es por eso muy ajena a lo que yo hacía en mi diario, y que esa era la razón por la que él creía que yo era fundamentalmente una onanista: alguien que ni siquiera cuando folla con alguien lo hace con esa persona sino con la memoria de otro o imaginándome otra situación y a otro protagonista.

—Como la literatura —dije—. Alguien que no está en lo que está, pero que de ese modo ensancha el placer.

Me emocionó tenerlo tan cercano y comprensivo y me asaltó la sospecha de que Daniel estaba proponiéndome otro tipo de relación: una relación sexual con más palabras. Se había acostumbrado con el diario a que le contara y ahora quería que fuera una especie de abuela que narra cuentos excitantes para que el nieto eyacule con placer y le pregunte detalles de su historia perversa, mientras ella se ocupa, amorosa, del vaivén. O interrumpe el relato para besarlo y entra de un modo inesperado, entre juegos que desplazan los cuerpos, el objeto de la caricia en la cueva carnosa y húmeda que absorbe el fuego.

Así fue anoche, después de que celebráramos una cena de enamorados sin serlo.

—Sabes que nunca he estado enamorada de ti y menos sin el diario por medio.

—Al fin y al cabo —contestó— el amor sólo sirve para contarnos unos a otros lo que nos pasa.

—Eso no es amor, tonto —le dije—, eso es periodismo.

Y rompimos a reír. El alcohol nos había puesto contentos a los dos y a él trascendente de un modo muy particular.

9 de junio de 1989

TODO LO QUE EN DANIEL pueda ser en un momento concreto novedoso, atractivo, sorprendente, se transforma con una deplorable rapidez en rutinario, cansado y matrimonial. Aparecen en seguida las aristas interesadas, el aprovechamiento del otro. Así que, si bien esta nueva etapa erótica jugando juntos a imaginar me permite sobrellevar otros cansancios, ya me saturan las excesivas minucias a las que se entrega para que me invente yo detalles de una precisa arruga entre una parte y otra del cuerpo o para que no deje de tener en cuenta un gran lunar que lo ha perseguido en su memoria erótica. Pero lo menos apetecible es su intento de ahora: ahora quiere inventar él. Accedo, aun a sabiendas de que no son sus invenciones las que me excitan sino mis propias invenciones, mi mundo verdadero, ese mundo que yo me he ido creando con detalle y que en algunos aspectos ha sido la vida misma la que me lo ha ofrecido. Lo peor de las invenciones de Daniel es que se convierten en piezas teatrales de colegial y terminan en atropello. Me río, parece que lo resuelvo con la risa. Pero no. Apagamos las luces, nos hacemos cada uno a nuestro lado, y vuelvo a la tristeza. Después lo oigo hablar como si mientras nos dormimos su voz fuera haciéndose más la voz de un crío, un crío que corretea por mi vida tratando de hacerse con ella. No puede, no puede cuando yo puedo, cuando estoy en orden, pero cuando me desbordo y caigo y enfermo de nuevo, él se crece, reconstruye y domina. Ahora está bajo los efectos de ese dominio, ahora se mueve con la parsimonia de quien tiene la función muy representada, se reclina en nuestro sofá con perfecta caída, se alza igual o cruza las piernas en un momento en el que de producirse un movimiento, cualquier movimiento, una no hubiera pensado en otro gesto grácil del esposo que ese cruce de piernas que a él le parece especialmente atractivo, un instante muy estudiado del acto demorado de la seducción. Sobre todo, si al cruzar la pierna, y por arte de la purísima casualidad, una negruzca fronda deja ver la fláccida carne que reposa cuando no es nada. Él sostiene que siempre es algo, que lo suyo por reposado y lelo que se encuentre bulle con erotismo en mayor o menor estado de hervor, pero siempre.

Ignacio me dijo esta tarde que miente, que seguramente confundirá el erotismo con las molestias de la próstata.

13 de junio de 1989

ANOCHE DANIEL PARECÍA ensimismado. Le agradecí el silencio mientras cenábamos y contribuí a su distanciamiento de un modo muy natural: no quise alterarlo ni con la pregunta ni con la caricia. Puse la mesa sin requerir su ayuda como una esposa dócil que cumple con su obligación después de una larga jornada de trabajo. Calenté en el microondas el caldo y sólo se oía en la casa el ruido del tenedor en el plato batiendo los huevos para unas tortillas. Para mi fortuna no se apoltronó tampoco ante el televisor como suele hacer, tal vez para que quedara más claro su silencio. El mío, en cambio, estaba siempre a punto de venirse abajo porque el sentimiento de culpa volvía a rondarme, tanto al menos como cuando la infidelidad en lugar de ser cierta, como lo es ahora, era una infidelidad imaginada. Si bien lo pienso, necesito del matrimonio para subvertirlo y me encuentro más cerca de Daniel si le soy infiel. Anoche una extraña e inquieta felicidad alimentaba mi silencio culpable y me hacía imaginar el suyo como el silencio de la sospecha. Repasaba todos los posibles indicios del paso de Ignacio por nuestra casa y por nuestra cama y no conseguía concretar si un pelo sospechoso había quedado prendido en la bañera o si cualquier alteración del orden de las cosas de Daniel en el baño le había dado pie a la intuición. No recordaba bien si Ignacio hizo uso de un preservativo propio o si fue uno de Daniel el que usamos y los tenía contados. Tal vez, pensaba, era un olor, aunque hubiera cambiado las ropas de la cama, un olor propio de Ignacio que en mi obsesión empezaba yo misma a recuperar en el ambiente, el olor a un *after shave* antiguo, tal vez Floïd, que me gustaba mucho porque era el mismo que Ignacio usaba en aquellos días primeros de La Granja y constituía para mí un estímulo erótico, pero que seguramente era más perceptible para Daniel por lo inusual, un olor fuera de la moda. A lo mejor le bastó para la sospecha que hubiera cambiado yo las ropas de la cama sin que hubiera pasado una semana, seguramente le bastó con eso. No se atrevió a preguntarlo, pero podía haberlo hecho en uno de esos momentos en que fijaba su mirada en mí y yo le respondía con una sonrisilla a través de la cual él quizá detectara mi culpabilidad. Pero a veces me miró como si estuviera a punto de decirme algo; no de quejarse ni de preguntar ni de acusar, sino de decir algo como quien no quiere la cosa y que yo me inquietara. A lo mejor es que esta felicidad fugaz, momentánea, que me produce alterar la rutina y sentir de verdad la tensión entre los dos de que algo se está fraguando, y que se esté fraguando, me cambia el carácter, y sólo eso, que me cambie el carácter sin que él sepa por qué, ya lo pone en la pista de la infidelidad. Hay unos códigos especiales en el lenguaje de relación de las parejas que hace que las cosas se sepan antes que de verdad se sepan. Es posible que él estuviera esperando a que yo confesara y su mirada indagatoria, que eso era su mirada, indagatoria, no quisiera otra cosa que animarme a contarle. Quizá esté feliz, como yo, porque vuelva a nacer una inquietud entre nosotros. Al fin y al cabo, son estas situaciones, imaginarias o reales, qué más da, las que nos han unido.

Es verdad que no estoy enamorada de Daniel y nunca lo he estado, pero lo quiero más desde la culpa. Anoche una inmensa ternura me hacía sonreírle en el silencio; sin tocarlo, sin preguntarle nada. Ahora me reprocho no haberle preguntado si tenía alguna preocupación de trabajo, pero es muy improbable: la construcción está boyante, él es un arquitecto de éxito, el estudio funciona bien. No, no era el trabajo. Podía ser, no lo había pensado, que el que tuviera motivos para el sentimiento de culpa fuera él, que la infidelidad viniera también de su parte y que estuviera haciéndose parecidas conjeturas a las mías. Seguramente piensa que de saberlo no me inquietaría, le he dicho siempre que no lo amo, pero sí me inquietaría. No soporto la idea de que alguien entre en mi intimidad sin mi consentimiento y Daniel es, debo reconocerlo, una posesión, algo que me pertenece, parte importantísima del territorio de mi intimidad. Sé que es irracional lo que escribo y no me importa, también sé que es egoísta, pero el amor no es posible sin el egoísmo, por más que se diga lo contrario, y no he llegado a ser lo bastante egoísta como para estar enamorada. Después de cenar repasé con meticulosidad todo el escenario del engaño por si un pañuelo olvidado, por ejemplo, hubiera podido ponerlo sobre una pista. No encontré nada y me acosté. No leí esta vez, me hubiera faltado concentración. Pensé que a lo mejor esta actitud alimentaba la sospecha, pero no cambié el comportamiento. Y él tampoco. No preguntó por qué lo hacía, podía haberme preguntado si me pasaba algo y no me preguntó. Estaba seguro de que nada me dolía porque no hay cosa que lo acerque más a mí que la enfermedad, mi debilidad lo afirma. Entró por fin en la cama sin encender la luz, ya tenía puesto el pijama, y se situó en su lado sin darme siquiera un beso de rutina ni decir buenas noches. Dudé por un momento que de verdad me estuviera enamorando de Daniel, tanto era el cariño que me acercaba ahora a su espalda.

No supe responderme, pero estaba claro que no lo deseaba, que era otra cosa lo que me acercaba a él. No lo deseaba y me apretaba a su cuerpo por detrás con mucha dulzura y él recibía el mío contra el suyo pasivamente y después volvía el suyo hacia mí y nos encontrábamos, su sexo en el mío sin más palabras, apenas un suspiro, con mucha demora, y después el jadeo y el trote, su boca en busca de la mía, y al fin por el cuerpo, la boca en los pechos, la boca en el cuello, la boca rabiosa y un escalofrío. Luego el silencio, otra vez el silencio.

14 de junio de 1989

ME PREGUNTÓ POR MARGA esta mañana. Daniel rescató así el recuerdo del diario y no comentó nada en todo el desayuno —hablaba yo sin parar para disimular mi incomodidad ante su silencio y él ni una palabra—, pero preguntó de pronto por Marga, como si no supiera. Seguramente no imaginé una contestación rápida y cuando conseguí superar la sorpresa dije que hacía tiempo que no nos veíamos. Él siguió en silencio untando con parsimonia sus tostadas y yo volví a hablar de la galería en la que trabajo y de las extrañezas de Brian; la verdad es que estoy decepcionada con Brian, seguía explicándole, le falla el gusto. No parecía sorprendido por mi descubrimiento, quizá estuviera de acuerdo conmigo, pero volvió a preguntar si Marga y yo estábamos enfadadas. Negué que lo estuviéramos, por qué íbamos a estarlo... Hay momentos en la vida en los que una está más cerca de una amiga, se necesitan más las amigas, yo qué sé, tienes algo más en común con ellas. El matrimonio, dije, acaba con muchas amistades. Si él hubiera estado más locuaz, como solía, habría mostrado su desacuerdo, pero no lo hizo. Tomó el café, encendió un cigarrillo y con la mirada perdida por el office me permitió que volviera a hablar de Brian: no cree en lo que vende, decía yo, sólo le importa el negocio. Percibí un rictus que tal vez quisiera decir que qué creía yo, que era una ingenua. Yo quería decir que me ha tomado por una dependienta y que mi acuerdo con él fue otro, pero que ya ni siquiera me tiene por eficaz dependienta: teme a mi modo de hablar con los coleccionistas. Hice una pausa porque el café se me estaba enfriando y volvió él con el asunto de Marga. Le parecía extraño que, siendo mi mejor amiga —bueno, mi amiga, Daniel no me había conocido amigas—, que nunca él y Marga se hubieran visto. Es evidente que tiene razón, pero más extraño resulta que él se extrañe de mis rarezas. Así que, dicho eso, le seguí hablando de Brian, Brian me había dicho que yo no era una crítica sino una vendedora y que si quería ejercer la crítica me dedicara a las conferencias. Esta vez sonrió como quien le da la razón a Brian, pero aprovechó mi enfado para comentar que se había extrañado mucho de que Marga no hubiera estado en nuestra boda. Es verdad que fue una boda en la intimidad, cierto, pero una amiga, una sola amiga, tiene cabida en la intimidad familiar; es más, forma parte de ella. Su amigo Alberto y Terete, su mujer, habían estado en nuestra boda. Se me ocurrió decirle que yo había invitado a Marga y que, si yo soy rara, ella lo es más. No creo, sin embargo, que lo convenciera. Daniel se divierte volviendo a los falsos días. Aunque lo haya leído en el diario, quiere que yo confirme que Marga era un álter ego que me había inventado. Me preguntó si no la extrañaba. Le contesté que a veces sí, pero la gente cuando se enrolla, y Marga anda ahora con un pintor judío que conoció en Nueva York, se olvida un poco de las amigas. La verdad es que a ella le gusta mucho que le cuenten, pero ella con lo suyo ni mu.

—¿Tendrás prisa? —le dije.

Eran más de las nueve y media, y de pronto parecía que fuera a mí a quien le entrara la prisa. Reconoció que la tenía, pero no parecía preocupado por el tiempo. Me preguntó por el novio de Marga:

—¿Conoces al pintor?

Improvisé otra respuesta:

—Sí, es un chico muy atractivo.

Lo dije tan admirativamente que lo llevó a preguntarme si era mayor. Sonreí.

—No, no lo es, es de tu edad.

Sonrió él. Y aproveché para seguir con lo de Brian, aunque esta vez sin dejar a Marga de lado, porque lo que se me ocurrió decir es que Germaine, que así me pareció que debía llamarse el novio de Marga, es un pintor de muchas cualidades y que el Reina Sofía le había adquirido cuatro cuadros grandes para su colección. Brian había dicho antes de que eso ocurriera que Germaine no era otra cosa que un Guerrero descuidado. No sabe de arte, insistí refiriéndome a Brian, aunque debo reconocer que tiene grandes dotes para el negocio.

—¿Desde cuándo os conocéis?

—Hace poco tiempo —dije—. Si a Brian —le recordé— me lo presentaste tú...

Él me preguntaba por Marga, y le respondí que nos conocimos en el colegio, íbamos las dos a Jesús María cuando vivíamos en Príncipe de Vergara.

—Brian no tiene gusto, pero las coge al vuelo, lo que pasa es que a veces el vuelo no lo coge a él y se le escapan las cosas. Apuesta por lo que tiene seguro de venta y eso es apostar a corto plazo. Has comido hoy —cambié de asunto— más tostadas que de costumbre.

Se encogió de hombros, como si no supiera bien a qué se debía el exceso ni este retraso incomprensible, tan rutinario como es él, en llegar a su estudio.

—En tu álbum —dijo— tienes fotos del colegio, ¿no hay una foto con Marga?

—Sí, de grupo —le contesté.

Y quise volver a hablar de Brian, pero no me dejó, me pidió que trajera el álbum. Le dije que en otro momento y me puse a recoger la mesa del desayuno con menos diligencia de lo que es costumbre. Trajo él mismo el álbum y me pidió que señalara a Marga. Es una lata tener que ponerse las gafas para ver de cerca, pero fui a mi bolso sin darme mucha prisa, las traje y señalé a una de trencitas de la izquierda.

—Sí, la tercera, ésta, ¿la ves? Ésta es Marga, desde entonces tenía un aire de intelectualona.

Rió conmigo esta vez y decidió que teníamos que invitarla a cenar con Germaine.

—No en vano ella ha sido una cómplice de tu aventura —recordó.

Buscó su agenda y me señaló una fecha para la cena: podría ser el martes, sí, el martes.

Tendría que hablar con Marga, pero no podía asegurarle nada porque ella está muy extraña y, además, nuestras relaciones se han enfriado mucho, pensará que a qué viene esta cena. Daniel no cejaba en el intento de revivir el prohibido *diario de casada*. Aunque de otro modo, el suyo.

18 de junio de 1989

Esta mañana lo vi disponiendo su bolsa de viaje como quien prepara una estrategia y estuve por no preguntarle qué se proponía. La costumbre de Daniel era anunciar la noche anterior adónde iba, y esta vez, aunque se había recuperado de su mutismo, no me había contado que se propusiera ausentarse. Esperé a que al despedirse dijera algo y mientras esperaba ese momento pensé en la posibilidad de que hubiera una mujer por medio. Está más frío sexualmente y más distante y resolví que ése era un claro indicio de que la había. Y además no era el único indicio: él no sabe mentir y por eso su silencio es ahora el silencio del culpable. Noté que me alteraba por dentro, como si unos celos injustos me hurgaran en el estómago y me llevaran a la conclusión más rápidamente de lo que suelo yo llegar a las conclusiones. Si Marga no hubiera sido una ficción y yo no me hubiera propuesto renunciar a las ficciones en este diario, estaría Marga preguntándome ahora que con qué derecho podría recriminar a Daniel que tuviera otra. Le contestaría que con el derecho que me dan las renuncias: estar casada con él me supone renunciar siempre. Pero Marga me miraría, como diciéndome, ¿tú estás segura, Begoña, de lo que estás diciendo?, y aunque yo le contestara que sí, sabría que no, que no estoy segura de lo que digo, que lo que digo lo digo por miedo a quedarme sola. La rutina y la seguridad han podido conmigo y no estaría dispuesta a admitir la humillación de que viniera Daniel diciéndome que se va, que se ha hartado de que no esté enamorada de él. Cuando entró en la ducha aproveché para revisar su cartera, primero por ver si descubría un papelito con un nombre y un teléfono, por ejemplo, ansiosa de una pista. También podía haber una foto, me ha parecido siempre de mal gusto llevar fotos en la cartera, pero él seguía llevando la mía. Los únicos indicios podían estar en los recibos de las tarjetas de crédito. Los repasé uno por uno: se repetían los de las comidas en distintos restaurantes, pero descubrí uno en el que había repetido en la misma semana una comida de dos, concretamente en La Corralada. La verdad es que no se pasó en el lujo ni en el ambiente romántico y, además, seguro que comerían congrio, que es lo que más le gusta a Daniel de ese sitio, aparte del hígado encebollado. Miré las fechas y coincidía con dos noches en las que no vino a cenar, seguramente cenó con ella y no con los arquitectos de Sevilla de los que me había hablado. De haber cenado con los arquitectos sevillanos los hubiera llevado a un sitio más lujoso, no digo a un Zalacaín, pero por lo menos al Palace. Sería muy útil para esta comprobación revisar su agenda, pero la agenda está en el maletín y no voy a tener tiempo. Si la pudiera revisar seguro que pondría abajo, al final de la página, donde se fijan las cenas, el nombre de una misma mujer, Tere, por ejemplo. Su secretaria se llama Tere y si bien lo pienso es una mujer distante conmigo, no con la distancia que da el respeto sino con la que ella quiere imponer, un modo de dejar claro que el hecho de que yo sea la mujer de su jefe no tiene por qué imponerle amabilidades especiales, todo lo contrario, yo seré en mi casa muy dueña y señora, pero en el estudio el control lo lleva ella. Eso, bien visto, significa lo que significa: que aquí porque no puede, pero que quien lo controla más tiempo y sabe de todas sus andanzas es ella. En este punto Marga me diría que lo que pasa con Tere es que sabe que soy rara y que, además, no es tonta y sabe que hago sufrir a Daniel. Aparte de que Marga se inmiscuya ahora en mi conciencia por culpa de Daniel y sin que yo lo quiera, mi respuesta sería que por qué una secretaria ha de ser una intrusa en la marcha del matrimonio de su jefe. Ya estoy viendo la jactancia de Marga explicándome que una secretaria no es de piedra y que ella, que ha sido secretaria tanto tiempo, porque acabo de decidir sin darme cuenta que lo fue, qué otra profesión iba a tener Marga antes de echarse un novio rico, sabe muy bien el cariño que se le toma a un jefe, sobre todo si es un jefe como Daniel, amable, comprensivo, que todo lo pide por favor.

Descubrí con nervios, no sólo por el afán en la investigación y por sus resultados, sino por la rapidez con que se ducha Daniel y la posibilidad de que pudiera sorprenderme, que una de las facturas tenía el anagrama de Loewe, y pertenecía a la tienda de señoras: había pagado 60 000 pesetas por un bolso y un pañuelo. Oí la puerta del baño —esta vez, hay que ver, la había cerrado— y metí de inmediato la cartera en su americana. Me dio tiempo a reírme de mí, de mi papel de detective, como una esposa común que busca los rastros de la traición, y esas risas aliviaron la inesperada angustia de unos celos impensados. A lo que has llegado, diría Marga. Pero insisto en que no quiero volver a la fantasmal presencia de Marga por más que advierta en Daniel una nostalgia de las presencias fantasmales. Me gustó verlo desnudo esta vez al volver del baño y me acerqué a acariciarlo por si conseguía detectar en su cuerpo el rastro de una uña de mujer. Fue remiso y, sin embargo, me dio tiempo a comprobar la existencia de un leve moratón a la altura del hombro. Me bastó con subir lenta y suavemente mis manos hacia sus hombros, antes de que él se despegara de mí con cierta hostilidad o por lo menos con poco cuidado, para comprobar las huellas de la otra. Seguramente se despegó de mí por temor a que advirtiera su delito. Marga diría que por qué no pensé en la posibilidad de que hubiera sido yo misma y le contestaría en ese caso que yo tengo perfectamente catalogadas mis mordidas. La verdad es que pude haber sido yo misma la otra noche la autora del moratón, aunque todo fue más suave que otras veces. Le pregunté mientras se vestía que si se podía saber adónde pensaba ir y se sorprendió de no habérmelo dicho antes. ¡Cómo es posible que no me lo hubiera dicho...! Se va a París. No a Londres, como siempre, esta vez se va a París. Puesto que no dijo qué era lo que lo llevaba a París, así, de pronto, tampoco iba yo a insistir en pedirle explicaciones. Cuando va a Londres se queda en la casa de Robert, un arquitecto amigo que vive en un apartamento escaso y confortable de una remodelada casa victoriana de Kensington, y yo tengo su número de teléfono. En cambio, esta vez podía ocurrir algo en su ausencia y no sabría dónde iba a hospedarse, ni con quién, la verdad. Por eso le hice una sola pregunta: en qué hotel pensaba hospedarse.

Creía que era en el Place Vendôme, pero no tenía a mano más concreciones. ¿Se puede saber hasta cuándo se va a alargar este sufrimiento de la ausencia? Reí.

—Mucho menos de cien años —respondió.

19 de junio de 1989

IGNACIO NO PARECÍA recuperado del trato que el otro día recibió en mi despedida. La verdad es que lo maltraté. Pero hay en él una fragilidad que me distancia y que no sé si se debe a cierta inseguridad que le produce la vejez o a un modo de debilidad que él emplea equivocadamente en la seducción. Si supiera Ignacio que los hombres débiles me exasperan trataría de mostrarse más enérgico y eludiría aparecer como una víctima. De todas maneras, acepto con resignación que se me acerquen en la vida los que no me gustan o me ocurra en ese sentido todo cuanto detesto: dice Daniel que ronco y es una de las cosas que más he rechazado siempre en los demás y que no quiero creer que yo padezca; estoy casada con un hombre que es prototipo de lo que menos me gusta como hombre y hasta parece que he llegado a cogerle cariño y, para colmo, me obsesiona un tío con el que he soñado toda mi vida y cuando consigo de veras estar más cerca de él empiezo a reconocerlo con los defectos que más me alteran.

Ignacio empezó a poner trabas para venir a casa y le aclaré que Daniel estaba en París. Pero eso no le importaba: a mí se me había ocurrido pensar que era por cualquier escrúpulo relacionado con el lecho nupcial sin darme cuenta de pronto que a mi viejo perverso le produce un inmenso placer precisamente eso, que sea en la cama de casados donde él triunfa como macho venciendo a la virilidad del joven ausente. Así que no era por esta causa, era porque quería hacerse valer contándome cómo había quedado con una joven modelo para hacer un desnudo que no tenía comprador, pero le desmonté el engaño porque con semejante artimaña no iba a conseguir su objetivo: darme celos. Así que «búscate otra excusa» fue lo que le dije. Y la puso a las claras, ahora débil, yo lo que quería de él era sexo —le dije que sí— y él ya no está a su edad dispuesto a cuando yo quiera. Lejos de mostrarme comprensiva me lo jugué a una carta: o venía esta noche o no volveríamos a vernos. Tuve la frialdad de pensar que no sólo yo soy un buen recurso erótico cuando a él le apetece sino que además, ahora, tiene algún otro interés conmigo: yo he conseguido venderle algunos cuadros a escondidas de Brian y con riesgos de mi prestigio de marchante dedicada al arte contemporáneo. En realidad, la obra de Ignacio es todo menos contemporánea. Claro está que para esas ventas no acudo a los arquitectos coleccionistas, amigos de Daniel, para quienes todo cuadro fuera de la abstracción es ridícula pintura evanescente, posición respetable si toda obra abstracta adquirida por ellos tuviera calidades superiores a las meramente decorativas y no fueran con frecuencia un camelo. Así pues, las coloco entre las amigas de mi madre que cultivan una ignorancia similar a la de los arquitectos, pero en sentido contrario: todo lo que no sea almibarada figuración es fraude. Sin embargo, no acaban aquí los negocios de Ignacio conmigo: de darse una ruptura entre nosotros su exposición de Sevilla tal vez no llegue a producirse. Se me ocurrió en un instante lo poco que le conviene perderme, o lo tenía ya pensado; lo cierto es que le pregunté si venía o no y a falta de respuesta por su parte, colgué el teléfono sin más contemplaciones. La verdad es que Ignacio ha empezado a importarme poco desde que ha pasado de ser un deseo a convertirse en una realidad. De existir Marga, erguiría el busto como lo yergue en mi imaginación para mostrar la suficiencia, y me recordaría que ya lo decía ella: que a mí me van más los cientos de pájaros volando que uno en mano. Yo le contestaría en plan pedante, y recordando a Borges, que las cosas valen más cuando se pierden. Pero en el supuesto de que yo hubiera perdido a Ignacio anoche, qué era de verdad lo que perdía, me preguntaba. Marga hubiera dicho que un poco de mi memoria o que algo fundamental de mi memoria. Y no le faltaría razón. A lo mejor ella no tendría en cuenta que yo soy nadie sin esa memoria, pero lo peor de todo es que anoche me reconocía menos soñadora de lo que creo ser: lo único que creía perdido era a un hombre en una cama, porque lejos de sus lamentos y falsas subestimaciones Ignacio seguía siendo para mí la plena satisfacción sexual, un punto en el que la realidad y el sueño se aproximaban bastante por un rato.

En días como éste me vendría muy bien tener una amiga como Marga que me ayudara a convivir con mis contradicciones, porque hoy he tenido la sensación de despedir un poco lo que ha alimentado mi vida, el sexo clandestino que aprendí en Ignacio, y que al fin y al cabo la madurez aparta cada vez más de mí, para empezar a preocuparme por una relación, la de mi matrimonio, que acepté con resignación y que ahora empieza a inquietarme como si temiera perderla. He tenido la impresión de quedarme hoy vacía y he percibido el barrunto de la depresión, lo que no quita para que tenga claro que mi vida no sería la misma sin la tensión entre una relación y otra. Por eso volví a pensar en qué momentos Daniel pudo serme infiel sin que yo lo supiera y una indignación irracional crecía en mí. Había llamado al estudio a las dos de la tarde y se puso él mismo; Tere no estaba.

—¿Y por qué no está Tere?

—¿Qué quieres?

Le dije que nada. Después de esa contestación ya podía decirle que no quería nada. Y es verdad que no quería nada, quería comprobar si estaba o no estaba Tere, pues de no estar es que habría ido de viaje con él. Pero me lo puso fácil: le respondí nada porque me había enfadado.

—No te pongas así, dime qué quieres.

—Nada —insistí.

Antes de colgar le pregunté que a qué hora se marchaba. Me dijo que a las cuatro y le deseé un buen viaje. A las seis llamé de nuevo al estudio y sólo pude oír el contestador. Podía ser que Tere, aprovechando que Daniel estaba de viaje, hubiera salido antes, pero quedé segura de que lo que sucedía es que los dos viajaban juntos. No me importa lo que hubiera dicho Marga en ese caso ni si tenía derecho o no a ponerle las cosas en la calle; ahora bien, como la más ofendida de las esposas, la más solitaria, la más abandonada por todos a un tiempo, furiosa, empecé a disponer el modo en que podía organizarle las cosas y la negociación a la que tendríamos que llegar, que no creyera él que se iba a ir por las buenas, sin abogados de por medio. Ya estoy oyendo a Marga decir que él no habría abandonado su casa, pero ¿y el adulterio, eh...? Tendría que haberme reído de mí misma como otras veces, lo que pasa es que estaba demasiado triste para reírme ni de mí ni de nadie.

Cuando sonó el timbre de la puerta debo reconocer que aún sin tener la certeza de quién llamaba sentí un alivio: alguien de pronto se acordaba de mí. Pero no corrí a abrir, como si antes de abrir tuviera la obligación de adivinar quién llamaba. Porque podría ser Ignacio, pero sería una temeridad que Ignacio sin volver a llamar por teléfono se presentara en casa, o podría ser Daniel, que por cualquier razón no se hubiera ido de viaje y además se hubiera olvidado las llaves, pero una cosa y otra constituían demasiada casualidad. Podría ser mamá, que es la única persona de cuantas conozco que no tiene por imprudente pasar por nuestra casa y tocar en la puerta sin previo aviso, pero las nueve de la noche no era hora en la que mamá estuviera en la calle. Volvió a sonar el timbre y para entonces estaba yo pensando en que tampoco eran horas para que te vendan una enciclopedia o para pedir respuestas a una encuesta o para que traten de convertirte a domicilio a los testigos de Jehová. Lo que hubiera preferido es que fuera Marga, que Marga se presentara en casa tal como siempre la había imaginado, un poco llorosa porque Germaine le había hecho una trastada. Pero seguramente era un vecino que pedía una llave inglesa o un destornillador.

Abrí al fin y era el viejo Ignacio, temerario, desatando la libido al primer beso. No había llamado antes porque estaba seguro de que le hubiera colgado el teléfono y yo no estoy segura de que lo hubiera hecho. Lo invité, sin embargo, con fingida desgana, a sentarse, a sentarse como una visita. Yo no era una ninfómana, que quedara claro, yo era una persona que necesitaba compañía, unas veces más que otras y hoy especialmente, y quería tenerlo cerca. No siempre se quiere lo mismo y él no había entendido nada, me tenía por una niña —quiso decir que no y no lo dejé— y yo había madurado. Cuando una amiga te invita a su casa, le dije, no siempre te invita a eso, te puede invitar a tomar una copa.

—Por cierto, ¿que quieres algo?

Dijo que sí, pero no dijo qué, y empezó a pedir perdón cariacontecido. Él no podía evitar la sensación de culpa y de profanación y pensaba que acaso Dios lo estuviera castigando y la prueba de ese castigo era la mala relación que tenía con su hija. Maripi había tenido un hijo y él se había enterado por unos amigos, un nieto más en esta vida sin que él lo conociera. Ignacio me origina una extraña mezcla de sentimientos encontrados: cuando se muestra abandonado, como ocurría anoche, me da pena, entiendo el dolor de un hombre que a su edad recibe de los que más lo han querido el rechazo o el olvido. Pero la pena me lo distancia, me invade una desgana erótica que rompe esta sublimación que por otra parte advierto que decrece en mí y que es lo único que todavía me hace desearlo. Sin embargo, su sentido del pecado, ese modo de sentirse culpable, un ser abyecto, es lo que al tiempo que se queja me induce a invitarlo a pecar. Por lo visto, su hija lo desprecia; si hubiera triunfado en la vida piensa él que hubiera sido de otro modo. Vive de cualquier manera, en un estudio, y Maripi sospecha que no guarda el respeto a la memoria de su madre que la memoria de su madre merece. Cuando la memoria de doña Nati aparece en la conversación, bromeo con él buscándole los labios y después de apresármelos en los suyos pone cara de viudo pecaminoso y un gesto de resignación por su lujuria con el que más que mirarme parece que mirara al cielo para que Dios se compadezca de él. No te entiendo, Begoña, comentaría Marga, percibiendo una especie de olor a naftalina, un mundo de armario antiguo, diría, en esta relación con un ser doliente que si no tuviera el pretexto del infierno se lo buscaría.

—¿Qué bebes? —le insistí desoyendo a Marga. Y puso el gesto del abstemio reconocido al que se le incitara a cometer la falta, como si fuera una especie de alcohólico anónimo. Le gusta el whisky con delirio, pero cuando entra en estos trances de culpa también establece una relación entre Satanás y el whisky y termina pidiendo en penitencia un zumo de naranja. Disponer las copas, con la pereza enorme que me da sacar el hielo —un whisky para mí, para él el zumo—, me exime de palabras de consuelo al padre abandonado de Maripi y, por supuesto, hago caso a Marga, que me aconseja: no te metas en cosas de familia, tú no te metas. Y no me meto. Volví con mi copa y con su zumo y se oyó cómo abrían la puerta. Me dio un vuelco el corazón, como suele decirse, y me lo dio con todas las consecuencias. En toda situación límite una tiene tiempo en un instante, como si el cerebro alcanzara una frenética capacidad de hacer recuento de todo, a contemplar la situación: el afligido cristiano con cara de culpa palideció y se acentuaron los rasgos

213

del miedo en su rostro y yo me distancié de él con rapidez y me situé en el butacón de enfrente con una separación que por singular merecía ser sospechosa. Una vez allí me poseyó un aplomo que para sí quisiera la más decente esposa a la que el marido sorprende en una visita no esperada pero que tiene todos los rasgos de la normalidad: un viejo amigo al que ya no hacía falta presentar porque por culpa de mis invenciones en el diario de casada habían llegado a conocerse; que pinta, y porque pinta requería mis servicios de marchante, aunque ya supiera Daniel que su pintura no era de mi gusto ni convenía a mi prestigio representarlo, pero había que escucharlo no obstante, y que se encontraba ya fuera de toda sospecha para la traición matrimonial, no porque hubiera dejado de ser una fijación erótica en mi vida, sino porque su edad le impediría entrar en conquistas improcedentes.

Daniel fue correcto en el saludo, observó con sorpresa cómo me interesaba yo por los bodegones que acababa de pintar Ignacio, escuchó a Ignacio su repetido discurso sobre los ataques que a la figuración se le infligen en el mundo del arte y la persecución que sufren los pintores de derechas, franquistas para ser más exactos, aunque él dijo católicos, sin dejar de asociar en ningún instante la figuración a un modo conservador de ver el mundo. Estuvo tan silencioso Daniel como lo viene estando en estos días sin que quepa atribuir a una posible lectura de este diario su estado de ánimo, porque ni sabe nada de su existencia ni se encuentra a su alcance y, además, escribo en él cuando Daniel está fuera de casa. Estuvo silencioso, sin más, y pudo haber aprovechado el discurso torpe y anacrónico de Ignacio para haber arremetido contra él con la causticidad con que Daniel aborda estos asuntos cuando reconoce los indicios de la mediocridad. Su ironía sólo afloró cuando constató la casualidad de que su visita se produjera en una noche en la que él se hubiera ido de viaje de no haber tenido que retrasar su marcha por razones profesionales que tampoco especificó. Ignacio estuvo presto a culparme: había sido invitado por mí y desconocía las circunstancias que Daniel le estaba relatando. Exageró la sorpresa de modo más bien improcedente, además de innecesario, para resultar veraz.

Reí a carcajadas. Parecía que me estuviera burlando del uno y del otro y en realidad me estaba riendo de mí misma. Pero oí a Marga que me decía: has huido hacia adelante, sinvergüenza... Entonces fui consciente de que todo había salido bien.

V. DIARIO DE UN ENIGMA

21 de junio de 1989

MAMÁ DECIDIÓ COMER HOY en casa. No esperó a mi conformidad ni percibió mi escasa voluntad de comer con ella. Fue inútil que le mostrara la desgana, a pesar de que mi respuesta constituyó casi un murmullo de desaprobación. Ella, por su cuenta, convino en que a las dos pasaría a recogerme por la galería.

Mamá cumple con sus estrictas y repetidas ceremonias: nada más llega a la galería, al enfrentarse a los cuadros hace siempre un comentario de sorpresa por el cambio de colección, como si pensara que una galería fuera un museo que no tuviera por qué variar sus exposiciones. Le sigue casi siempre una mirada de desconfianza y desinterés a toda la muestra y después viene un rictus de incomprensión al que sigue invariablemente un «me quieres decir, hija mía, qué significa eso». «Nada, mamá, nada.» He renunciado ya a convencerla del sentido de la abstracción y de la evolución del arte. «No comprendo cómo la gente puede gastarse tanto dinero en esas mamarrachadas, unas telas manchadas con esos colores tan ordinarios y sin orden ni concierto.» Si alguien se interesa por alguna de las obras delante de ella y le doy el precio o algún pormenor más para estimular al cliente, ella se persigna o pone cara de asombro en un desconcierto que no superará nunca por más visitas a la galería que me haga. Alguna mañana que sale de compras pasa por allí y, después de quejarse del servicio, cuyos nuevos modos de comportarse no logra entender, hace un repaso somero a la situación de mis hermanos y dedica unos minutos a su inquietud por los peligros de separación matrimonial que los acechan. Pasa después a aclararme que esta desgracia de las separaciones no es sólo cosa de nuestra casa, es una moda. La gente no sólo ha perdido la paciencia, según ella, sino la clase. Ya no hay gente con clase. Luego, ruborizándose, sobresaliéndole los colores sobre su maquillaje, dice con voz de pecado y pidiendo a Dios perdón por lo que va a decir, que todo es un puterío de Levante. La palabra puterío es casi un murmullo, una mancha inevitable en los labios, una palabra que una señora sólo puede emplear porque una humillante obligación la lleve a ello. Está contenta de vivir, aunque no lo confiese y diga que Dios se la podía haber llevado antes para no tener que sufrir lo que está sufriendo: que mi hermana Alicia ande en boca de la gente porque José Ramón «bocasucia» se los está poniendo y ella sin enterarse. Le digo que mejor que se separen y se levanta de la silla alterada y me recuerda que yo no tengo el juicio saludable ni la vergüenza. Si tuviera vergüenza no estaría empleada en este negocio: mitad dependienta, mitad secretaria, me dice, y engañando a la gente. Si mi padre viviera, aunque le falta convencimiento cuando lo proclama, no iba a consentir que una hija suya, doctora en Económicas y Empresariales, con sus masters en el extranjero, con idiomas, unas notas que da gloria verlas, fuera la empleada de un mercachifle que viste con unas ropas que no parecen ropas de hombre sino... Y a los puntos suspensivos le pone ella un remeneo para que se entienda lo que quiere decir de Brian y no dice porque ella es una señora. «¿No me irás a decir que un hombre con ese pendiente y esa coleta de pelo es un hombre en toda regla?» Si le pregunto qué es un hombre en toda regla contesta que ella tuvo el suyo, y aprieta los labios y alza el busto en señal de orgullo: si sabrá ella lo que es un hombre como tienen que ser los hombres. «No sé si todas pueden decir lo mismo.» Suspira y en el suspiro, hondo y muy pronunciado, una ha de advertir no sólo la satisfacción que le cupo sino lo mucho que lo recuerda.

Este mediodía se llevó una sorpresa auténtica: la exposición esta vez era figurativa.

—Ya ves, esto sí lo entiendo. —Revisó detenidamente los cuadros y concluyó—: Pero no me gusta.

Una expresión de asco le ocupó la cara.

Se trataba de una exposición de Pérez Villalta y la abundancia de desnudos masculinos le desagradó a mi madre, sobre todo cuando no pudo evitar la expresión de espanto, aun cuando había clientes en la sala, al contemplar un Crucificado desnudo, con todos sus atributos de varón a la vista.

—¡Qué exageración, Dios mío... Qué penita, Señor!

Me hizo reír. Mal estaba para ella que a la imagen de Cristo se le quitara el sudario y se le mostraran las vergüenzas, pero todavía peor le resultaba que aquellas vergüenzas fueran de tan grandes proporciones.

—Eso no es humano sino de animal —aclaró indignada.

Recordé los atributos de mi padre, vistos el día de mi adolescencia en que irrumpí en el baño, y sólo me atreví, con el recuerdo dictándome una sonrisa melancólica, a decirle que había perdido la memoria.

—Eres una desvergonzada, hija mía —me contestó, hundiendo su mirada en el regazo con recato de virgen prudente y acaso ocultando una sonrisilla pícara que el seco rostro de la edad no aguanta.

Cuando llegamos a casa y mientras yo pasaba al baño o me cambiaba se dedicó ella a interrogar a la muchacha para seguir ahondando en las perplejidades que le genera el nuevo servicio.

—Esa chica no te conviene, me habla como si fuera de su familia, falta un respeto.

Para colmo, Paz al referirse a mí no me llamaba la señora, sino Begoña, y ella ya no se pudo callar y me lo reprochó:

—Dónde habrás aprendido esas modernidades, Goñi. Ser buenos es una cosa, como siempre hemos sido en casa con ellos, pero cada uno en su sitio. Y lo mejor para ti es una interna, una interna es lo que te hace falta. —Advirtió que volvía Paz y se dirigió a ella—: ¿No le gustaría un uniformito mono?

Y Paz a su vez le preguntó a mamá:

—¿Es que no le gusta cómo visto? —se tocaba las puntas de una falda quizá excesivamente corta.

—Esta muchacha es una insolente, Goñi, y además no me gusta cómo viste, con ese descaro...

A todas éstas, yo revisaba en silencio la correspondencia que me había traído de la galería y dejaba que Paz le contestara o la mirara entre la indiferencia y el asombro.

—¿No puedes atender a tu madre, hija, te interesan más las cartas?

Quise distraerla y le mostré la carta que leía en ese momento.

—¿De quién es, es de alguno de los nuestros?

—Tú lee, lee...

—Jesús, hija, qué misterio...

Yo pasé a abrir otras cartas, pero sin dejar de seguirla en su peripecia: buscó las lentes en el bolso, se lamentó de lo poco que veía ya, comentó lo bonito que era escribir cartas.

—Como todo se pierde, hija, ya nadie escribe a nadie, ya no se escriben ni los novios, la gente nueva ya no tiene recuerdos que guardar...

—Los vídeos, mamá, los vídeos.

—Que te crees tú eso; las películas esas tienen muy pocos años de vida. Si aquí nadie quiere recordar nada, si se vive al día...

Tomó al fin la carta, la apoyó en la mesa del salón, la estiró pasándole las manos parsimoniosamente y fue interrogándose con los ojos al tiempo que se llevaba primero dos dedos al mentón y después los subía hasta los labios como queriendo reprimirse una exclamación.

—¿Arón, Arón...? Pero, ¿quién es Arón, Goñi?

—No lo sé, mamá. No es la primera carta.

—¿Cómo es posible que una mujer casada consienta que le escriba un desconocido?

—¿Y cómo puedo evitarlo?

—¿Se lo has dicho a tu marido?

—No. Daniel tiene otras cosas más importantes que lo ocupan.

Tuve la tentación de confiarme a ella, de mujer a mujer, hablar con mi madre por primera vez de los celos, darle la impresión de que habían conseguido normalizar a su hija, convertida ahora en una esposa que persigue los indicios del engaño.

—¿No recuerdas a nadie que se llame Arón, algún muchacho de la universidad, alguien del trabajo?

—Arón no es el nombre de nadie, mamá, es un nombre inventado.

Arón me contaba que el jueves pasado estuvo en la galería y que, aunque yo sólo veía a un hombre de espaldas que contemplaba cuadros, sus ojos me perseguían sin que él mismo supiera con qué habilidad podían hacerlo estando como estaba de espaldas.

—Este hombre es un loco —dijo mamá volviendo a la lectura de la carta.

Me dijo que el viernes se situó junto al colegio que está frente a la galería, envuelto en el bullicio de los chavales que salían de clase, mirado por las madres que pasaban a recogerlos, y vio cómo abría yo, sola, la galería, sacando un manojo de llaves de ese bolso enorme en el que cabe una oficina. Tuvo la tentación de entrar detrás, cerrar las puertas de la galería y besarme, pero renunció porque él no es un violento y podía haber sido tomado por tal.

—¿Has visto, Goñi..? Este matasellos es de Sevilla, este hombre no es de aquí.

—No importa, mamá, por lo visto viaja...

—Yo daría cuenta a la policía.

Arón había esperado a que entrara gente a la galería para hacerlo él; me había comprado una monografía de Tàpies y así pudo percibir mi perfume. Un aroma fresco y antiguo le llegó de mí y anda ahora por las perfumerías intentando identificarlo. Por más que quiero de recordar a quiénes vendí catálogos o monografías esa tarde no consigo ni siquiera una imagen difusa para la sospecha. Es más: yo no recordaba que tuviéramos monografías de Tàpies.

—Cada vez tengo más razón, ¿qué necesidad tiene una mujer casada, con su marido ganándolo bien, de estar expuesta a estas cosas? ¿Y si hubiera entrado y hubiera pasado cualquier cosa? Ay, hija, no gano para disgustos...

Me arrepentí de haberle dado a leer la carta. Arón me prometía en ella conseguir el perfume y enviármelo como prueba de su afán.

24 de junio de 1989

HE LLAMADO AL ESTUDIO y ha contestado la secretaria de Daniel, de modo que dos cosas son posibles: o que Daniel no esté realmente en París, al contrario de lo que me aseguró ella esta mañana y de lo que él mismo me había anunciado, o que esté en París y tenga que descartar por esta vez que Tere sea el motivo del ensimismamiento de Daniel. Quizá haya vuelto con Sylvie, su ex, y si no han vuelto es posible que en este instante, cuando las sombras de la soledad y el miedo rondan por mi casa y se hacen espesas con el calor del verano de Madrid, ellos estén juntos en París rememorando un tiempo que nos excluye a todos los demás. Al fin y al cabo estaban enamorados. Cuando yo encontré a Daniel todavía los ojos se le humedecían con el recuerdo de ella y siempre que me habla de lo que hacían juntos parece que esté hablando de lo que de verdad ha vivido. Todo lo demás hay que tomarlo en él como pura supervivencia. Sin embargo, nadie diría que sea más feliz ahora con esta aparente normalidad con que se desenvuelve nuestro matrimonio. Debe tener la impresión de que ha conseguido conquistarme y después de buscar las incitaciones que le faltan, intentando revivir las fantasías del diario prohibido, sin lograrlo, escapa de mí para torturarse a su manera. Ahora mismo son las tres de la madrugada y seguro que Sylvie y él retozan en el Place Vendôme y las manos de Daniel pasan por el cuerpo de ella con esa pericia que posee para ir haciéndose con la piel, como el que descifra algo cierto, un verdadero material de lectura y de gozo. Hasta que enloquece y pasa de la suavidad perezosa a erguirse como un centauro enloquecido en la cama y muerde el cuerpo de ella como si fuera a devorarlo. Y luego...

No habrá faltado la cena romántica como un paciente preámbulo para el deseo y ahora, quizá, no hacen otra cosa que dormir el uno cogido a la cintura de la otra con esa placidez que trae el amor y la familiaridad de los cuerpos. Es ahí donde me siento traicionada.

Así, igual, se ha imaginado Arón conmigo y está seguro de haberlo vivido de la misma manera por lo que dice en su carta de hoy. Me pide que no le lleve la contraria, que no vaya a desmentirle algo que sabe muy bien, como si yo estuviera con él cuando me escribe y me interpusiera para modificar su texto. A veces tengo la impresión de que se trata de un loco, pero otras veces descubro un exceso de lucidez en su fantasía. Hoy me recrimina que no trate de descifrarlo entre la gente que se acerca a mí en la galería, que permanezca indiferente y nada inquieta, que no busque acechante cuál de todos los que pasan puede ser él. Y aparece en Arón de repente la incertidumbre y el temor de que alguien recoja mis cartas y no haya llegado yo a leerlas. Por eso me ha enviado ahora un pañuelo de seda, de tan buen gusto que sin que él lo quiera está diciendo algo de Arón. Quiere que el martes me ponga el pañuelo para confirmarse él que recibo sus envíos. ¿Me lo pondré o no?

Justo cuando me hacía la pregunta ha sonado el teléfono como sonaba antes, en las madrugadas de esta casa que hoy se me antoja más desierta que nunca, como si la depresión me amenazara disfrazada de una melancolía veraniega en la que los olores de las frutas me devuelven una inocencia que despedí pronto y que por eso mismo vuelvo a añorar tantas veces. He descolgado el teléfono y nadie contestó al otro lado. Es posible que sea Daniel para controlarme, pero Daniel debe estar muy ocupado con Sylvie. Podría ser Ignacio, si no fuera que nada sé de él desde la última noche que estuvo en casa, y además no responde en ninguno de sus teléfonos. También es verdad que es incapaz de ocultarse y no se atrevería a maquinar ningún enredo que me haga desearlo como lo deseé. Lo cierto es que duermo desnuda en la fatiga de este calor y mi cuerpo sobre la sábana requiere las caricias; paso las manos lentamente por el vientre y algo dentro del vientre me hace añorar a Ignacio, que tal vez tienda a estas horas sus redes de viejo seductor a

225

una torpe criatura que se deje magrear la piel nueva, se encuentre húmeda como yo ahora y sienta la ternura de la edad y el cuchillo afilado del sexo al mismo tiempo. Quizá haya sido sólo una equivocación y quien llamó fue algún ser olvidado como yo, abandonada por todos menos por Arón. Arón desconoce mi número y si lo conociera no llegaría a usarlo. Marga no descartaría nada; para ella la gente como Arón es imprevisible. Arón, en la carta de hoy, reconoce que no tiene derecho alguno a involucrarme en su vida como lo hace, pero que por favor no se lo diga. Me suplica que no se lo diga, como si yo tuviera alguna posibilidad de enmendar su obsesión o pudiera callarlo cuando me cuenta, por ejemplo, cómo escruta el filo leve de los pechos en su pliegue, tal como lo adivinó en el escote de mi blusa amarilla del otro día. Si pudiera pedir a Marga un consejo sobre si debo ponerme el pañuelo o no...

26 de junio de 1989

ME HE SORPRENDIDO HOY hablándole al teléfono, suplicándole que rompiera su silencio; como una loca me he puesto a hacer su ring-ring en voz alta, y una ansiedad que la fatiga del calor aumenta me trastornaba el sueño. Daniel lleva varios días en París y no llama, incrementa la crueldad de su abandono inexplicable con este silencio, como si quisiera decirme así que lo que merezco es olvido. Marga me diría que tenga cuidado, que me ve venir, que intente salir adelante, que esta pasividad no me conviene. Claro que no me conviene, pero si adopto una actitud agresiva, «vamos a ver, qué pasa; tú me quieres explicar qué es lo que ocurre; qué te he hecho yo; si tienes otra, dilo; ahora, eso sí, si tienes otra, ya estás haciendo las maletas...». Si hago eso, Marga dirá que si lo echo me quedo compuesta y sin marido y sin derecho a nada. Y eso lo dirá ella porque no sabe de leyes y lo que tengo que hacer yo es irme a un despacho de abogadas feministas, de esas que se saben todas las tretas para exprimir a los hombres. Lo que está pasando ahora es un abandono de hogar y, además, el adulterio es un argumento. Marga me diría que demuestre yo lo del adulterio. Bueno, pues si tengo que contratar a un detective lo contrato, me hubiera encantado casarme con un detective. Pero no. Marga con tal de no darme la razón apelaría a mi sentido común, nunca te faltó el sentido común por muy fantasiosa que fueras y ahora lo tienes perdido. Sí, lo tengo perdido, los celos te hacen perder el sentido común. Y a veces, no, a veces te despiertan tal intuición que una misma se asusta. Marga diría lo del sentido común por lo que ella sabe, me preguntaría que con qué fuerza moral le podría exigir yo a Daniel fidelidad cuando el hombre que quiero en la cama sigue siendo Ignacio. Yo trataría de negarle que siga necesitando a Ignacio por hacer caer sobre mi querido anciano una especie de desprecio con el que fustigar su inseguridad y su miedo de viejo católico. Le negaría que quiera volver con Ignacio por ese instinto de defensa que una hace valer ante las amigas incluso cuando quiere ser sincera. No le desvelaría que estoy buscando a Ignacio como una perra y que el muy hijo de puta se esconde acorralado porque me teme. Pero Marga seguiría en sus trece, a ver cómo me explicas, diría, que eres capaz de exigirle a Daniel exclusividad cuando le has puesto muy claro que de amor nada de nada. El matrimonio no es un asunto de amor sino de costumbre, contestaría tajante, y ya estoy viendo a Marga dándome por imposible porque, como ella no se callaría, estoy dispuesta a explicármelo todo según mis conveniencias y despacho las cosas muy complicadas con una frase.

Al mediodía, desde mi trabajo, llamé al estudio y la pavisosa de Tere me preguntó qué quería con un tonillo de saberse de antemano lo que iba a decirle: que Daniel no había llamado a casa. Contestó sencillamente que lo sentía sin responderme a lo que yo realmente le preguntaba, aunque se lo hubiera explicitado: si había llamado o no al estudio. Tuve que hacerle la pregunta y sentir la herida de su voz aguda respondiéndome, con un viso de ironía estúpida, que era lógico que aunque estuviera de viaje se ocupara de la marcha de su trabajo. Le pregunté si a ella le parecía lógico que pasaran más de cinco días sin que llamara a su casa, y su respuesta fue que para que fuera lógico se tendrían que dar algunas circunstancias que ella desconocía si se daban o no. Me puse en jarras apoyando el teléfono entre la cabeza y el hombro y le dije a las claras que su manera de hablar era la manera de hablar de quien sabía y que por lo que estaba viendo no sólo sabía sino que a lo mejor era una afectada. Dijo que saber sabía ella mucho y que yo sabía de lo mucho que sabía, pero que si lo que quería yo era saber más, que lo supiera por mi cuenta, que ella era una secretaria y no una alcahueta. Me puse a llorar después de colgarle y en la actitud defensiva de Tere me quedó claro que algo hay. Es más: he empezado a sospechar que Daniel no está en París, que es posible que esté en Madrid y duerma en casa de Tere o que se halle en cualquier otro lugar. Si le preguntara a Marga, ella lo tendría claro: de ser yo se presentaría mañana mismo al mediodía en el estudio para sorprenderlo allí. Pero mañana al mediodía yo tengo que estar en la galería, Brian está de viaje... Además, no me apetece enfrentarme con la impertinente secretaria de mi marido. También es verdad lo que se le podría ocurrir a Marga: puede decirte que acaba de llegar de París y que no ha tenido tiempo de avisarte. Ahora bien, ¿cómo podría decirme eso cuando no ha tenido tiempo en estos días de hacer una llamada, una sola llamada? Es que ni se molestaría en disculparse. Ya estoy viendo a Marga dándome la razón con su cabeza y llevando la conversación por otro lado: Vamos a ver, Begoña, ¿por qué no aprovechas esta ocasión para separarte de Daniel y casarte con Ignacio? Se te han acabado los obstáculos, hija mía... Sólo se me ocurriría decirle que cómo se le cuenta eso a mamá y preguntarle después si una tiene verdadero derecho a darle un disgusto de esa naturaleza a una anciana. Marga en esos casos no respondería porque ella debe pensar que cada cual es cada cual y que, como ella con su madre no tiene secretos... Y se quedaría tan ancha, con ganas de que le hiciera cualquier otra pregunta. ¿Tú crees, Marga, que Ignacio querría casarse conmigo? Quizá me respondiera que casarse por casarse, no, pero que, por arreglarse con Dios más que conmigo, a lo mejor lo haría.

27 de junio de 1989

MI MADRE NO AGUANTA el calor, esta atmósfera plomiza del verano de Madrid que parece resecarlo todo. Incluso por dentro una va sintiendo cómo se cuartean las vísceras.

—No es para tanto, hija, pero ya he puesto la casa de verano, he enfundado los muebles y he preparado todo el equipaje. Tengo además una muchacha de Sepúlveda para la casa de La Granja y este verano pienso desentenderme de todo y descansar.

No me iré con mamá a La Granja. La galería no cerrará hasta el 10 de julio y Daniel sigue sin aparecer ni hacerse oír. Debo tomar una determinación: hacerle caso a Marga que me diría que ya está bien, que pasados los días que han pasado quizá deba dar cuenta a la policía. Empiezo a temer por su vida, porque también es posible que Daniel tenga una doble vida. A Marga, como le gusta especular, me diría que a lo mejor, que quién sabe, que si yo no tengo un motivo de sospecha. Me preguntaría si yo sé qué amigos tiene. Está Robert en Inglaterra, pero Robert es un chico acomodado, arquitecto, lo que mamá llamaría un chico con clase. De modo que descarto a Robert. Lo que pasa es que Marga insistiría en que ahora no es como antes, ahora los delincuentes son gente muy fina, date cuenta, diría ella, que se delinque por mucho dinero y no para comer ni para capricho de pobres. Tiene razón. Sin embargo, Robert vive de acuerdo con los ingresos de un arquitecto normal, más bien brillante, que

230

son los que menos cobran, y no se ocupa de otra cosa que de la arquitectura, la vive como una pasión, pagaría por hacer lo que hace. Estoy viendo a Marga mirándome atentamente mientras hablo para a continuación alzar la cabeza, tirar de su pelo hacia atrás y empequeñecer la boquita, juntando mucho sus labios como una sabihonda, para darme a entender que soy una simple y que a lo mejor detrás de Robert está la clave: un negocio de armas, de drogas o algo así. Al fin y al cabo, me diría, un arquitecto es un elemento muy aconsejable y apropiado para el blanqueo de dinero. Es absurdo todo lo que pienso y más absurdo todavía que la depresión me lleve a reencontrarme con Marga y si he vuelto a Marga es por culpa del hijo de puta de mi marido. Y si estoy sospechando de su mejor amigo también él tiene la culpa. Si Daniel me escuchara hablando a solas con Marga se reiría, esta vez no se preocuparía por mi salud. Diría que por qué he de sospechar de Robert si no es a Londres a donde él ha ido sino a París. La verdad, me diría Marga, es que no estás segura, Begoña, y más bien lo contrario, de que esté en París. Pudo haber ido a Londres y no te lo dijo para despistar. He llamado a Robert antes de seguir escribiendo para romper con esta ofuscación de Marga. Robert no sabe nada de Daniel, me preguntó si estaba preocupada y le dije que no, que sólo trataba de acabar con alguna desconfianza. Lo encontré más parco que nunca, aunque es verdad que Robert sólo es verdaderamente expresivo cuando habla de sus proyectos o de alguna extravagancia de Foster. Es raro, solitario y exquisito. Bastaría que dijera esto para que la sospecha de Marga fuera por otro lado. Puede tratarse, me diría por las buenas, de un oscuro amor. Y yo, que sabría de qué estaba hablando, le preguntaría que a qué oscuro amor se refería. Marga, riéndose a carcajadas, tendría que añadir que es posible que mi marido se haya entregado a debilidades que yo no veía con buenos ojos y que podría ser ahora un cadáver en los brazos de Robert. No estoy para risas, querida, y además, nadie, por muy querido que le sea un cadáver, lo mantiene en sus brazos hasta que llegue la policía. Me reí mucho imaginando a Robert con Daniel en sus brazos, muerto, como si fuera una piedad. Bien es cierto que la policía no puede llegar a ninguna parte si no se la pone sobre aviso y ni siquiera yo me he atrevido a llamar a la policía. Eres necia, Begoña: si Daniel ha llamado a su estudio es que está vivo y si está vivo y no te ha llamado es que no quiere saber nada de ti. Tanta lógica junta me ha aplastado. No soy otra cosa que una mujer abandonada.

—¿Cuándo regresa Daniel, hija mía?

Le dije a mamá que los viajes de negocios se prolongan a veces, que ya tendría que estar aquí pero que las cosas no habrían ido como él suponía. Mamá, que parecía haber oído a Marga y se adentraba ahora por los vericuetos de la mente por los que Marga se adentra, me comentó:

—¿Tú te has preguntado, Goñi, qué tipo de viajes de negocios son esos que hace tu marido? Un arquitecto no es un exportador de cítricos, hija mía.

No es un exportador de cítricos ni las habilidades de mi madre para resolver las sospechas son especialmente útiles para mí porque mi madre se hace preguntas que deja en el aire y detrás de las cuales una quiere percibir intuiciones que la lleven a alguna parte y descubre, al final, que mi madre habla sólo por hablar y que en este caso lo que le fastidia es que no la acompañe a La Granja porque Daniel está fuera, como si realmente alguna vez me hubieran preocupado las ausencias de Daniel. Lo que me preocupa ahora es su silencio.

—Claro, lo de menos es tu marido; si no vienes es por el trabajo ese; has terminado siendo una esclava.

Una esclava de Brian a la que Brian tiene cada vez en menos estima porque la escasez de ventas en la galería parece revelarla como una inútil, ensimismada siempre, una mujer con problemas. Mamá tiene razón.

Lo que no sabe ella es que Arón, con sus cartas, me retiene. Faltan pocos días para que la temporada acabe y no podrá seguirme, olerme, porque va describiendo en sus cartas los distintos perfumes que me pongo mientras él trata de descubrir aquél, suave y antiguo, de tienda en tienda. Acabará la temporada y sólo Brian pasará por la galería a recoger la correspondencia, pero Arón desconocerá que podrá seguir escribiendo a allí y que si lo hace yo iré a recoger sus cartas expresamente. Me he puesto el pañuelo que me envió y he examinado a todos los que hoy han entrado a la galería. Han entrado más mujeres que hombres y entre los hombres abundaron los impecablemente vestidos que ni siquiera preguntaron precios ni me miraron. Podrían ser objeto de sospecha precisamente por no haberme mirado, pero todos esos a la vez no podrían ser objeto de sospecha y, si lo fueran, a saber cuál de entre ellos sería Arón. Entró un gordo, con unos ojos grandes e inexpresivos, unos ojos exageradamente sobresalientes, y pensé que aquel hombre podría ser Arón, aunque no quería que fuera Arón. Pasaría de los cuarenta años y en eso sí que podría responder a los detalles que él me ha dado de sí mismo, su pelo era escaso como el que Arón dice tener y su desordenada manera de contemplar los cuadros y aprovechar ese desorden para mirarme de reojo, como si fuera a llevarse alguna obra en un descuido mío, me llevó a la impresión de que podía ser Arón. Me ha pedido que nunca le pregunte el nombre si sospecho de él, pero que si lo hago me dirá la verdad aunque se rompa el hechizo. Dice que sabe que lo voy a hacer; ahora bien, por favor, no me confirmes que lo vas a hacer, pienso que no lo harás. No lo hice, no le pregunté a aquel hombre si se llamaba Arón. Vino él hasta mí, seguro que advirtió que estaba nerviosa, y se interesó por uno de los cuadros. Lo primero que hizo fue presentarse, como si quisiera adelantarse a cualquier requerimiento, y en esto sí tuve por muy posible que fuera Arón, puesto que su nombre verdadero no es Arón, aunque él me diga que ya ha acabado por no reconocerse en otro nombre como en éste. Cuando el gordo se acercó a mí dijo antes que nada que era un antiguo cliente; el señor Brian me conoce mucho, añadió. Habló de Brian y, sin embargo, no sabría decir qué dijo de Brian porque yo estaba pensando que ser un antiguo cliente no impedía que fuera el mismísimo Arón. Sólo volví en mí cuando me preguntó si me pasaba algo y me di cuenta de que el nerviosismo me habría cambiado de color y tal vez extraviado la mirada. Fue entonces cuando le pregunté si se llamaba Arón, consciente de que transgredía las reglas del juego de Arón y como si de súbito hubiera empezado a temerle.

—¿Por qué iba a llamarme Arón, señorita? —sonreía el gordo—; ¿tengo cara de llamarme Arón...?

Ya para entonces repetía la pregunta con una carcajada tan sonora como inconveniente, una carcajada que era como una proclamación pública de la sensación de ridículo que me invadió de pronto. Me aclaró que ya me había dicho su nombre, que su nombre era José González de la Valsina. Mientras lo oía repasé las fichas, con todos sus datos, sus compras anteriores, con avidez por saber dónde vivía en el caso de que fuera Arón, porque llamarse González de la Valsina no era obstáculo para llamarse Arón, y precisamente mientras contestaba a sus preguntas sobre Brian y me ofrecía a resolver cualquier duda o aclaración en el lugar de Brian, sin saber todavía que quería hablar de una cosa pendiente con Brian, deuda quizá, no supe bien de quién, si de él con Brian o de Brian con él; mientras hablaba, digo, él se acercaba por detrás y con el pretexto de ver unos cuadros pequeños que quedaban a mi espalda creo que trataba de identificar el perfume. Me puse de pie y me quité el pañuelo del cuello y jugué con él entre las manos de un modo que ahora tengo por poco elegante y por inoportuno, tanto que se advirtió la extrañeza en el ceño de mi interlocutor. La extrañeza pudo haberlo delatado y la urgencia en marcharse, nervioso él ahora, pudo confirmarme que se trataba de Arón. Pero no sabré por hoy si lo es.

28 de junio de 1989

NO PUEDO IR A LA GALERÍA dándome un paseo como hago de ordinario si no quiero sufrir este fuego de Madrid como una tortura que arrasa con las pocas ganas de vivir que tengo en estos días. La inminencia de las vacaciones exacerba la soledad, y las ausencias, la de Daniel, la de Ignacio, se han puesto de acuerdo en sus silencios inexplicables para hacer del preámbulo de este verano un tiempo en el que mi cuerpo se envilece y busco por él los signos de la edad y del vencimiento como si fuera el entretenimiento que me corresponde, el que me he ganado a pulso por mis locuras. Sólo me queda Arón. Mamá ha llamado:

—No te he querido preguntar, hija, como eres tan rara... Ese hombre, ese tal Arón, ¿sigue escribiéndote?

Dudé si decirle que sí o que no y por eso me mantuve un momento en silencio. Ella insistió:

—¿Te sigue escribiendo, hija mía?

Decidí que debía inquietarla:

—Es un encanto, mamá.

—Vuelves a estar mal, Goñi.

—No, mamá, estoy enamorada de él.

—Qué horror, hija, ¿cómo puedes estar enamorada de un espantapájaros, de alguien que existe y que no existe, de un loco, nena?

Intenté tranquilizarla con las carcajadas, pero insisto en que mi madre carece de sentido del humor. Tampoco entendería la verdad de ningún modo: cualquier mujer que, como me ocurre a

236

mí, no tuviera noticias directas de su marido durante una semana y albergara dudas sobre su verdadero paradero tendría motivos suficientes para relegar cualquier tentación de inquietud, sobresalto o ilusión con unas cartas que, en definitiva, no son otra cosa que unas cartas anónimas, y se dedicaría a resolver lo que debe ser su problema principal: el reencuentro con su esposo. Razón de más si en un intento de lucidez decide que esta actitud del marido no es más que la respuesta a un hecho que le ha afectado seriamente: haberla descubierto en casa con un amante. Lo que sucede es que, después de llegar a esta conclusión —Daniel se ha enfadado porque encontró a Ignacio en casa, y él no es tonto, se calló pero no es tonto—, Marga me recordaría que antes de descubrir a Ignacio ya Daniel estaba silencioso y raro y había dispuesto el viaje de una manera muy extraña. Así que por esa parte, Begoña, no debes tener remordimiento, hija, que pasas de la rabia a la culpa como si tal cosa. Desoigo a Marga porque me siento culpable, porque ahora estoy recordando la mirada de Daniel, con un ligero color en los pómulos como indicador de su turbación, hablando con Ignacio sin atreverse a mirarlo y mirándome fijamente a mí como si la anormal distancia que había establecido entre Ignacio y yo, cuando él abrió la puerta, fuera la denuncia de lo que pasaba de veras. A la mañana siguiente me dio un beso desganado de despedida y no he vuelto a saber de él. Si lo ves así, diría Marga, razones no le faltan para estar cabreado. Yo le contestaría que las cosas se hablan, que sólo los cobardes escapan a la realidad como él, y ella, por no quedarse sin respuesta, se reiría, mira que hablar yo de escapar a la realidad y de cobardía... Pero ¿qué has hecho tú, Begoña, siempre? Escapar a la realidad, hija mía, montártelo de invento... Marga quiere tener la última palabra o por lo menos constituirse en voz de la razón y por eso ha de añadir algo más: ahora la realidad se ausenta y estás desconcertada, ni marido ni amante. Y se quedaría tan fresca.

He llamado a Ignacio a las dos y a las tres menos cuarto de la madrugada y no contesta nadie ni en Madrid ni en La Granja. Pudo haberse ido de viaje y optar por el silencio, como si mi marido y él se hubieran puesto de acuerdo, o bien le ha sucedido algo y está ingresado en un hospital sin que yo lo sepa. Para Marga hay otra posibilidad: que la modelo del cuadro sin comprador de la que me habló Ignacio sea cierta y esté viviendo en su casa. Marga es sólo una voz a la que yo dejo entrar de nuevo en mi vida porque Daniel sabía bien lo que hacía cuando me preguntó por ella y empecé a extrañarla. Marga es a veces cruel y ahora me ha hecho daño. ¿No decías que ya no estabas enamorada de Ignacio? Lo creía hasta que Marga me ha hecho pensar que se abraza a otra y que sus caricias pueden ser para una criatura como la que yo fui, una tonta. El sufrimiento verdadero me pone a la defensiva y vuelvo a ilusionarme con la carta de Arón, pero después decido llamar a Maripi por si ella sabe si su padre está bien o dónde está. Después del desayuno lo haré.

29 de junio de 1989

AHORA REPASO ASOMBRADA la carta de Arón de
hoy: el lunes esperó en Charlot a que yo bajara
por Ortega y Gasset y luego me siguió por Serrano a mucha distancia, vio en cuántos escaparates me detenía y los refiere uno por uno. Por
un momento creyó que seguiría hasta el Retiro y,
como en esta época se hace de noche muy tarde,
se prometió que si llegaba a entrar al parque me
abordaría. Pero yo bajé por la calle Ayala. Me
pregunta si soy creyente tan sólo porque se me
ocurrió entrar en la pequeña iglesia del Cristo de
Ayala. Naturalmente yo no podré contestarle ni
tengo mucho interés en hacerlo, pero él se responde por su cuenta que seguramente lo soy al
modo en que lo somos muchas pequeñas burgue-
sitas en tiempo de tribulación. ¿Qué sabrá este
merluzo de mi vida y por qué semejante preocupación por mi alma? La verdad es que entré a la
iglesia por curiosidad y quizá por aburrimiento y
me pregunto dónde se situaría él para verme entrar, porque la calle Ayala en aquel tramo estaba
desierta a esas horas. No le pareció bien que al
salir, en lugar de cruzar la Castellana y tomar la
acera de enfrente camino de mi casa, porque él
me seguía para saber mi dirección, girara a la izquierda y me sentara en la terraza de Castellana,
8. Si no te hubieras sentado allí, con los ojos buscando como una zorra (perdona, los celos me hacen hablar así), no te hubieras encontrado con
aquel viejo y no te habría cambiado la mirada ta-
citurna que dirigías al vaso, mientras pensabas a

239

solas, y que se convirtió en una mirada joven; joven, de verdad, pero que me hirió profundamente porque no era para mí.

Arón, me dije leyéndolo, eres cursi, luego estás enamorado. Lo envidias, me diría Marga. Lo envidio, le daría la razón. Pero ella seguiría: lo envidias no porque esté enamorado, sino porque está viviendo su vida en los papeles. Si una quiere salir de la desolación no puede seguir oyendo esa voz, la de Marga, que conduce siempre al callejón sin salida por mucho que se comporte como si quisiera ayudarme a encontrar la luz. Arón me observó con todo detenimiento. No sé si habías quedado con él, quizá sí, porque ese traje blanco de falda y chaqueta no parece del repertorio de trajes con los que vas a la galería. Tonto de mí que lo que perseguía es saber dónde estaba tu casa: al verte vestida así tendría que haber sospechado que ibas a cenar con alguien. Ese alguien, además, podía ser tu marido. Pero, aunque lo trataste con familiaridad, no es ésa la familiaridad que se emplea en el matrimonio. Podría ser tu padre, no le faltaban años para que pudiera serlo. Sin embargo, aquella sonrisa tuya era una sonrisa llena de sensualidad y me vuelven las ganas de llamarte zorra. Me pregunto si habías quedado o te encontraste con él de repente: si fue inesperado el encuentro, maldigo la hora en la que decidiste tomar una copa allí y no seguir a tu casa. Y si quedaste, me pregunto qué puede haber entre vosotros. Por la cara de sorpresa alborozada que pusiste estaría por decir que te lo encontraste, y es raro, porque no abundan hombres solos de su edad en aquella terraza. Estuve convencido durante unos instantes de que fue la casualidad la que te llevó a aquel encuentro y me reproché no haber aprovechado tu rato de soledad y de miradas errantes para sentarme contigo en la mesa, aun a riesgo de que el misterio de Arón pudiera abandonarnos. Pero no sé si lo envidio, Begoña, porque la realidad erosiona las relaciones. Está claro que las erosiona porque no habrían pasado cinco minutos de que estuvierais allí, mirándoos (al principio más bien de un modo concupiscente), cuando ya discutíais, y en la noche calmada y sin viento yo veía tus cabellos agitarse de indignación y te pasabas las manos por ellos, a un lado y a otro, rota la serenidad, manoteando en el aire con una energía que es imposible prever en ti, mientras él bajaba la cabeza, quizá aceptando la culpa. Cuanto más bajaba la cabeza el infeliz, más feroz se te veía; tus ojos me parecían los de otra. Finalmente, lloraste. Me gustó que aquella escena, tratándose de ti, concluyera de una forma tan tópica. Él seguramente estaba esperando que lloraras para poder alzar su cabeza, recuperarse del miedo o de la vergüenza —los de las mesas vecinas miraban— y consolarte. Le dio resultado, porque pagasteis, pagaste tú, y salisteis de allí con su brazo pasado por tu cintura como dos enamorados. Estaba claro que el encuentro no fue fortuito y caminabais hacia no se sabía dónde, y yo detrás, pero a distancia. ¿Iríais a cenar a su casa o a la tuya? ¿Hasta dónde podría soportar yo que reclinaras una y otra vez tu cabeza sobre su hombro? ¿No iba a ser capaz de interponerme entre los dos ignorando cualquier consecuencia? Bajasteis al paso subterráneo de Colón y pensé que seguiríais calle Génova arriba. Pero, no. Os dirigisteis al café Gijón y entrasteis allí demorando más vuestra conversación y vuestro esparcimiento. Podías al

241

menos haberme facilitado la persecución quedándoos en la terraza, la noche lo pedía, aunque bien pareciera que tenéis un olfato privilegiado para las tormentas porque al rato sonaban los truenos y al que le tocó mojarse, mientras esperaba ver cuál era vuestro rumbo definitivo, fue a mí.

Pobre Arón: se da a imaginar a quiénes saludamos dentro del Gijón —pintores casposos y escritores frustrados, dice— con temor a que yo pudiera identificarlo y sin decir nada del pañuelo, si me vio o no el martes tal como habíamos quedado. Lo que sí hizo aquella noche es seguir nuestros pasos por la calle Almirante hasta Barquillo, pero como iba a una cierta distancia, cuando desembocó en Barquillo ya nos había perdido de vista. Está seguro de que entramos en una casa, pero ahora se pregunta si era la del viejo o la mía. Marga le diría que tal vez fuéramos a casa de unos amigos que podrían habernos invitado a cenar. O que cabría otra posibilidad: que hubiéramos entrado en una pensión para desfogarnos. Ésas son posibilidades que no barajaría nunca Arón: una mujer tan distinguida como yo, a su parecer, no recurre a pensiones ni tiene por qué, si bien la imagen desaliñada, aunque personal y elegante del viejo, ha de reconocer, a pesar de los celos, que personal y elegante, bien podría habernos llevado a una pensión, y en la calle Barquillo las hay. En cuanto a la cena con amigos, cualquiera que nos hubiera observado a Ignacio y a mí sabría muy bien que no estábamos para actos comunitarios. Lo que no se le ocurrió pensar es lo más simple: fuimos a cenar a un restaurante para que Ignacio me contara con detalles sus desventuras antes de que volviéramos a pasar la noche juntos.

30 de junio de 1989

Parece como si los objetos de la casa se hubieran desentendido de mí, como si la escasa luz que
les llegaba en esta mañana en la que decidí faltar
a la galería —lo siento, Brian, no me encuentro
bien; no, si ya veo que pronto tendré que buscar
otra— los hiciera ajenos. Tuve la impresión de
que el tiempo se hubiera comido el color de los
cuadros que me han sido más queridos y sentí la
tentación de cambiarlo todo y de ir retirando las
cosas de Daniel que se han mezclado con las
mías. Poco a poco ha conseguido él cambiar mi
panorama íntimo e ir sometiendo mi casa a una
transformación que pasa por la sobriedad de su
gusto y posterga los detalles femeninos de la de-
coración —regalos de plata, pequeñas antigüe-
dades, portarretratos— para imponer su frialdad.
He ido cediendo en mi autonomía y, en la medida
en que he bajado la guardia, Daniel se ha hecho
con el terreno y cuando ya el paisaje me era extraño del todo se ha ido. Hoy he vagado por mi
casa como si estuviera en una casa ajena y por
eso he estado a punto de cambiarla del todo o
marcharme. Ignacio quiere que nos vayamos a vivir a La Granja cuando nos casemos porque da
por seguro que yo quiero casarme con él. La marcha de Daniel lo ha librado de culpas, ahora somos libres los dos a su parecer, como si esta casa
no estuviera todavía habitada por Daniel y sus cosas, como si eso del amor, cuando intervienen la
costumbre, la dependencia, la posesión, no tuviera que librar sus propias batallas para saber

243

hasta dónde llega; como si el sexo no se gozara mejor en sus clandestinidades, en sus incertidumbres, en su miedo. Lo que tengo ahora es miedo: cuando no tenía nada lo desconocía. Tengo también miedo a Arón porque es una sombra que me persigue y podría ser una sombra de la venganza, alguien que me habla adivinando mi cuerpo, pero que a veces parece que lo conoce ya.

Hoy ha venido mi hermana Isabel a casa, enviada por mi madre.

—Las cosas que te pasan a ti, Goñi, es que no nos pasan a ninguna, mira que perseguirte un maníaco... —Se asombraba y reía. Nos reíamos juntas—. Mamá está preocupada, dice que hay que hablar con Daniel, que si tú no se lo cuentas, se lo tendrá que contar ella. Le he dicho que eres mayor, que un respeto. Va a pasar cualquier cosa, dice mamá. —Mi madre siempre está barruntando la desgracia—. Lo que le dije yo es que conociéndote, lo mismo habías vuelto a las andadas, que a lo mejor te lo estabas inventando, vamos. Pero no, ella dijo que no, me contó que le enseñaste una carta. Hija, Goñi, ¿cómo le enseñaste esa carta a mamá?

—Eso me he preguntado todos estos días.

—¿Y tú no sospechas de nadie?

Mi hermana me preguntó como si en la ausencia de sospechas percibiera ella alguna complicidad. Arón se empeña en demostrarme que no sabe casi nada de mi vida y eso justamente es lo que me hace sospechar que sí lo sabe.

—Si no fuera porque Rhon sería incapaz de escribir cartas en español con esa corrección, a veces diría que es él.

—Nada, niña, seguro que eso es una cosa más tonta —Isabel quiso quitarle importancia de

244

pronto—. Algún compañero de trabajo, alguien con quien has tratado en los últimos meses... ¿Cómo crees que le sentaría a Daniel? ¿Por qué no se lo cuentas, Goñi?

Isabel, ignorándolo, eligió un día de debilidad para que me confiara a ella. De todas mis hermanas es Isabel a la que más quiero y por quien me siento más querida. Decidí hablarle de la ausencia de Daniel y de su silencio. No entendía nada. Terminó riéndose, es verdad que tiene una risa pronta y a veces boba y también ocurre que la emplea para tranquilizar, para restarle dramatismo a las cosas.

—Mira que sois raros... ¿Y tú de verdad crees que está en París? A mí me sucede eso y ya me hubiera ido a París o a donde fuera. Desde luego yo no me quedo en casa como tú a contar los días.

A contar los días. No sé cuántos días hace que se marchó; éste ha sido un tiempo muy raro: un tiempo que acortaban las cartas de Arón y un tiempo que dilataba Ignacio con su ocultamiento, oculto para no caer otra vez en la tentación, mordiéndose el alma porque ahora sí que está enamorado de mí y quiere casarse. Pero si no es así —amenaza— no volveré a saber de él y en paz. Me gusta que me chantajee. No me sentí capaz de contárselo a mi hermana: bastante preocupación se vislumbraba entre sus risas sólo con lo de Daniel.

—Los hombres son así, Goñi, cuando menos te lo esperas salta la espoleta. Y siempre por la misma razón: por otra, hija. No te llames a engaño ni me vengas con disparates.

—En realidad, no sé si quiero que vuelva —lo dije por despecho y también porque en algunos momentos vislumbro la posibilidad de vivir con Ignacio—. O mejor dicho: me gustaría que volviera pronto para decirle que ahora sí que hay otro y que me voy.

—¿Adónde, Goñi, adónde...? Tienes casi cuarenta años...

Respetó mi silencio, pero estoy segura de que supuso que algo tramaba yo, que, tras mi actitud de resentimiento, la venganza estaba resolviendo una salida. Por eso se prestó a hacer de mediadora: ella hablaría con Tere, conseguiría hablar con Daniel. Se mostró contundente, eficaz. Y después matizó:

—Eso no significa que lo arregle, Goñi, pero al menos sabremos por dónde van las cosas.

Marga nunca hubiera sido eficaz como mi hermana, seguiría dándole vueltas a lo que podríamos hacer, siempre con más de una posibilidad. Sentí un alivio, como si a la herida de los celos le hubieran puesto un emplaste. Eso fue quizá lo que retrasó este sentimiento de frustración y de fracaso que me invade ahora, cuando escribo: la idea inevitable de que he sido yo la que ha claudicado ante Daniel.

1 de julio de 1989

ESTA MAÑANA, CUANDO ABRÍ la galería y vi en el suelo unas cartas, y entre ellas una de Arón —su letra inconfundible—, estaba lejos de pensar que el de hoy sería mi último día en Smirna. La carta de Arón era nerviosa y tal vez insultante: pasaba de hacerme ver el privilegio que yo atesoraba con ser la protagonista de su posesión imaginaria a resaltar mi indignidad por indiferente. «Sólo te gusta lo que tocas —me decía—, o sentirte halagada por la pasión de un hombre al que no descubres porque no miras.»

Tendría que haberle jurado a Marga que he mirado hasta desfallecer por si lo reconozco, pero este Arón debe de ser un insaciable en su película, porque Marga, por supuesto, se empeñaría en darle la razón, en que yo no miro lo suficiente, en que yo creo que todo me lo merezco, como si una cosa así fuera un premio. Marga insistiría en que ni siquiera me lo imagino, que ya es decir, hija, ojalá me pasara eso a mí, y que si ha dicho que no lo veo porque no miro puede ser alguien que tengo muy cerca, así de sencillo. No valdría pensar en Rhon, en que su mala conciencia lo lleve ahora a perseguirme, porque, como dice Isabel, «no puede ser un hombre que tú conozcas, Goñi; con lo que tú eres, si fuera alguien conocido, ya lo habrías descubierto».

Marga no sería de la misma opinión: seguirte no te ha seguido de cerca. Pero sí, cerca sí ha estado, porque ha olido mi perfume, tendría que aclararle a Marga. Un perfume que tú llevas desde hace años, querida, diría ella. Y es verdad, el que sea puede hablar desde el recuerdo del perfume. Y en ese caso, descartaría yo a Manolo Bahón, porque en mis años de la facultad no tenía dinero para perfumes caros.

«¿Pero se te ha ocurrido pensar en Bahón?», me ha preguntado Isabel. Era raro, muy raro, y además no me perdonó nunca que lo rechazara. Tampoco Elio, así que podía ser Elio. «Con el cuerpo que tiene Elio —dice Isabel—, no te habría pasado inadvertido.» Qué tendrá que ver el cuerpo con esto...

Está claro que se trata de un desconocido. A Marga, sin embargo, le divertiría más que no lo fuera, que se tratara de alguien que juega. Pero Arón me amenaza con romper este juego, no te lo mereces, dice. Hay una jactancia en él, tan ridícula como enloquecida, y crece más cuando me prohíbe hablar con quien sea de esta historia que sólo nos pertenece a los dos, una historia exclusiva con la que seguramente reiría más a gusto yo si no fuera porque no estoy para risas.

¿La letra no te dice nada? La letra es de una persona culta, hecha, más hecha y más culta de lo que revelan sus estupideces, pero no me es conocida. ¿Y si fuera una mujer?, reiría Marga. La verdad es que podía ser la letra de una mujer, pero si es una mujer no veo por qué tiene que meterse en la personalidad de un hombre. Ya puestos a jugar..., diría Marga. Este juego es un juego peligroso: sea quien sea, Arón me persigue, vigila mi casa. Ha llegado a conocer mi dirección por la guía de teléfonos, pensó que iba a ser más difícil, que mi teléfono estaría a otro nombre, pero probó, y como el teléfono está a mi nombre desde que puse la casa, sabe ya que vivo en Bárbara de Braganza, 12. Encima dijo haberle preguntado al portero por mi piso. Me pareció una pista estupenda saber si el portero conocía a un hombre que le había preguntado recientemente a él en qué piso vivía yo, pero el portero no conocía a nadie que le hubiera preguntado por mi piso, y, harto de mi insistencia porque hiciera el esfuerzo de recordar —venga, Miguel, recuerde, por favor—, dijo que a mi piso últimamente sólo venían Paz, y ese señor mayor, puntualizó detenidamente refiriéndose a Ignacio. Quizá dudara de que yo conociera bien quién entra a mi casa y quién no, pero el modo de referirse al señor mayor dejó claro lo que quería, que no pensara que él no estaba al tanto. Arón, desde luego, sí que está al tanto y en la carta de hoy cuenta a qué hora llega Ignacio y a qué hora sale por la mañana. Y desde los celos irrumpe después en denuestos contra él: viejo asqueroso, fofo, amanerado, espeso, turbio...

Marga podría volver sobre cualquier aspecto de estas cartas que se nos hubiera quedado a la mitad, porque ella es muy de volver atrás en las conversaciones, y es posible que la letra sea de mujer y que Arón, sin embargo, no sea una mujer, que se las escriba alguien. No es que Arón sea analfabeto, me aclararía, es que tiene que ocultarse. Arón ha conseguido hoy inquietarme más que nunca: en toda esta noche no he dejado de mirar por los visillos para conseguir averiguar quién puede estar abajo vigilándome. Sólo pasan borrachos o solitarios sin ninguna pinta de ser Arón y sin que miren a mis ventanas como mira él para comprobar si hay luz o no, de la manera ansiosa y turbada que me cuenta en su carta. «Anoche tuviste la luz del salón encendida hasta las tres.» No conoce mi casa, pero es fácil suponer que el salón sea la habitación que da a la calle, le explicaría a Marga. Marga aclararía que la fachada es larga y que bien podría corresponderse alguno de los cuatro ventanales de mi salón con un dormitorio. Así que, según ella, podría tratarse de alguien que conoce bien la casa. Marga lo dice y me mira de soslayo a ver qué digo yo, y como en este caso no diría nada, viéndola venir, ella no se atrevería a decir más, pero pensar lo habría pensado: sospecha de Daniel. Sería absurdo que Daniel vigilase sin ser visto,

¿desde dónde podría hacerlo? En la acera de enfrente no hay bar ni cafetería donde ocultarse, podría vigilar desde la galería Theo, por ejemplo, pero eso si fuera de día, porque después de las nueve la galería está cerrada. Por la noche, sólo abre la panadería que está a dos pasos de Theo, después de las doce, y no me imagino a Arón comiendo esos horribles bollos que venden a los taxistas. Marga bromearía con la posibilidad de que Arón sea precisamente un taxista. Para ella nada es imposible: no todos los taxistas son incultos, la gente se emplea hoy en lo que puede y un hombre culto con un empleo tan precario como el taxi lo mismo se decide a soñar y a vivir amores por carta. Vaya amores por carta, sembrando el miedo y amenazando con matar a Ignacio en una de éstas. Podría tomarse la amenaza como una broma, pero ni siquiera Marga descartaría que se trate de un loco y que cualquier día el portero tenga que ocuparse de la desagradable tarea de recoger el cadáver de Ignacio, aunque conociendo al portero seguro que se limitaría a llamarme por el telefonillo para comunicarme que el señor mayor está muerto en el portal y después seguiría barriendo como cada mañana y quién sabe si le daría vueltas para sus adentros a mis rarezas o iría a hurtadillas a llamar a la policía.

La carta de hoy no tiene desperdicio y si Isabel la leyera me la arrancaría de las manos para ir por su cuenta a la policía. Ya dice ella, con ese énfasis que le pone la sensatez, que estas cosas se sabe cómo empiezan y nunca cómo terminan. No se lo iba a contar a nadie y ya se lo ha contado a Carmen, mi cuñada. «Lo que daría yo por una ilusión fuerte», me dijo Carmen muerta de risa. «Tiene toda la pinta de ser un viejo novio», añadió. No le dije que, para colmo, me había quedado sin trabajo. Le conté, como si me divirtiera, que Arón me anuncia en la carta que mañana, de madrugada, a las dos en punto, piensa llamarme por teléfono. «¿Le has dado el número, Goñi?» ¿Cómo le voy a dar el número, tonta?

Arón promete que llamará «sin que me importe perturbar el sueño del anciano que te acompaña o aunque interrumpa vuestro polvo». No le conté a Carmen semejante ordinariez, para qué. Le dije, eso sí, las condiciones que ponía: él no hablará, pero quiere que le cuente qué siento por él, si lo sueño, que le describa mis sentimientos, que le ponga pasión, que no me importen las palabras, que hable como una puta... «Si se lo cuento a tu madre se muere», reía Carmen. Le pedí que mamá no supiera que ella lo sabía. Le importaría más que la existencia del propio Arón; las cosas de familia quedan en familia para mamá, y su nuera Carmen, tan distinta, es otra cosa.

Llamó mi madre, por cierto, y le anuncié que pasado mañana me iría con ella a La Granja.

—Hija, qué alegría... ¿Te han dado permiso?

—He dejado el trabajo, mamá.

—Por fin me has hecho caso.

—Tenías razón, mamá, una mujer casada como yo no hacía nada en ese sitio.

Le falta humor para darse cuenta de cómo la parodiamos. No le conté que apenas había terminado de leer la carta de Arón entró Brian, desmelenado y sin dar los buenos días, más torpe su español que nunca. Podría no haber hablado para enseñar la ira, porque sus ojos estaban poseídos por una rabia que yo ya le conocía y esta vez no podían anunciarme otra cosa que el despido.

—Se acabó, eres una inútil —dijo.

—¿Acabas de descubrirlo?

—Nunca me has gustado, pero pensé que algún día podrías aprender.

—He aprendido de ti que eres un necio.

Me tomó de los brazos haciéndome daño y grité. Se empeñó en levantarme de la silla, otro Rhon ante mí. Marga me hubiera dicho que ese tipejo estaba enamorado de mí y yo sin darme cuenta. Sí me di cuenta, lo que pasa es que su inseguridad lo hizo prisionero de su rabia; este narciso no ha soportado nunca que le lleve la contraria, que le recrimine su torpeza, quería ser admirado y se sentía constantemente corregido por mí. Empecé a recoger mis cosas mientras él farfullaba sus insultos y me sentí, primero liberada, después desposeída. Ahora me falta también el trabajo; no me faltarán las cartas de Arón porque ahora conoce mi dirección particular.

—Estás cada día más ida, no te soporta ya ni tu marido —añadió Brian.

Seguro que Daniel está consumando una venganza, que detrás de esta decisión de Brian está él, persiguiéndome ahora desde el desamor. Tal vez le he dado razones para el odio.

2 de julio de 1989

ISABEL ENTRÓ MÁS CARGADA de hombros de lo que es habitual y en la cara traía los rasgos de un mal anuncio, como si cualquier fatalidad de las que mi madre ve venir, aunque no se auguren, se hubiera cumplido. No se dio prisa en hablar, ella que de costumbre empieza y no para, y se sentó en uno de los sofás individuales del salón con una parsimonia que le era ajena y que de paso la hacía más oronda, y ya Isabel lo es mucho de por sí. No demostró tener prisa en contarlo, pero estaba claro que algo, y no bueno, tenía que contar. Ponía las manos en el regazo como si esta vez, ella, que tanto manotea al hablar, no fuera a necesitarlas para explicarse, y se miraba las manos como si el orden de lo que tuviera que decirme le viniera de allí, de sus manos regordetas que, a pesar de encontrarse reposadas en su conjunto, movían nerviosamente sus dedos. La oí suspirar igual que a mi madre —los suspiros en mi familia son parte del preámbulo de cualquier conversación grave— y después empezó a gemir ligeramente y a llevarse la manita derecha al pecho como si se fuera a ahogar. Yo sabía que a ella no le pasaba nada, su matrimonio no va bien pero está acostumbrada; sabía que venía a contarme el resultado de su encuentro con Daniel, o algo peor, lo que de verdad le había pasado a Daniel. Por eso le pregunté si a Daniel le había ocurrido algo y negó con la cabeza.

—No me has contado la verdad, Goñi —lloraba más—; me has contado lo que te convenía.

Es verdad que no le había contado el encuentro de Daniel con Ignacio en casa y ahora no sabía si contarle la verdad de mi relación con Ignacio; sucede que además no sé, en estos momentos, cuál es mi verdadera relación con él. Ahora que he conseguido que se haya enamorado de mí, al menos del modo en que un viejo verde y solitario consigue enamorarse de una mujer veinticinco años más joven que él, creo que empieza a dejar de interesarme Ignacio, e Ignacio, por el contrario, quiere casarse conmigo, con lo cual quiere que comparta con él lo que él nunca fue para mí: la rutina.

—No tenía nada más que contarte; él encontró a Ignacio en casa, de visita, de una manera muy distinta a la situación que yo inventé en mi diario.

—Una visita inocente —puso Isabel en la aclaración una ironía que no se reconocía como de ella.

—Sí, lo que pasa es que Daniel imaginó lo que esta vez no le contaba el diario.

—Dice que eres peor sin diario que con él, hija, más bajas tus pasiones; ya me contarás, querida —parecía empezar a relajarse.

—Menos controladas por él, por eso siente nostalgia del diario. Se acostumbró a vivir con una fantasiosa y de repente huyó la fantasía por decreto médico y le ha dejado un vacío, ¿no es eso?

Isabel me miró, desconcertada, encogiéndose de hombros, como eludiendo la responsabilidad de una respuesta.

—Sí que sois complicados, cortaditos por la misma tijera...

Reconoció que lo había visto raro, que Daniel no era el mismo de antes, que reía con desorden, como sin venir a cuento, que cambiaba de tonos de voz de un modo inesperado.

—Tan pronto grita y te da un susto como susurra y no oyes nada. La verdad —parece que Isabel se lo estuviera pensando de repente—, lo mismo al que le hace falta un psiquiatra ahora es a él.

No está en París, le dijo a Isabel que nunca se había ido a París, simplemente quiso hacerme desaparecer de su vista. Cuando le dijo eso se lo dijo con odio, Isabel dice que el odio sale en los ojos y que ella lo vio, se reafirmó con mucha certeza. Isabel lo que tenía claro cuando fue allí es que había otra y empezó por ésa, porque había otra, erre que erre, y entonces fue cuando él le contó lo de Ignacio y le dijo a Isabel que tiene una hermana que es una puta.

—Casi me desmayo —ahora al contarlo se reía Isabel—. ¿Mi hermana una puta...? —volvía a reír y yo con ella—. No se me ocurrió otra cosa que llamarlo cabrón —le entró una risa tonta—. «Claro que soy un cabrón», me dijo, por culpa de tu hermana. La verdad es que soy una torpe, Goñi.

Le contó que no había otra mujer, que Tere le ha ayudado como una amiga, que seguía enamorado de mí como de un imposible, una carga de la que no consigue deshacerse, y que cuanto más lejos me tiene —lloró, entonces lloró como un cursi— más crece el amor.

—Hija, aproveché para decirle que se dejara de tonterías y que volviera a su casa, y sin decirme ni sí ni no, me contó que había pensado que lo mejor para su salud era desaparecer y que ahora reconoce que es peor. Pues si es peor, le dije yo, vuelve y en paz. Pero no, querida, con vosotros nada es sencillo. Cree que tendrá que volver, pero no quiere volver.

—Lo llamaré —propuse a Isabel esperando su conformidad.

—No, Goñi —me contestó ella—, me ha pedido expresamente que no intentes llamarlo, que ya llamará él, que no te precipites. Parecía un loco cuando me advertía, cuando precisaba el recado. Después, como si me estuviera haciendo una confidencia, me dijo que sabía muy bien que si alguna vez lo habías amado era precisamente cuando se había ido.

—Él qué sabrá...

—Dijo que todo se lo cuenta una amiga tuya, una tal Marga...

—Está loco —me eché a reír—. Te aseguro que está loco.

—Yo, Goñi, qué quieres que te diga, no supe qué contestarle.

Isabel había ido recuperando su optimismo a medida que me contaba el encuentro, y como si hubiera olvidado ya la tristeza que le produjo la impresión de que la había engañado no contándole lo de Ignacio, dio por recuperado a mi marido.

—Todo es cuestión de tiempo, hija, todo es cuestión de tiempo —los tópicos la hacían parecer una madre.

—A lo mejor lo arregla Marga —le respondí.

—¿Y quién es Marga, Goñi? ¿La conozco yo?

Se había olvidado ya de mis fantasías de la infancia.

3 de julio de 1989

HUBIERA DORMIDO FELIZ anoche después de la visita de mi hermana y de sus noticias, además le había pedido a Ignacio que no viniera a dormir. Hace tiempo que duermo mal y le dije que quería probar a ver si durmiendo sola esta noche conseguía conciliar el sueño. Ignacio se lamentó de que ya no lo quería, que él sólo había sido un capricho para mí. Me repugnaron sus lamentos de infeliz, pero temí quedarme sola y le negué que tuviera razón. Le pedí que me dejara una noche, tan sólo una noche conmigo misma; necesitaba estar a solas. Era verdad que quería revisarme un poco, poner en orden mis contradicciones, asumirlas o desterrarlas, alcanzar algún sosiego. Mucho trabajo para una sola noche. En verdad, ya no me quedaba nada sino Arón, y Arón era lo que era, una invención de Arón, se llame como se llame de verdad, y ni siquiera mi propia invención. Pero con Arón tenía una cita esta noche y no quería que Ignacio supiera nada de Arón. Por eso, más que por todo lo que de verdad he dicho, quería quedarme a solas.

A las dos en punto sonó el teléfono. Lo descolgué sin decir nada: ni diga, ni sí, ni quién es. Un sonido ambiguo, entre el suspiro y el jadeo, me llegó del otro lado de la línea. Dije buenas noches y la única respuesta fue una tos. Repetí el saludo y se repitió la tos.

—Arón, Arón —llamé, como si fuera un ejercicio de espiritismo, y sólo un suspiro profundo, como si lo hubieran amplificado por medios artificiales, me respondió—. No volverás a verme en Smirna, ya no trabajo allí, Arón.

No parecía que hubiera nadie al otro lado del teléfono, pero él estaba allí, aunque yo tuviera la impresión de que hablaba con un muerto. Le dije que mañana me iba a La Granja y le di mi dirección en La Granja con mucho detenimiento. Le pregunté si tenía con qué escribir a mano y, como no contestaba, le di tiempo a que fuera a buscar un bloc de notas y un bolígrafo. No se oía nada, siquiera un movimiento. Cuando entendí que era suficiente el plazo dado, volví a repetir la dirección de la casa de mi madre y no su teléfono, no podría inquietarla. También caí en la cuenta de que el nombre de Arón era conocido para mi madre y, en consecuencia, podría preocuparla o simplemente llevarla a decidir por su cuenta que las cartas con ese remite tenían que desaparecer. No se lo expliqué a Arón, pero le dije que pusiera el nombre de Elio en el remite. A cada indicación asintió con un golpecillo de tos y me dio por reír de lo ridícula que me estaba pareciendo la misteriosa situación. Dicho lo dicho, colgué.

Pero, evidentemente, no había cumplido las exigencias de Arón: ni le hablé de mí más allá de darle la noticia de que ya no trabajaba en la galería ni le dije que esta situación inquietante y misteriosa me despertaba una cierta curiosidad, pero a la vez me era incómoda, y ni siquiera le recriminé sus reproches ni sus insultos ni le conté mis miedos eventuales en el caso de que fuera un loco. Tampoco le pregunté si era Rhon, Elio o Bahón, y supongo que de haber sido cualquiera de ellos la pregunta hubiera resultado inútil. Tal vez no habría conseguido otra cosa que disgustar a Arón, porque él quiere que me desviva por él, pero al mismo tiempo teme que todo mi interés por él llegue a reducirse al enigma de su personalidad verdadera. O sea, quiere que entre en su juego y le disgusta a la vez que yo haga de él sólo un juego. Pues bien, hubiera querido decirle que no me interesa su juego y que, en consecuencia, poco me puede interesar él, que me deje tranquila. Claro que yo no sé si quiero de verdad que me deje tranquila, parece como si no quisiera ya que nadie ni nada me dejara, como si de pronto quisiera que volviera Daniel, poder casarme tal vez con Ignacio y seguir jugando con Arón a que me persigan sin yo saberlo. No es poco lo que pido. Pensándolo bien, que Daniel empiece a ser mi amante cuando Ignacio se ha convertido en mi marido, eso es lo que quiero. ¿O no?

Pude haberle dicho a Arón que sospecho que puede ser una mujer y tanto si lo es como si no se sentiría ofendido. Sin embargo, en realidad, la idea de que pueda ser una mujer no fue mía sino de Marga, pero ahora que Marga ha pasado al mundo real de mi marido hemos dejado de hablarnos y a lo mejor por eso mismo Arón es Daniel aconsejado por Marga y si esta letra es femenina es porque Marga le escribe las cartas a Daniel. Yo no me podía poner a hablar de todo esto con Arón por teléfono porque es igual que si me hubiera puesto a hablar con una pared, así que colgué y en paz. En paz por un rato, porque no habrían pasado quince minutos y volvió a sonar el teléfono. Esta vez sí pregunté quién era y a la primera no oí ni el suspiro; cuando volví a preguntar sí oí una voz cavernosa y falsa que decía Arón. Callé y como callé por ver si repetía y conseguía yo identificar la voz, no volvió a hablar sino que jadeaba y decía luego cosas incomprensibles, tal vez obscenas. Colgué y volví a las cartas para convencerme de una puñetera vez de que no se trataba de una mujer, porque la voz y los gemidos eran de varón, pero a lo mejor era Marga que alguna vez me hizo una insinuación para que nos lo hiciéramos entre nosotras. Ahora que me doy cuenta acabo de decidir que la voz de Marga era muy grave, una voz muy hombruna.

¿Y si resulta que es Marga quien me escribe?

4 de julio de 1989

CUANDO ESTA MAÑANA DESCENDÍA desde Navacerrada hacia La Granja, una tibia caricia del aire
irrumpía en el coche y un vértigo juvenil, como
el del verano en que aprendí a conducir, me devolvía a aquel tiempo, una estudiante, cuando me
parecía una proeza superar las siete revueltas, las
complicadas curvas de aquellos pinares, con pericia, presumiendo con Ignacio de conductora experta. Ya era una mujer. Él temeroso, temeroso
de que nos vieran. Esta mañana sentía su brazo
de entonces sobre mi hombro, el brazo aquel que
se convertía en los dedos sutiles que alcanzaban
mi cuello y se reducía luego a eso, a unos dedos
jugando con el lóbulo de la oreja. La limpieza del
aire y el olor característico del pinar —«cuidado
que te puedes encontrar con vacas, cuidado con
las vacas», aunque su miedo no tuviera nada que
ver con el ganado— me devolvían al Ignacio
aquel, miedoso sí, tembloroso de deseo también.
Esta mañana bajaba con velocidad, con una velocidad irresponsable que por un lado me ensi-
mismaba y me traía la sensación de libertad de
entonces y por otro me conducía a una especie de
abismo, a una querencia indefinida de autodes-
trucción.

El paisaje me recobró un sosiego provisional
y la sensación de que al llegar a La Granja me iba
a esperar la casa bulliciosa de antaño, con mis
hermanos, el servicio numeroso, mis padres de
viaje, y en la casa de Maripi la conversación
tonta, las dos en el baño... Risas, estaba oyendo

nuestras risas sin venir a cuento, y viendo a la vez el guiño de ojos del padre de Maripi al pasar, como si no mirara, como si no clavara sus ojos en mis pechos nuevecillos... En mi vientre afloraba, esta mañana también, un hormigueo indescifrable que antaño precedía al ansia del encuentro por la tarde en el estudio de Ignacio.

Al llegar a Valsaín giré a la izquierda y fui en busca de Ignacio, que emborronaba lienzos sin proyecto, como un artesano rutinario, sin ilusión alguna. Le faltaba la mirada del miedo y me acogió con la resignada complacencia de la normalidad, como si llegara la esposa. Noté un frío que, si bien no alteraba mi sosiego, apagaba sin embargo aquella ebullición de la memoria que me había devuelto la vida por unos instantes, como si el frío que yo había percibido de pronto fuera el vencimiento de la edad, de la suya y de la mía. Comentó que no había nada para almorzar y me tomó tiernamente de la mano para que fuéramos a La Hilaria a comer unos judiones. Lo doméstico borraba el sueño con la misma contundencia que él deshacía las figuras de los lienzos para pintar encima. Comer con él en La Hilaria era ahora una aburrida ceremonia sin emoción alguna.

Ya Ignacio arrastra los pies, vive con desgana, y en esa lentitud habla de la muerte como no hablaba antes, y de pronto rechaza el sexo desde el arrepentimiento, desde el miedo a un Dios que lo hace miedoso y pequeño, como si se encogiera cuando se pone pío, como si en sus ganas de arreglar sus cuentas con Dios necesitara separarme de él o juntarme a él de otra manera. Vuelve a hablar del matrimonio como un trámite que nos liberara de un modo definitivo de la clandestinidad y me hiciera compatible con su miedo.

No hay problema para el matrimonio por la Iglesia, él viudo y yo casada por lo civil. Sólo la ternura que me produce su desvalimiento me impide la risa y al mismo tiempo me apaga el deseo. Yo me he enamorado de mi padre, sí, pero no de mi abuelo.

Después paseaba por una calle de Valsaín en el silencio de la tarde que empieza y el ruido inesperado de una ventana me anunciaba lo que estaba viendo la vecina que cotilleaba detrás de sus visillos: a una mujer todavía joven dando el brazo a un anciano renqueante que podía ser su abuelo. Es imposible que Daniel, aunque más maduro ahora, más cerca de mi gusto, pueda llegar a ser el padre que me apetece, pero este padre atormentado por la culpa se ha convertido en poco tiempo en un abuelo idiota que trata de llevarme al buen camino. Quise dejarlo en la puerta de su estudio y soñar, carretera adelante, que en La Granja el tiempo no habría pasado, que me esperaba el espacio de la infancia, que Maripi estaría allí en lugar de en Sotogrande y que papá, de viaje, volvería para recriminarme mis retrasos. Ignacio se empeñó en que entrara a la casa, y como me resistía, se le encendió de nuevo y prodigiosamente la mirada pícara, una especie de luz que le venía a los ojos con el deseo y que era un truco para acabar con mi resistencia, una justificación para cambiar su actitud. Tal vez estaba eligiendo entre Dios y mi compañía o entre la salvación de su alma y el placer. Pero yo lo dejé con Dios.

Mamá había pasado todo el día esperándome y ya eran las seis de la tarde cuando llegué, de modo que por mucho que me hubiera entregado a la estimulante satisfacción de imaginar que me esperaba otro escenario, a medida que me iba acercando a casa debía admitir que allí me encontraría con mi madre sin explicarse mi tardanza y queriendo averiguar sus motivos, aunque sólo fuera porque, por mucho tiempo que hubiera pasado, ella no había conseguido jamás acostumbrarse a admitirnos como somos, con nuestras propias informalidades. Cada vez que nos descubre en falta es para ella la primera vez, olvidando todas las otras, y de ese modo su asombro parece rejuvenecerla. Para mí, mentir a mamá es fácil. Suelo recordar en estas eventualidades algo que de verdad me haya ocurrido en otra ocasión. Le dije, pues, que había detenido el coche para tomar un café en lo alto de Navacerrada, como me sucediera una vez de la que ella se habría olvidado.

—Ya sabes el gusto que da hacer una paradita.

—¿Un café a esas horas, Goñi..?

Ya podía haberle dicho que un aperitivo, es verdad.

—Lo cierto es que, al volver al coche, el coche no arrancaba y parece que había perdido agua por no sé qué calentura. ¿Querrás creer que no tenía ni una mísera botella para ponerle agua? Menos mal que en ese momento paraba un señor al lado y le conté mi caso y me dijo que ni se me ocurriera ponerle agua en ese momento, que había que esperar, que él tenía una botella, que fuéramos a tomar algo mientras el coche se enfriaba.

—Y no lo conocías de nada —se asombraba mamá mientras me requería información.

—¿De qué iba a conocerlo, mamá? Había que

hacer tiempo y lo hicimos y me pareció un hombre muy simpático. Me contó que venía a pasar unos días en aquel hotelito que hay a la derecha, subiendo; venía a pasar unos días solo...

—Cuando un hombre te cuenta eso algo te está queriendo insinuar, Goñi —mamá frunció los labios y aguzó la nariz para informar de su sospecha.

—Nada, mamá, nada. Un hombre y una mujer pueden hablar del gusto de estar solos sin que se esté insinuando necesariamente que podrían estar mejor juntos.

—Y a ti te parece normal que una mujer casada se dedique a hablar de eso con un hombre que acaba de conocer...

—Pues sí, sobre todo si el hombre te parece interesante y tienes que esperar a que se enfríe tu coche para que el hombre en cuestión le ponga agua, sin que tú tengas que mancharte, abriendo y cerrando el capó, y que puedas luego seguir viaje a tu casa y soportar a tu querida mamá que te estará esperando para enfadarse contigo.

—Mucho tardó en enfriarse ese coche —mamá es torpe, pero tan lógica que a veces deja a una sin respuesta.

—Tardó lo que quisimos —yo respondona, molesta—. La conversación era tan atractiva que paseamos por allí, me llevó a unos puestecitos de feriantes que había cerca y se me despertó una enorme curiosidad por aquel hombre hecho y derecho, muy guapo por cierto.

—Hija mía, con qué descaro hablas —se lamentó.

—Me pregunté de qué huía aquel hombre, de qué se refugiaba, y me dijo él que del ruido.

—Y mientras, aquí, tu madre, con la mesa

puesta, esperando, como si no hubiera un teléfono a mano.

Tenía razón, pero el día en el que de verdad pasó eso, el día en el que conocí a Alberto —Alberto se llamaba, nunca más supe de él—, tampoco la llamé para que no me esperara. Estaba embebida, me pareció que se trataba de un aparecido. Nos despedimos a la puerta del hotelito y le dije: «Gracias, tengo la impresión de que eres un ángel.» Es cierto que se me había figurado parecido una aparición providencial, extraña. «Soy un ángel», me dijo muy serio. Y entró al hotel sin más palabras.

Mentirle hoy a mi madre me permitió revivir aquel momento. Es bueno emplear la memoria para mentir.

—Bueno —dijo mamá, sin salir de su preocupación y su perplejidad—, llegan las cartas antes que tú. Ahí tienes una carta de García de Branda.

Me lo anunció mirándome fijamente, preguntándose quizá por qué tenía que escribirme Elio a estas alturas y esperando a que yo hiciera algún comentario, inquieta tal vez por si hubiéramos reanudado alguna extraña y nueva relación. No se atrevió, sin embargo, a preguntarme nada. Yo me fui a la habitación a leer la carta.

En este momento me gustaría estar junto a ti, contándote todo lo que sentí, y aún siento, después de ver que llevabas mi pañuelo. Tal vez lo soñé, tal vez vi sólo lo que quería ver, sobre todo teniendo en cuenta que te vi pasar fugazmente camino de la galería desde dentro de la librería Miessner; yo estaba detrás del escaparate y tú te detuviste a observar los libros con la mirada perdida sobre ellos, como si te diera igual uno que otro, lo mismo te importaba un libro de literatura que uno de arte. Pero detrás de ellos estaba yo, disimulando con un libro de Hölderlin entre las manos. Ahora sería un buen momento para compartir un café en alguna parte, un café largo, muy largo, para que me dejaras contarte, sin prisas, cómo fue aquel instante en que creí reconocer mi regalo. A pesar de lo ajetreado que fue el día para mí, te volví a ver por la tarde, detrás de los cristales de una galería de arte vecina a la tuya, Fauna. Sabía que allí estaba seguro porque las relaciones vuestras con la dueña de Fauna son muy malas. La exposición era horrible, pero me detuve con mucho interés ante un cuadro que habían situado delante de los cristales que dan al patio de las galerías. Me puse a un extremo del cuadro de tal modo que, por un espacio de cristal que quedaba entre el cuadro y la pared, podría verte. Y te vi de nuevo y en un instante, apenas tres segundos, pude verte con claridad. Ni siquiera te miré a la cara, me limité a mirar la dichosa prenda para salir de mis dudas, así que no sabría decirte si llevabas el pelo recogido o suelto, si ibas pintada o no. Sólo sabía que aquel pañuelo había estado entre mis manos y, sobre todo, que lo había elegido especialmente para ti. Cerré los ojos y pronuncié tu nombre en silencio, Begoña. Te agradezco que hayas confiado en mí, que hayas hecho que yo nunca olvide ese día. Debes pensar que estoy loco y lo asumo y ya sé que cuanto te he dicho forma parte de tu memoria. Me horroriza pensar que sólo se trate de una suposición mía; a lo mejor (o a lo peor) no soy el único que te manda pañuelos o, en el peor de los casos, te lo pusiste porque todos los demás se te han perdido... No le daré más vueltas al asunto, aunque tardaré bastante en volver a te-

ner los pensamientos en su sitio. Tú, mientras tanto, quién sabe qué harás en La Granja, si te verás o no con ese anciano... Mira alguna vez a las ventanas del hotel Roma, quizá desde ahí te esté mirando, comprobando que te has puesto una camiseta de verano que acabo de comprarte y que mañana mismo te enviaré. Lo hago porque es la única forma de asegurarme de que has recibido mi carta y, sobre todo, que compartes mi secreto, tal vez nuestro secreto. Si no la quieres usar lo entenderé, no tienes por qué usar algo que puede tener significados que no compartes o, simplemente, que no te guste el color o el diseño... Sólo sé, mi querida Begoña, que lo que siento no se me pasa. Que sigue ahí, cada vez con mayor fuerza, de forma inexplicable, alimentándose de nada y esperando casi nada. Si fuese algo pasajero, trivial, te hubiese desterrado de mi mente ya, pero no puedo conseguirlo o, tal vez, no quiero. Ya será algo que muera conmigo, aunque no lleguemos a intercambiar una palabra. Formarás parte de mi memoria hasta que deje de recordar lo que he vivido, pero si la pierdo de verdad —cosa que ya me he planteado y me horroriza— estoy pensando en dejar, como aquel personaje de Macondo, algunos mensajes escritos donde los puedas encontrar cuando ya no sepa lo que busco. Escribiré tu nombre junto al mío —el real y el otro, el tuyo— y añadiré: «Fue mi gran ilusión, mi sueño de madurez, mi deseo de hombre.» Por favor, dime ahora que todo esto no te parece cursi. Repítemelo otra vez, Begoña.

Firmaba Arón, pero no parecía Arón. Es como si Arón se hubiera dulcificado o como si de pronto respondiera con su tono a la feminidad de su letra o como si fuera de verdad una mujer.

También es posible que Arón cambie de ánimos y sea un esquizofrénico que cambia igualmente de personalidad. La primera vez que me puse su pañuelo no debió verme porque nada dijo de él y ahora, de pronto, hace del pañuelo una especie de enseña de este secreto. Pero hay un detalle que me inquieta y me confirma que, como sospecha Isabel, Arón es conocido y cercano: que sabe muy bien que ni Brian ni yo nos hablábamos con los de la galería Fauna. Lo que me pregunto ahora, sea quien sea, es qué persigue Arón con esa nueva pista. ¿Saberse más cercado? ¿Y a cuenta de qué lo de mirar a las ventanas del hotel Roma y cuándo...?

11 de julio de 1989

APENAS LLEVO UNA SEMANA en La Granja y ya empieza a pesarme como una losa el recuerdo de los días que no tendrán repetición. Me pesa el tiempo como a Ignacio su edad y como a mi madre lo perdido, ella siempre rememorando el esplendor de unos veraneos que ya no son lo que eran. No cabe refugiarse en la memoria porque la memoria trae ahora desolación, y la realidad la prestigia, pero desde sus carencias, que son las nuestras, la anula. Me encuentro prisionera en La Granja, pero si se me abriera la jaula y se me invitara a partir hacia algún lugar no sabría hacia dónde ir ni con quién. Lo único posible es Ignacio, también dentro de la jaula, más prisionero que yo por sus propias culpas, queriendo meterme en su prisión particular, en el hondón de su vejez, pero tendiéndome a la vez el cebo del sexo, que se ha convertido para mí, aunque necesario, en un modo de distraer la soledad.

¿Cómo huir de la repetitiva lamentación trivial de mi madre a la hora del desayuno, con sus amigas después a la hora de un té y en un juego de canastas en el que se empeñan en atrapar lo que les queda de memoria? Huir a Madrid es huir hacia otro vacío donde me espera la depresión, los objetos de Daniel interrogándome desde su espacio, destacando ahora su provisionalidad de otra manera, acusándome por no saber poner las cosas en su sitio, por no querer dar un espacio medianamente definitivo a nada, celosa de una independencia que para qué sirve, si no es para aumentar la contradicción. El rastro de Daniel sigue en toda la casa para que mantenga una esperanza que se apaga a medida que pasan los días y su orgullo le impide hablar de lo que tal vez yo no quisiera hablar de un modo definitivo. Quizá se trata de una manera de chantaje para que le diga ya de una puñetera vez si lo amo o no lo amo. Y no lo amo, sé que no lo amo, pero me hace falta, lo extraño. Parece que ando a solas, sin vigilancia, sin nadie que se ocupe de mí, que le importe algo si soy más infeliz o menos, a excepción de mi madre que no es una vigilante de nada sino la impertinente funcionaria de esta prisión en la que me encuentro como una reclusa que al conseguir la libertad no tuviera un hogar al que volver.

Está la indefinida mirada de Arón, pero ésa no es un consuelo, es una mirada que no se puede negociar, a la que no se puede inquietar, porque es la mirada que inquieta y estoy harta de esa vigilancia que tiene algo de represiva, silente, bruja, y que al fin atormenta. Paso por delante del hotel

Roma y miro y no veo a nadie y ayer que he visto a un hombre que desde el balcón me miraba ni siquiera me permití sospechar que fuera Arón porque está claro que Arón vería, pero no se dejaría ver. Me siento en la terraza de Los Cestos, pido un vermut, y un hombre me mira fijamente y pienso que es Arón o un enviado suyo. Intento hablar con él y elude la conversación, se levanta, paga y se va. Pero lo peor es que paseo por La Granja y desde cualquier ventana sospecho que me espía Arón.

Cada vez que suena el teléfono pienso que puede ser Daniel, él me sabe aquí, y alguna vez es Isabel, dándome ánimo, cariñosa como siempre, o Alicia que no entiende por qué hago esta vida de viuda, o Carmen, mi cuñada, que no cabe de gozo con las cartas de Arón, «déjate querer, bonita». Isabel me pregunta si ha llamado Daniel, pero insiste en que no lo haga yo. Le he pedido que lo llame ella de nuevo. Ha cumplido el encargo y Tere, la secretaria, le ha dicho que Daniel está de viaje. Le pedí que le preguntara si estaba en el extranjero y Tere, que con Isabel sí es amable, le respondió que cree que no, que ella no está autorizada para informar, pero que en confianza le puede decir que no es un viaje de trabajo. Isabel me aconseja que mire bien en La Granja, porque ése a lo mejor te espía, lo mismo es Arón y se hospeda en el hotel Roma. Es absurdo pensar que Daniel pueda estar en La Granja de incógnito, todo el mundo lo conoce, no tiene sentido ese juego, me gustaría que fuera capaz de eso, pero insisto en que es absurdo. Lo conocerían hasta en el mismo hotel Roma. No obstante, llamo al hotel, pregunto por Daniel, por el señor Salazar. No está registrado; luego, no está en el

270

hotel. Isabel dice que no me fíe de eso, que los hoteles tienen sus artes para camuflar los nombres; una cosa es el registro formal y otra la lista por si llaman.

Llega el correo y no hay manera de que una pueda eludir la vigilancia de mamá, extrañada por esa carta casi diaria.

—No es normal, hija mía. Nunca te ha escrito tanta gente a casa en un veraneo y tonta no soy yo... ¿Quieres decirme qué pasa, Goñi?

—Que últimamente escribo muchas cartas y los amigos corresponden, eso es lo que pasa.

—Muy bien, hija, pero ahora parece que todos los amigos tengan la misma letra —odié a mi madre por un instante—. Menos mal que esta vez quien te escribe es tu marido, ya era hora.

Tomé la carta y el remite era de Daniel.

—Claro que ésta no es la letra de tu marido —añadió con un insoportable subrayado de sabihonda a la que no se le pasan las cosas, no crea yo que la edad...—. ¿Me quieres decir lo que pasa?

—No.

Respetó esta vez mi negativa y sólo respondió con su hondo suspiro habitual. Cuando me dio la espalda para abandonar el salón, sollozó levemente y fue saliendo despacio para que le diera tiempo a llorar más y de modo que pudiera ser oído su sollozo.

Ayer estabas muy elegante, querida Begoña. Te favorece mucho —demasiado— el tono rosa de tu camiseta, aunque también te ocurre igual con la blanca y con la celeste. Miraste a la ventana del hotel al pasar y, como te molestaba el sol, te pusiste la mano a modo de visera como una curiosa turista que quisiera contemplar la fachada de un mo-

numento. Pero yo no estaba en la ventana reci-
biendo tu mirada, yo estaba en el bar de la esquina,
en la terraza, observándote por detrás con riesgo de
ser descubierto; es más, te diré, quizá con ganas
de ser descubierto. La verdad es que he intentado
llamarte sin falsear la voz. ¿Qué me dirías si lo hi-
ciera? Presiento lo peor, por eso no me decido a ha-
cerlo, entre otras cosas porque no sabría qué de-
cirte. Tengo miedo de que llegaras a responderme
con algo hiriente, aunque lo sientas. Ahora mismo
podría intentarlo, salir de la duda, escuchar tu voz
y, tal vez, tu reproche. Entonces todo se me vendría
abajo y, además de sentir vergüenza, quedaría to-
talmente abatido. ¿Qué haría entonces con todo lo
imaginado, con todo lo soñado? ¿Cómo terminar
de pronto con mis momentos de gloria junto a ti,
con nuestros paseos al atardecer? ¿Cómo prescin-
dir de tu mano amiga, de tu hombro cuando em-
piece a anochecer y el frío, aunque sea verano, se
haga irremediablemente insoportable? Creo que, de-
finitivamente, estoy loco por ti, Begoña. Si no, no
me explico qué hago ahora con lágrimas en los
ojos. No sé lo que significa realmente, pero lo cierto
es que está pasando. ¿Crees que es propio de un
hombre maduro llegar a estos extremos? Pues a mí
me da igual y no hay quien me arregle.

Anochece y yo tendría que estar haciendo otras
cosas, pero tú te has adueñado de todas mis vo-
luntades, a pesar de ser consciente de que en este
momento estarás ocupada en otros pensamientos,
tal vez estarás pensando en Ignacio sin que tengas
espacio para mí. Tampoco es justo eso, ¿no te pa-
rece? No, no contestes...

Firmaba, naturalmente, Arón. Volvía a des-
quiciarme. Puso en el remite esta vez el nombre

de Daniel. Llamé a mi hermana Isabel. Tal vez tuviera razón, tal vez sea Daniel. Ya está poniéndose empalagoso y dulce como Daniel, blando. Me parecía estar escuchándolo. Le leí la carta a Isabel aprovechando una salida de mi madre para ir de compras. Que la letra no sea la suya es lo de menos para Isabel, si hubiera sido su letra no habría enigma posible, pero ella tiene razón en que si se tratara de alguien conocido, de quien se pudiera identificar la letra, hubiera escrito las cartas a máquina. Al fin y al cabo, los anónimos se escriben siempre a máquina. Hay otra cosa —le advertí—: hasta ahora al hablar de Ignacio se refería al anciano y en esta carta lo llama por su nombre: luego sabe de él. Eso es lo de menos para ella, preguntando se llega a Roma, dice. «Lo de más es que, sea quien sea, está o ha estado en La Granja y te ha seguido los pasos.» Estoy desesperada, ya sospecho hasta de los dependientes de los bares, pero Isabel tiene claro que esas cartas no las escribe un dependiente. «¿No te ilusiona tener a un hombre rendido de esa manera?», se ríe Isabel. No sé ya lo que me ilusiona.

16 de julio de 1989

Nuestro silencio sólo lo alteraban esta mañana los pájaros sobre los que mamá viene haciendo desde que éramos niños los mismos comentarios: invariablemente nos recuerda la excelente variedad de bichos con plumas que vuelan en La Granja y en ningún sitio como aquí. Cuando mamá bajó hoy a desayunar ya estaba yo esperándola en la mesa y ni siquiera se acercó para darme un beso como es habitual en ella por las mañanas. Traía en la mano una carta y, después de dar los buenos días del modo más severo y escueto que pudo, depositó con ostentación el sobre en la mesa, un poco apartado de los cubiertos. Quizá esperara de mí una pregunta sobre aquella carta, pero yo tuve en seguida la convicción de que algo tenía la carta que ver conmigo y que tarde o temprano hablaría de ella. Acompañé su silencio forzado y agradecí al cabo que a esas horas no se encontrara tan locuaz como es costumbre y por demás está decir que repitiéndose. La doncella había preparado el desayuno en la terraza, después de consultar a mi madre, para quien algunas mañanas de La Granja resultan, además, insoportablemente frías, por lo cual la mayor parte de los días desayunamos en el amplio comedor ella y yo solas.

Cuando habíamos acabado las tostadas, me pareció que era hora de romper aquel silencio y empecé a parodiarla en broma con sus propias observaciones sobre los pájaros, pero ni su sentido del humor, tan escaso como ya he dicho, le permitió reconocer la parodia, ni su perspicacia, tan desarrollada, le sirvió en absoluto para percibir los indicios del humor. Así que anunció, con una gravedad que en mi madre es frecuente y por lo tanto natural, que iba a hablar en serio, y a mi pregunta sobre el tema del que se iba a tratar me anunció, más severo aún su rostro, que sobre mi vida. Reí más que por su decisión por la ampulosidad con que lo anunciaba y le respondí que mi vida no era un asunto a tomar en serio y que en todo caso me correspondía a mí resolverla. La rejuveneció de pronto la energía con la que me recordó que era mi madre, que estaba en su casa y que no se merecía este comportamiento secretista que me traía con ella. Esperé un sollozo en esta ocasión, pero no se dejó derribar por la debilidad. Quería saber de las cosas por su orden, me dijo, y había decidido empezar por saber qué pasaba entre mi marido y yo.

—Estamos separados —le comenté sin demasiada convicción.

—¿Y esas cosas no se le cuentan a una madre, verdad?

—Tendremos que resolverlo antes entre nosotros de un modo definitivo.

—¿Y qué tiene que ver el tal Arón —me dijo levantando la carta— en todo esto?

Me reí.

—No me hace gracia, Goñi, no me hace ninguna gracia esta extraña relación.

—Me tratas como a una niña, mamá. Yo nada tengo que ver con un hombre con el que ni siquiera he hablado nunca ni puedo hacerlo; envía sus extrañas cartas con remites falsos, ¿no lo ves?

—Y tan falsos —movía ahora la carta en su mano al tiempo que remeneaba su cabeza— que no se le ha ocurrido otra cosa que poner el remite de tu hermana Alicia.

—Y por eso te has permitido leer una carta que está dirigida a mí, tan sólo porque figuraba en el remite el nombre de una hija y era otra la destinataria.

—Perdóname, pero sabrás entender que una carta remitida por Alicia con la misma letra con que te están llegando otras cartas a esta casa, cambiando los remites cada vez, es cosa de locos o para que una se vuelva loca. No iba a esperar a que me lo explicaras tú, querida.

La ira que Isabel ve revelarse en los ojos debió advertir mi madre en los míos porque mi mirada colérica acabó con su energía y la rindió suplicante para que no me marchara, para que me compadeciera de su soledad y de su desgracia. Le arrebaté la carta de la mano y me fui a la habitación.

Sueño que me esperas, Begoña, y sueño que sobran las palabras. Me quedo parado frente a los escaparates tratando de imaginarte con una blusa que quisiera regalarte o con un jersey de verano para las noches refrescantes de La Granja. O me detengo ante una pluma con la que imagino que me podrías escribir cartas como ésta. También me fijo en una cazadora, junto al escaparate donde te compré el pañuelo, y pienso que me quedaría bien para que tú me vieras, para que fuéramos a cenar a alguna parte, tal vez a Pedraza, con velas y en silencio, o con una música que hablara por nosotros y de nosotros. Pero tiene uno que despertar de estos sueños y verse en la misma calle por donde iba antes, entre gentes y rostros que no me dicen nada. Por eso me voy ahora a La Granja, apenas un rato si no tengo tiempo para más, esperando que nos encontremos, que salgas de alguna puerta y te anuncies: «Ya estoy aquí.» Aunque se acabe la magia de Arón, aunque deje de ser Arón y te prive a ti de este modo de esponjar tu vanidad de mujer que se disputan varios hombres a la vez, este modo de alimentar tu imaginación de zorra. Estoy pensando en llamarte el día del Carmen por tu cumpleaños, una excepcional excusa para comunicarme contigo y que te guardes cualquier reproche. Pero me da miedo que puedas decirme algo que no quiero escuchar. Siento más miedo, sin embargo, al pensar que quizá te estés riendo de mí con tus hermanas.

He sentido horror al imaginar a mi madre leyendo esta carta donde las dulzuras y empalagos vuelven a mezclarse con algún insulto y donde las palabras me recuerdan a Daniel y casi me aseguran que Arón es él.

Isabel, preocupadísima por mamá, que ha caído en cama con jaqueca, se ha presentado corriendo en casa. Para ella está claro que Arón es Daniel, me recuerda que lo encontró muy raro, como ido, y también es una casualidad que Arón haya aparecido justamente cuando él se ha marchado.

—Además, fíjate, caer en que hoy es tu cumpleaños... Felicidades, Goñi, querida.

Pero eso es lo de menos, ya sabemos que es cercano, que es capaz de poner el remite de mi hermana porque la conoce, así que es fácil que sepa también la fecha de mi cumpleaños. Son, sobre todo, las palabras y esos cambios bruscos, casi del poema delicado a la ordinariez, lo que delata a Daniel. Me hace ilusión pensar que Arón es él. Pero me callo y trato de que mamá se reponga para que esta tarde podamos brindar con cava Isabel, ella y yo por mis cuarenta años.

17 de julio de 1989

LA CONVICCIÓN DE QUE ARÓN es Daniel hizo que el día de mi cumpleaños no se resintiera por su ausencia, lo imaginé apagando las cuarenta velas en soledad y escribiendo una carta para contármelo,

quién sabe si dulcemente, desde un amor vigilante y *voyeur*, tal vez dolorido por saberme con
Ignacio, o atropellándome desde su imaginación
erótica. Esperé durante todo el día que se atreviera a llamar, que dejara oír su voz desfigurada
diciendo felicidades.

—Goñi, deja de montarte castillitos —me advirtió Isabel.

Razón tiene. Tal vez quiera yo ir simplificando
mi historia y encuentre en esta solución, que Daniel sea Arón, un modo de final feliz. Pero la felicidad me la trajo hoy Isabel, la única de mi familia que está siempre dispuesta a ayudar a los
otros. Ella se ocupó de contarle a mamá en lo posible lo que de verdad pasaba y la tranquilizó con
lo que el propio Daniel le había contado. Después, por la tarde, salió y no quiso que la acom-
pañara. Luego entendí por qué: se trajo de una
pastelería una hermosa tarta con cuarenta velas y
a la hora del té mamá cantaba cumpleaños feliz
como una tonta o como una borracha y nosotras
con ella. Sonó el teléfono varias veces para feli-
citaciones familiares y ninguna de esas llamadas
fue de Arón o de Daniel. En una de ellas Ignacio
me felicitó y me propuso que lo celebráramos
juntos. Iríamos a cenar a Segovia y «después, ya
sabes», dijo. Le pregunté si hoy no era pecado y
rió, hoy no tenía el día piadoso y parecía apete-
cerle lo que a mí: el sexo. Yo, sin embargo, estaba
dispuesta esta vez al sacrificio de la privación,
mira por dónde. Porque Ignacio ha conseguido
atraparme por la cama, pero ya casi puede más
mi rechazo hacia él que la atracción física que fa-
talmente ejerce sobre mí. Tenía compromisos familiares, le conté, estaba esperando a Daniel esta
noche —le mentí— para celebrarlo en compañía.

Se extrañó y se le apocó la voz, se le apagó el brillo engolado de viejo retórico que pone para la seducción. Se quejó de su soledad, ya nadie quiere a un viejo, pero yo sabía bien, según él, que para algunas cosas estaba como siempre.

—Lo siento porque no vas a ganar con el cambio —amenazó.

Tiene razón, pero me sentí esta vez una esposa ofendida y se lo hice notar para dejarlo perplejo.

Mi madre parecía una resucitada y el estado de entusiasmo o de embriaguez la volvió ayer generosa: estaba dispuesta a que saliéramos a cenar las tres a Segovia. Yo me resistí quitándole importancia a la efeméride, tratando de convencerlas de lo bien que se está en casa con el mismo discurso con que mi madre me invita cada noche a no salir —risas de Isabel por la imitación— y mi madre, como si no oyera, eligiendo restaurante, dispuesta a salirse con la suya. Me retenía el teléfono. No sabía si esperaba la llamada de Arón o de Daniel o de Daniel / Arón y estuve toda la cena en Cándido como ausente.

—Estás enamorada, Goñi —cómplice Isabel.

—No, no sé... Es la posesión, la condenada posesión.

Volvimos a casa y nadie había llamado.

Fue imposible el sueño y las campanadas del reloj prolongaban mi desasosiego. Repasé las cartas de Arón, los rasgos femeninos de su letra. ¿Quién será la intermediaria, la intrusa en este secreto que escribe a su dictado? Puede ser la letra de Tere, no conozco yo la letra de Tere. Me indigna que sea ella la que escribe la palabra zorra, la que me llama puta porque su enajenado jefe se lo ordena. ¿Y por qué no lo ha hecho a máquina? Tiene razón Isabel en que los anónimos se escriben a máquina. Es igual que Daniel no sepa escribir a máquina, que ésa sería una razón para disculparlo de que se valga de una letra prestada, pero a buen seguro que ha pedido ese préstamo para despistar. Ahora comprendo lo de los detalles femeninos, para Isabel ese modo de ver los escaparates y hablar de trapos es cosa de mujer: lo que pasa es que Tere se mete en la historia y le aporta ideas, seguramente las cursilerías son cosa de Tere. Me desconcierta que Tere sea una parte de Arón, que esa metomentodo impida que Arón me llegue en su totalidad, como es él, como es Daniel. Dudo, sin embargo, de que Arón siendo Daniel sea exclusivamente Daniel. O por lo menos el Daniel real. Daniel ha querido inventarse a otro, porque la verdadera razón de la existencia de Arón es que Daniel después de que abandonara mis imaginaciones en el diario no podía vivir sin ellas, quizá estuviera enamorado de Marga y por eso me insistía en Marga, en cómo era. Me prohibía que volviera a mis invenciones por los peligros que corría mi salud mental, pero las invocaba en la cama. No le importaba el Ignacio de la imaginación ni que lo confundiera con él en medio del arrebato erótico y, sin embargo, no pudo resistir la presencia de Ignacio en casa; el vértigo de la realidad le pareció con toda seguridad más zafio. «Los celos son un prodigioso ejercicio de imaginación», me dijo un día. Ahora ha actuado en consecuencia, inventándose un amor platónico que la realidad le aplasta poco a poco. No es un ejercicio de venganza, sueño por sueño, es un modo de huir de la rutina insoportable que me lo hace más atractivo ahora. Ni así consigo enamorarme de él y nada importa. Al fin y al cabo, lo mío con Ignacio tampoco era amor, sólo una pasión que va desgastándose y reduciéndose a memoria y queda de ella el placer de disfrutar con el padre en la cama. Isabel hace un esfuerzo por entenderme y piensa que las cosas estarán en su sitio cuando elija entre el sexo y la ternura, porque dice ella que el amor ya pasó y no me di cuenta de que estaba conmigo.

25 de julio de 1989

MAMÁ ESPERÁNDOME A COMER y yo sin llamarla. No sé si esta vez estará de acuerdo en que merecía la pena olvidarse de ella, no tener en cuenta que siempre hay un teléfono a mano. Me da pereza explicarle por qué me vine a Madrid sin avisar y debo hacerlo cuanto antes; temerá ya que pueda haberme ocurrido un accidente y hablaré con Isabel, a quien mamá habrá llamado antes que a la Guardia Civil. Porque en el caso de que se le hubiera ocurrido llamar al cuartelillo es posible que encontraran los guardias mi coche abandonado en las afueras del monasterio del Parral sin explicárselo. Me divierte pensar en cuántas conjeturas habrían de meterse a raíz de semejante abandono: ¿desaparición por secuestro o por suicidio? Les extrañaría que en el coche no se observara el más mínimo indicio de violencia.

«Estoy secuestrada en Madrid», le anunciaré a Isabel, y mi hermana, tomándoselo a broma, me dirá que estoy loca o que le diga cuál es mi última ocurrencia. «¿Otra carta de Arón?», preguntará. «No, querida, esta vez el remite era de Marga. Así que cuando vi que Arón ponía el nombre de Marga en el remite ya no tuve duda de que Arón es Daniel.» Isabel no entenderá por qué semejante conclusión y le diré para abreviar que porque a Marga sólo la ha conocido Daniel: «recordarás que te habló de ella». Seguramente dirá Isabel que tengo un marido muy raro, ella es más dada a reconocer las rarezas de Daniel que las mías. Tendré que aclararle en seguida que mi sorpresa fue que la carta era de Marga, aunque no exista, porque esta vez no firmaba Arón, firmaba la propia Marga. «Hay, hija, me tienes en vilo...», dirá Isabel. «Para empezar, estaba escrita a máquina, y pensé en seguida que tú debías de estar en contacto con Arón y le habías comentado nuestra conversación sobre lo adecuada que es la máquina para los anónimos.»

Y entonces le leeré la carta:

Querida Begoña: aunque eres una mala amiga y ya no quieres saber nada de tu buena consejera, y a lo mejor todo es porque una es muy sincera y te cuenta las verdades, que durante mucho tiempo yo he sido tu cómplice y la voz de tu conciencia, pues yo no me rindo, querida. Porque mira, Goñi, aunque tú no me trates desde que te has vuelto tan seria que sólo te importa la realidad, yo sé que estás desconcertada por un hombre que te escribe y te persigue, con lo que estarías tú dispuesta a dar por conocerlo... Pues bien, querida; para que veas que soy una buena amiga te pongo sobre una pista: Día: 24 de julio. Hora: doce de la mañana. Lugar: monasterio del Parral, en Segovia. No te puedo decir más; a partir de aquí tú te lo

juegas todo. Ah: y procura mirar adonde debes, que
eres una despistada.

De piedra se quedará Isabel queriendo saber
más, «cuenta, cuenta». «A mamá le dije que tenía
que comprar en Segovia y en seguida se le ocurrió a ella toda una lista de cosas que tenía que
hacer en Segovia para acompañarme. No fue precisamente amable la manera en que me deshice
de ella, y llegué al monasterio diez minutos tarde
de acuerdo con la impuntualidad que sobrellevo
con resignación. La iglesia por dentro, además de
bellísima, es un buen refugio del calor de julio, en
su interior era diciembre. Pero, excepto un monje
que estaba sentado en los bancos más cercanos al
presbiterio, no había un alma. La conclusión a la
que llegué es que o la carta de Marga era un
juego o que Arón era el monje o se había disfrazado de monje, o bien que, molesto por mi pequeño retraso, hubiera dejado para otra fecha el
final de este misterio.» En este punto de mi conversación con Isabel debo hacer una pausa de
esas que la inquietan mucho para que ella me
urja a contar. Ganaré tiempo preguntándole qué
quiere que le cuente por ver si sospecha que Arón
era el monje. Nos reiremos las dos. «Al monje le
pregunté el horario de misas y entre que él no levantaba mucho la cabeza, como seguramente le
exigía su castidad, y yo estaba muy nerviosa,
como cualquiera puede suponer, ya pudo ser Daniel disfrazado de monje jerónimo y yo sin enterarme. Así que esperé un ratito, que hasta tiempo
de rezar me dio, y cuando salía vi a un hombre
mirando a la pared y pegado a ella, con un sombrero puesto, como no deben estar nunca los
hombres en la iglesia. Entre la poca luz que la

iglesia tiene y el dichoso sombrero no pude percibir de pronto si era Arón o no. Pero lo llamé y vino hasta mí, riéndose, como un niño —lo peor de él es esa infancia que no deja— el perdido Daniel.»

«Hija, qué emoción», Isabel tiene que decir algo así. Pero no le voy a contar ni los besos ni lo que nos dijimos, eso se lo contaré en otro rato. Ella volverá a decir que qué raros somos y nos reiremos de nuevo las dos, asintiendo. Le contaré, eso sí, que Daniel se empeñó en que nos fuéramos a Madrid, a nuestra casa. Le notaré a Isabel un hipido de picardía y a efectos prácticos le advertiré que dejé el coche delante del monasterio y que a ver si ella, que es tan buena, puede recogerlo, porque yo ahora no estoy para nada, desde que he conseguido vivir con Arón.

31 de julio de 1989

Puse la radio a la hora del desayuno y entre las muchas trivialidades que oí estaba la noticia de que hoy es el día de san Ignacio. Daniel levantó la cabeza de la tostada y en su sonrisa detecté un intento de evocación, quién sabe si se le escapó un reclamo en la mirada pícara: volver a las andadas, convencido de que este matrimonio no se mantiene sin las fantasías que nos aportan los otros. Yo, sin embargo, sentí un rechazo interior y deseé que Daniel no hablara, que no se le ocurriera hacer una pregunta inductora al desasosiego. Por ejemplo, refiriéndose a Ignacio: «¿Lo extrañas?» Hubiera tenido que responderle que sí, que volvía a extrañarlo. Porque la pasión de mi inesperado reencuentro con Daniel fue tan intensa como fugaz y la rutina volvió a apoderarse de nosotros al poco con la misma agresiva rotundidad con que se apoderó de él su suficiencia, la seguridad de que había vuelto a conquistarme. Pero hoy, al oír el nombre de Ignacio en la boba reseña de la efeméride, puso la mirada de comprobación por si detectaba en mí el rasgo repentino de la añoranza o, como ya digo, por reclamar un juego de suposiciones. Durante todos estos días se ha referido a una pregunta temible sin atreverse a hacerla, jugando al acertijo: «¿De qué pregunta se trata?» Es, ni más ni menos, que la que nos ha acompañado siempre: «¿Me amas, Begoña?» Una pregunta que me incomoda y me da risa a un tiempo, pero conseguí eludir su contestación en los primeros días de nuestro reencuentro. Ahora me alegro al comprobar lo efímera que fue para mí aquella apariencia del amor, una vez lo recuperé. No, no lo amo. Confundí el amor esta vez con el sosiego, con una cómoda posición de desinterés y de tranquilidad que necesitaba. Ni siquiera me he preocupado por el hecho de no tener trabajo y he agradecido la haraganería de señora de su casa que ha hecho que Daniel no pueda evitar crecerse en su seguridad de volver a tenerme recluida. Se han producido de nuevo las llamadas telefónicas inquietantes a distintas horas, pero Daniel las contesta y cuelga con humor. Menos mal.

—Seguramente es Arón. Le tengo dicho que no llame.

Yo misma había llamado a Ignacio para rogarle que no llamara nunca más por el interés de mi matrimonio. «No te entiendo, Begoña.» Tampoco te lo pido. No pareció importarle demasiado; sólo era para él un modo de distraer su soledad del verano. Sin embargo, su insólita indiferencia me desgarró y sentí de nuevo el golpe de la derrota que cualquier desposesión me trae. Cuando advertí que todas las historias hay que cerrarlas a propia voluntad y por su turno, me propuse que Ignacio no se desharía de mí sin alguna consecuencia. La misma terquedad de la adolescente que lo buscó con obsesión revivió de pronto en mí y me invitó al rechazo de la tediosa serenidad en que me había instalado mi marido. Le dije a Daniel que no lo acompañaría a Conil, de vacaciones. Habíamos quedado para irnos el día 5, con unos matrimonios de Sevilla, amigos suyos, a disfrutar de un descanso familiar que nunca habíamos conocido.

—¿Y qué piensas hacer ahora?
—Irme a La Granja con mamá, sola.
—¿Has vuelto a las andadas, Begoña?
—He vuelto al cansancio.

1 de agosto de 1989

CUANDO LLAMÉ ANOCHE a Ignacio para felicitarlo —además de su onomástica celebraba ya su sesenta y cinco cumpleaños— no dijo ni gracias, sino que se extendió en darme un alegato sobre la imposibilidad de entenderse con los seres inestables. También Daniel parecía haber descubierto anoche por primera vez que se había casado con una mujer que era permanente materia de psiquiatra y, aunque lo que más le molestaba eran sus vacaciones deshechas, cambió pronto la ira con que deshizo sus maletas de playa por la ac-

286

titud del marido responsable que debe requerir con urgencia los servicios del médico de los locos. Pero tengo comprobado que las indicaciones de los doctores conducen a un camino distinto al de mi felicidad y tienden a organizarme la vida en un paraíso convenido en el que sólo consigo hacer felices a los otros: a Daniel, a mi madre... Rechacé sus propuestas.

—No aguanto más este calor de infierno, me voy a La Granja —le dije a Daniel.

Como si siempre tuviera preparadas las sustituciones, Daniel me anunció que mañana mismo se marcharía a Londres.

—¿A trabajar en agosto?

—Mi trabajo no es el de un exportador de cítricos.

2 de agosto de 1989

EL PROVISORIO EQUIPAJE QUE Daniel llevaba esta mañana indicaba que su viaje era corto, aunque el mutismo en que lo encierran sus enfados le impidiera decir hasta qué día pensaba permanecer fuera. Pese al silencio hosco y refunfuñón con que responde a mis destemplanzas, fue cariñoso al marcharse y lo fue tanto que la misma brusquedad del cambio me hizo sospechar de cualquier impensada estrategia con la que habría de vengarse de mis inesperadas reacciones. Tuve la impresión de que su despedida estaba envuelta en un propósito de marcha definitiva, aunque el viaje presentara las señas de la levedad, de un me voy y ahora vuelvo. Sin embargo, se emocionó más de lo que convenía a una ausencia ordinaria y en la intensidad de sus gestos percibí el barrunto de que esta vez sí había tomado una determinación radical. Mantuve el tipo, aparentemente ajena a la congoja que me devolvía a una conocida incertidumbre, la que trae el miedo a la desposesión, pero tuve la impresión de que ahora sí que no iba a ser perdonada, que de una vez por todas era yo la que debía asumirme en mi complejidad y en mis miedos y hacerle frente a la vida. Estuve a punto de precipitar los acontecimientos, como si intuirlos me bastara para saber cómo habría de cumplirse nuestro final por doloroso que fuera. Una voz interior me determinaba a despedirlo para siempre con todas las consecuencias, pero las cautelas que impone el miedo a la soledad y la oscuridad del camino que veía por delante me hizo detenerme, mirarlo con el asombro que produce la constatación de que ha llegado una hora que siempre se ha esperado y después de la cual no se sabe qué definitivas consecuencias ha de arrostrar una. No iba a dejarlo por Ignacio, pero Ignacio no podía quedarse ahí como un fantasma de cuyas definitivas decisiones nada se sabe. Cuando vi salir a Daniel pensé que no era La Granja lo que yo necesitaba, sino verme libre de él, a solas. Antes de bajar la escalera volvió a mirarme y, como si una premonición le hubiera dictado mi decisión provisional, me preguntó:

—¿Te irás a La Granja?

Sonreí, pero no le contesté.

—Te llamaré esta noche —me dijo, seguro al parecer de encontrarme en casa.

Después llamé a Ignacio a Valsaín con el único propósito de despedirme de él. Pretendía anular todas las referencias encontradas de mis desasosiegos para empezar de nuevo sin coartadas. No esperaba que a mi severa ruptura de cualquier trato que las componendas de la intimidad hubieran podido establecer entre nosotros, fuera él a responder con la desazón del que comprende también que esta vez va en serio. Quiso primero, con unos halagos que debilitaban la gravedad de mi despedida, la despedida de alguien que no sabe qué camino ha de tomar, hacerme desistir del propósito. Pero al ver que a sus zalamerías contestaba yo con más frenética voluntad de zanjar nuestra relación, me pidió que fuera a La Granja para que habláramos, para que pusiéramos las cosas en su sitio.

—Todo está en su lugar teniéndote lejos —fue la primera de una serie de expresiones crueles que pretendían acallarlo—. Has distorsionado mi vida como una fijación que sobrevivirá a tu muerte, hijo de puta.

Suplicó lloroso y el remordimiento le ahogaba las palabras cuando me pidió que cenáramos juntos aprovechando la ausencia de Daniel. No consiguió mi asentimiento, pero a las nueve en punto se oyó el timbre de mi casa: era Ignacio.

3 de agosto de 1989

No se oyó ni el ruido de la puerta. Daniel, como quien se asoma a ver qué pasa con la certidumbre de lo que pasa, apareció sin más en nuestra alcoba. Mentiría si siguiera sosteniendo que creí que él viajaría a Londres ayer tarde. Además, pude haber conseguido la confirmación del viaje con sólo llamar a su estudio. No lo hice. Daniel sabía lo que iba a pasar y creo que yo también lo intuía. Por eso no me sorprendí. Cuando él entró, yo estaba desnuda sobre la cama, medio sentada entre los almohadones, con las piernas abiertas, y sólo se me ocurrió tomar la pequeña toalla que tenía a mi alcance para cubrirme. Apenas me miró: fijó su vista en Ignacio. Tanto que Ignacio, como si en lugar de una mirada hubiera recibido de Daniel la amenaza contundente de un arma de fuego, agravó su torpeza para vestirse, atolondrado, no bien abrochada aún la camisa, con los calcetines puestos y recogiendo a prisa y con terror sus largos calzoncillos de la alfombra. Se encogió de hombros, disculpándose, como quien dice «son cosas de la vida» o quién sabe si, hablando para sus adentros, con una resonancia de bolero y un resabio de inevitable orgullo machista, «a ti te tocó perder». Me entró la risa. Daniel exageró más la mirada atenta con una agresividad que en él parecía prestada y que al menos yo no le había conocido antes en ninguna otra situación. Estaba cumpliendo, con la escrupulosa perfección y la maniática minucia a la que era dado, la ceremonia del marido ofendido. Yo conocía bien su forma acostumbrada de actuar y por eso su modo de desenvolverse en esta situación me pareció cercano a la parodia. Le gritó a Ignacio, con el mismo celo con que lo hubiera hecho un padre o un defensor de menores que protegiera el honor de su criatura, que yo podía ser su hija, y lo que respondí con sorna, aunque tuve la sensación de ser una invitada de piedra, fue que sí, que efectivamente lo era. Daniel ni siquiera me oyó porque, no contento con esto, lo llamó, despreciándolo, «viejo asqueroso». Entonces reí de veras. Sin embargo, a Ignacio, lejos de indignarle la simpleza de los insultos de Daniel y los agravios mismos, sólo se le ocurrió insistir en su súplica de perdón mientras acababa de abrocharse los pantalones, su corbata en la mano y sin saber qué hacer con ella. Dijo perdón, perdón, apocado, falto de recursos. Y Daniel, a quien yo seguía contemplando en la representación de un papel que hubiera ensayado ya mil veces, se creció en la ira, altivo por humillado, y le propinó un fuerte golpe en la barbilla que lo hizo caer al suelo, rendido. Suplicaba piedad de una manera casi cómica al tiempo que salía corriendo. Daba lástima contemplar a un hombre pidiendo indulgencia con los zapatos en la mano, con un «por Dios, por Dios» en los labios que de puro cobarde hacía reír a cualquiera. No sentí lástima. Su actitud, exagerando como un débil la dimensión de la trampa, ha borrado para siempre el deseo que me quedara de él, de tan pequeño e indeseable como lo vi, tan indigno. Y ahora me asombro de que ni en los instantes más violentos profiriera yo una exclamación ni me inmutara en mi papel de espectadora más allá de la risa; si acaso borré el instintivo gesto de pudor que había tenido al cubrirme con la toallita y tiré ésta a un lado de la cama.

Cuando nos quedamos a solas, Daniel me dijo que me agradecía mucho que no me hubiera reído. Ni siquiera me había visto u oído reír. Después se sentó en la cama, a mis pies, tocándolos suavemente y mirando hacia la pared, con la apariencia de quien pasa de la ira a la serenidad más absoluta sin transición alguna. Su serenidad era envidiable. Me dio las gracias y se le notó que el agradecimiento era verdadero en su gesto de conformidad y de alivio. No fue necesario preguntarle a él la razón de su gratitud: yo sabía muy bien por qué lo hacía. Cuando me dijo «lo siento» le asomó una vaga timidez en la disculpa. Y añadió después con firmeza: «Ahora soy libre.» Yo sonreí porque Daniel es muy dado a las declaraciones enfáticas. Luego me levanté tras él y lo acompañé desnuda hasta la puerta, como si los dos hubiéramos convenido algún día que las cosas tenían que acabar así, que para despedirse no hacían falta más palabras ni otros gestos. Salió muy resuelto y no miró hacia atrás. No se llevó nada ni dijo si volvería o no por sus cosas o de qué modo se las llevaría. Tampoco habló de ningún sistema de reparto de aquello que nos fuera común. Se fue, dando las gracias simplemente, como un invitado que hubiera pasado unos días en casa. Estoy segura de que me imaginó contemplándolo a través de los visillos, presa de mí misma, volviendo al diario que me explica sin que la explicación cambie los hechos. Un diario es un simple instrumento de la memoria, aunque no todo lo que se recuerda se haya vivido realmente o, por lo menos, no del mismo modo. En cualquier caso, debo confesar que las figuras son todavía engañosas para mí en el recuerdo de ayer mismo, y por esta razón, ahora, cuando escribo, me parece mentira que pasara lo que pasó. La culpa no me impide aceptar la realidad, ni mucho menos, pero me asombra la capacidad que tiene la vida para sorprendernos, incluso cuando sabemos no sólo a lo que nos arriesgamos, sino lo que viene después, cuando el riesgo se cumple: esta sensación desolada de desposesión.

VI. DIARIO DE UNA DESPEDIDA

4 de agosto de 1989

HASTA QUE DANIEL ABANDONÓ ayer nuestra casa no había comprendido yo que mi libertad necesitó siempre de un vigilante o de un testigo. Un testigo discreto que, como un mirón, observara tras la mirilla el discurrir de mi vida titubeante. Así lo contemplé anoche, tras los visillos: cruzó la calle, entró serenamente en el Audi negro que hemos compartido durante este tiempo y, después de doblar minuciosamente su chaqueta para abandonarla a continuación en la parte de atrás del auto, encendió un cigarrillo a la vez que abría la ventanilla y ponía en marcha el motor. Quise verlo como a alguien verdaderamente autónomo y ajeno que nunca me hubiera pertenecido en modo alguno, como si fuera una estampa común del paisaje urbano que se te presenta a los ojos en una de esas ociosas miradas a la calle de las que nada esperas. Pero cuando el coche, lejos de salir veloz como él suele conducirlo, tomó la calle lentamente —sin que se asomara Daniel para dirigirme una última mirada— fui consciente de que en buena parte mi vida marchaba en aquel automóvil para perderse en la noche hacia ninguna parte. No sentí la desolación que deben sentir los enamorados cuando se producen estas despedidas, ni ninguno de esos arrebatos de odio que los embargan en algunos casos. Ni siquiera mi orgullo se sintió afectado o aludido. Mi imagen, tras los visillos, podría parecer la de una mujer cualquiera que asiste a la definitiva marcha de su esposo y la soledad se hace con ella. Ya se sabe: la soledad como un buitre que espera la carne muerta de los solitarios. Pero no, era más la de una espía que confirma el cumplimiento de los hechos, la de alguien que constata una pérdida y desde la carencia tiene que plantearse ahora una nueva estrategia de vida. De todos modos, resultaría estúpido que no me reconociera afectada por la melancolía, un sentimiento tan inútil como tantos otros sentimientos y que suele ser al fin el preponderante en todo adiós. Tuve la sensación de estar contemplando la marcha de un hijo que se emancipa y me reconocí en mamá el día en el que abandoné nuestra casa familiar y salí con mis últimas maletas de La Moraleja para establecerme en mi primer apartamento de la calle del Nuncio.

Pero cuando lo miraba anoche desde mi ventana, en una rápida secuencia de su marcha que la emoción me retiene ahora en una sucesión de estampas detenidas en el tiempo, no pude dejar de sentir una enorme gratitud hacia él. Su papel de cómplice se había cumplido con pulcra exactitud y por eso me doy cuenta de que, si bien no lo amé nunca, todavía lo sigo necesitando. Pude haber sentido piedad por Daniel, pero él, al fin, era más libre que yo, y yo, si acaso podía experimentar algún sentimiento legítimo, éste era, sin duda, la envidia. Comprendo, además, que vivió una amarga tensión conmigo a lo largo de nuestra relación, pero debo decir en mi descargo, y tal vez por eximirme de la culpa en lo que pueda, que nunca le oculté mis reglas de juego y que accedió él a cumplirlas porque quizá hallara en ellas una intensidad que yo le he visto vivir con demasiados nervios, unos nervios que a mí, en cambio, la vida me ha negado. Un cómplice permite la cercanía a lo intenso cuando le es dado quemarse con la vida y en ese sentido cada uno de nosotros fue un mirón del otro, lo cual nos permitió compensar nuestras propias carencias mutuamente. Suele ocurrir eso cuando el amor está por medio, y no es éste el caso, pero ahora comprendo que puede suceder también cuando lo está, sin más, la ternura. Si el amor se despide, una se fragmenta y se rompe por dentro y es fácil que por instantes encuentre a la vida falta de sentido. Anoche entendí que pasa lo mismo con la ternura y que aunque la ternura sea una pequeña parte del amor es más fiel en su modestia que el amor mismo. El amor es, quizá, también, más radical al marcharse. La ternura, en cambio, puede ser más resistente y terca.

Ahora que Daniel ya no está carece de sentido seguir escribiendo un diario que no tiene lector. Nadie escribe un diario sólo para alimentar su propia memoria, aunque en ocasiones la alimente. Las más de las veces un diario se escribe para asegurarnos de que hemos vivido o para hablar con nosotros mismos y confirmarnos. También para revivirnos o tan sólo para inventarnos. De todas maneras, me sigo preguntando si tiene verdadero sentido seguir escribiendo este diario y lo continúo, inevitablemente, como una rutina necesaria, igual que un actor en un palco vacío que recita para sí mismo un monólogo.

Corralada de San Francisco
(Torrecaballeros, Segovia)
3 de mayo de 1995,
Fiesta de la Cruz.

Índice

NOVELAS GALARDONADAS
CON EL PREMIO PLANETA